ANYWHERE
OUT
OF THE WORLD.

僕とカミサマの境界線

鈴木麻純

幻冬舎

装幀　児玉明子
装画　染谷みのる

一章　鼠の王と三つ脚の兎

陽が落ちる。

山際に沿って空が焼けたような色に変わる。その風景の中で、男は目を細めて歩いていた。黄昏時《たそがれどき》。昼と夜が入れ替わる一瞬は、最も赤く、また最も影が濃くなる時間でもある。重たげな雲と山とが陽を遮《さえぎ》っている。明暗のくっきりと分かれた影絵のような世界。ぽつぽつと灯《とも》り始めた人工の光だけが、風景を辛《かろ》うじて現実のものに留めていた。

よく通る声が聞こえてくる。

「隣町の話、聞いたかい？　そうそう。通り魔の。四人が刺されたっていう。あれ、捕まったらしいぜ。ああ。うちの娘が学校で聞いてきたんだけどな。犯人、同級生だったって。え？うちの娘？　高校生だよ。そう、犬飼《いぬかい》の西高へ去年から」

話し好きな八百屋の店主が、客を相手に世間話をしているらしい。

「え？　ああ。そういえば、あの近くでもあったねえ。去年――いや、一昨年《おととし》くらいだったか。中学生が一人、いなくなったって。受験ノイローゼの末の家出って話だって聞いたが……。嫌な世の中になったもんだぜ。ほんと。窮屈《きゆうくつ》で仕方ねえや。俺らが子供の頃はもっとこう、大人も子供も余裕があったっつうか。暮らしが楽だったってわけじゃねえけど、伸び伸びとしていたんだよな」

愚痴《ぐち》っぽくなっていく店主の話に、客が気のない相槌《あいづち》を打つ。そんな彼らを通り過ぎたところで、男は小さく苦笑した。昔はよかった――というほど、昔も今も変わりはない。なにも知らない子供が大人になり、大人がまた老人になる。社会を知り、自分がその枠組みの中に存在していることを自覚する。ただ、それだけの話だ。

常識に。人間関係に。義務に。法に。がんじがらめにされるから、窮屈になる。それが大人になるということでもあった。だから子供には——特に、就学前の幼子《おさなご》には——翳《かげ》りがない。彼は幼子が好きだった。

(犯罪だって、そうだ。近年になって驚くほど増えたわけでもない。むしろ平和だからこそ、些細《ささい》な事件が大きく報じられるようになったんだろうさ。そりゃあ、まあどんな事件でも身近で起こらないに越したことはないけど)

口の中で反論をしながら、寂れた商店街を抜ける。歩き続けて公園に差し掛かったところで、男は足を止めた。小さな砂場、錆《さ》びたブランコ、色の禿《は》げたジャングルジム——なんの変哲もない、ただの公園ではあるが。幅の広い、石造りの滑り台だけは変わっているといえば変わっているのかもしれない。幼い子供が二人、つるつるに磨かれた斜面を駆け上がって遊んでいる。

二人が滑り台の頂上に辿《たど》り着いたのを見届けてから、公園の中へと足を向ける。それぞれの名前を呼ぶと、子供たちは初めてこちらの存在に気付いたようだった。上りきったばかりの斜面を滑り降りて、勢いよく駆けてくる。

「先生！」

「こんにちは！」

飛びつく二人を柔らかく受け止めて、

「もう、すぐにこんばんはの時間になってしまうぞ。そろそろ家へ帰りなさい」

舌足らずの声にそう返せば、子供たちは素直に頷《うなず》いた。飛びついてきたときと同じくらい勢いよく体を離して、また駆けていく。今度は、公園の入り口に向かって。

「バイバイ、先生！」

「さよなら！」

「ああ。気をつけて。転ばないように——」

という注意は子供たちの耳に届いていたのか、どうか。あっという間に小さくなった二人の後ろ姿を見送って、男は小さな溜息《ためいき》を吐き出した。まったく、と口の中で呟《つぶや》いて歩き出す——と。

足の間を小さな黒い影が過《よ》ぎっていったような、気がした。

「鼠《ねずみ》……？」

語尾を上げたところで、答えてくれる人はいないが。拳《こぶし》より一回り小さいくらいの影。虫というには大きいが、猫というには小さい。思わず、男はその姿を追って振り返った。夕闇はもう随分と夜に浸食されつつある。だからといって、それ以上はなにが変わるわけでもない。子供たちの姿が消えた無人の公園。朝、昼、夜。どこを切り取っても、ありふれた日常の一部でしかない。

——いや。果たして本当に、そうだろうか？　なにも変わらないのだろうか？

ふと覚えた違和感に、男はぐるりとあたりを見回した。

なにかが違う。なにかが欠けている。けれど、その肝心な〝なにか〟が分からない。見慣れたいつもの風景は、いざ思い出そうとしてみれば靄《もや》がかかったように不明瞭になる。靄、靄、靄。頼りない記憶を嘲笑《あざわら》っているのか、それとも記憶が風景に影響を与えたのか。視界の内には、いつの間にか黒い靄が現れていた。男はわけも分からないままに、それを目指した。

引き攣《つ》った喉《のど》から、声は出ない。のろのろとした足取りで、一歩ずつ、着実に近付いて行く。靴の底をざりざりと擦《こす》る砂の音が、妙に大きく鼓膜に響いて、耳障りだった。それでも、男は歩く。距離にして十メートルあるか、ないか。けれど、もう何キロもそうして歩き続けているような足取りで。やがて、ようやく足が止まった。それが自分の意思なのか、そうでないのかは分からなかったが――。

得体の知れない黒い靄は、目の前に漂《ただよ》っている。鼻先が触れるほどに近い。無意識に唇から漏らした吐息が、目の前の薄い闇を揺らした。視界が暗い。夜のせい、ではないのだろう。夜よりももっと冷たいなにかが手足を、体を包んでいく。朦朧《もうろう》とする意識の中で聞いたのは、キィキィと鳴くなにものかの声だった。鼠のようで、鼠ではない。生きもののようで、生きものではない。この世のもののようで、この世のものではない。遠く近い場所から聞こえる、不思議な鳴き声。

「キィ……？」

男は呟いた。なにを言おうと思ったのか――自分でも分からないままに、なにかを呟いたつもりだった。けれど唇から零《こぼ》れた声は、人のそれではなかった。では、なんだったのか。

分からない。男には、分からなかった。声の正体のみならず、自分がその後どうなったのかさえ。


放課後の教室は、ざわついていた。一日の学校生活を終えた解放感も、理由の一つではあったのだろうが。それにしても雑談をする生徒たちの顔には日常的とは言い難い困惑があった。

「部活動自粛《じしゅく》、かぁ……」

前の席では陸上部の女生徒が、使い古されたランニングシューズを片手にぼやいている。彼女の不満はホームルームで担任から告げられた一言に端を発していた。

「しかも、放課後は速やかに下校するようにって。なんで？　テスト前でもないのに、おかしくない？」

「うちの生徒がなにかやらかしたんじゃないの？」

面倒そうに答えているのは、髪をベリーショートにした女生徒だった。椅子《いす》の上で行儀悪く胡坐《あぐら》をかいている。制服のスカートが捲《めく》れるのを気にも留めていないのは、下にハーフパンツを穿《は》いているからだろう。彼女は怪訝《けげん》な顔をしている友人に人の悪い笑みを向けて、続ける。

「この間さぁ、剣道部の男子が鏡ヶ淵《かがみがぶち》に後輩を落としていじめてたのがばれたんだって」

「それで？」

「親が学校を訴えたとか、後輩の子が溺《おぼ》れて死んじゃったとか。いろいろありそうじゃん？　まあ、実際のところはどうなのか知らないけどさ。説明もなしって胡散《うさん》臭い感じだよね。何日後かにニュースで取り上げられたりして。それで、校長が言うわけよ。いじめがあった事実は確認できておりません——とか。そういうの、ありがちっていえばありがちだけど……」

興に入ったのかもしれない。いっそう声を大きくする彼女を見かねて、有栖川京介《ありすがわきょうすけ》は眉をひそめた。

「おい、不謹慎《ふきんしん》じゃないか？」

悪気はないのだろうが、悪趣味ではある。視界の端で居心地《いごこち》悪そうにしている剣道部の生徒を認めながら、窘《たしな》める。誰にも聞かれていないと思っていたわけでもないだろうに、彼女たちは驚いたようだった。肩がびくっと跳ねる。そうして、恐る恐るこちらを振り返り——

「なんだ、有栖川か」

顔を見ると、安堵《あんど》の息を吐いた。

「先生かと思ったじゃん。ていうか、盗み聞きはやらしーぞ」

「お前らの声が大きすぎるだけだ。まったく。他人の不幸を喜ぶとか、とんでもないな」

唇を尖《とが》らせる彼女を軽くあしらって、肩を竦《すく》める。少なからず、噂話《うわさばなし》を楽しんでいた自覚はあったのだろう。二人は一瞬、言葉を詰まらせた。顔を見合わせ、どちらともなく言ってくる。

「べ、別に喜んでないし。だって、急に部活動を自粛しろなんて言われたら気になるじゃん。理由」

「そうそう。なにかあったのかなって気になるじゃん！」

「そうか？　早く帰れてラッキー、くらいにしか思わないぜ。俺は」

素《そ》っ気《け》なく言い返すと、彼女たちは露骨に顔をしかめてみせた。

「うわー、つまらない」

「有栖川、ノリ悪くなったよねー。昔から変なとこ真面目《まじめ》だったけどさ、それでもこう、もっと冗談の通じるやつだったのに。最近どうしたの？　反抗期？　やだー」

「うるせえよ」

なにをどう言い返したところで、彼女らは面白おかしくしてしまうのだろう。相手にすることは諦めて、京介は鞄《かばん》を持ち上げた。オーソドックスなナイロン製のスクールバッグだが、長く使っているせいか生地がくたくたになってしまっている。そろそろ新しくすべきだろうか——と、頭の片隅でそんなどうでもいいことを考えていると視界にふっと入ってきたものがあった。

光沢の失われていない机——比較的、新しいためだ——傷の少ないその表面に、不機嫌そうな少年の顔が映っている。短い前髪の下に、細い眉とつり上がり気味の目。すっと筋の通った細い鼻はどこか女性に見える。全体的に繊細な造りのせいか、幼い頃は女児に間違えられることも多かった。そのことが密かなコンプレックスになっているため、今も自分の顔は好きではない。京介はすぐにそこから視線を逸らして教室を見渡した。

目当ての人物は、すぐに見つかった。彼女は帰り支度を始めるでもなく、友人との会話に興じている。その横顔を眺めて溜息を吐いたのは、微笑《ほほえ》んでいる彼女が酷《ひど》く眩《まぶ》しいように見えたからだった。色の白い肌に、小作りの鼻。よく愛嬌のある瞳と、弧を描く唇。薄い栗色の髪は、背中で緩やかに波打っている。ありていに言って、可愛《かわい》らしい。もっとも、彼女を恋愛対象として意識したことはないが。

「五十嵐《いがらし》――」

呼ぶ。五十嵐一二三《ひふみ》はすぐに気付いて、顔をこちらに向けてきた。

「あ、京介くん」

笑うときに少しだけ困ったように眉尻《まゆじり》を下げるのは、一二三の癖だった。

「帰るぞ」

京介は微笑み返すでもなく、短く告げる。それに一二三が頷いて、いそいそと鞄に教科書を詰め始める。その光景が日常の一部になってから、久しい。前の席の女生徒たちが、また顔を見合わせて、今度はにんまりと唇を歪《ゆが》めるのが見えた。

「うわー、出た！　京介の亭主関白！　一緒に帰ろう、じゃないんだよ」

「有栖川と五十嵐ちゃんって、長いよねえ。なーんか変な組み合わせなのに」

「本当、毎日見せつけてくれるよー！」

揶揄《やゆ》する彼女たちに一二三が慌てるのも、いつものことではある。

「ち、違うよ！　その、京介くんは送り迎えしてくれているだけだから」

「ええー、じゃあ有栖川の片想い？」

「五十嵐ちゃん、あんなこと言ってるよ。有栖川、ちゃんと告白したの？」

「した覚えはないな。というか、片想いをした覚えもないし」

軽く返しながら、携帯電話を確認する。届いていたメールに京介が返信をしている間も、一二三は関係を全力で否定している。少し顔を上げてみると、彼女の手は完全に止まってしまっているようだった。これは帰るまでにもう少しかかるな——と溜息を吐きながら、京介は送信ボタンを押した。

「だから違うって！　本当に、付き合ってるとかそんなんじゃなくて。京介くんの片想いとか、そういうことでもなくてね？」

一二三が慌てるほど、二人はいっそう面白がっているふうにも見える。

「そう思ってるのって、五十嵐ちゃんだけじゃない？　有栖川、かわいそー」

「帰る方向も違うのに、律儀《りちぎ》に送り迎えをしてくれるっていうのがまた。大事にされてるっていうか。分かってあげなきゃ駄目《だめ》だよ。そりゃあ、こいつってばびっくりするほど無愛想《ぶあいそう》だけどさ」

「それは、舞子《まいこ》のことがあったから——」

彼女たちのやり取りを苦笑交じりに眺めていた京介は、耳に入ってきた単語にぎくりと顔を強張《こわば》らせた。不意打ちにも似た衝撃に、胸が詰まる。何気ない日常が急速に遠ざかって、代わりにどうしようもない現実を突き付けられた気分だった。ゆっくりと、視線だけを動かす。見慣れた光景。いつもの教室。けれど、それは決して本来の姿ではない——と、京介は思っている。日常は二年前に欠けてしまった。それが、舞子だ。勿論《もちろん》、彼女の存在を忘れていたわけではないが。友人たちと他愛《たわい》もないやり取りをすることくらいは、許されるような気になっていたことも事実だった。

「五十嵐！」

思わず声を荒らげてしまって、京介は口を噤《つぐ》んだ。なにが起こったのかと目を丸くしている女生徒たちから顔を背《そむ》ける。周囲は何事かと少しの間だけこちらに注目したようだったが、すぐにそれぞれの会話へと戻っていった。沈黙に、胸の内が冷える。きまりの悪さと自己嫌悪だけが残った。

「……外で待ってるから。お喋《しゃべ》り、気が済んだら来いよ」

途切れ途切れに言って、教室を出る。

「あっ、待って！　京介くん！　わたしも行くっ」

一二三の慌てた声。続いて、机にぶつかる音。

「ちょっと、一二三。大丈夫？」

「うん、平気。ごめんね！」

友人たちに短く返して、後を追ってくる。背後に足音を聞いて、京介はぴたりと立ち止まった。振り返る。そのまま待てば、一二三はようやく安堵したようだった。走るのをやめて――それでも足早に――隣へ並ぶ。それから乱れた髪を軽く整えると、

「よかった。追いついた」

そう、ゆるりと笑った。

「外で待ってるって言っただろ」

「うん。でも、待たせたら悪いから」

目を優しく細める。そんな一二三を見ていることが辛《つら》くなって、京介は顔を前に戻しながら言い返した。彼女の気遣いに、胸がいっそう苦しくなる。

「気にするなよ。全部、俺の自己満足なんだ。迎えに行くのも、送るのも」

自己満足――というか、我儘《わがまま》でしかないことも京介には分かっていた。なにも言わずに隣を歩き続ける一二三に、続ける。

「だから五十嵐が合わせる必要なんてない」

和《やわ》らげたつもりの声色《こわいろ》は、自分でも驚くほど陰鬱《いんうつ》だった。言葉の内には、突き放すような響きさえあった。どこまでも気の利《き》かない自分に失望して、軽く下唇を噛《か》む。一二三の表情を窺《うかが》う気にもなれなかった。会話は完全に途切れて、二人の間には嫌な沈黙だけが残った。

口を噤んで、ただ歩く。

(……五十嵐は、この状況をどう思っているんだろう)

何度も胸の内に浮かべた疑問を、言葉にするより早く握りつぶしてしまうことも、いつものことだった。余所余所《よそよそ》しい空気を変えることもできずに、京介は過去へと思いを馳《は》せる。そう、以前は一二三とも自然に会話を交わしていた。彼女とは小学校以来の友人だった。中学校に入学してからは、幼い頃のような付き合いをすることこそなくなったが、やはり新しくできた他の友人たちに比べて気が置けない存在ではある。

(いや、だったと言った方が正しいんだろうな)

京介はやはり声には出さずに訂正した。

あの日を境に、すべてが変わってしまった。

視線を少しだけ動かして、過去の残像を探す。右隣では一二三が俯《うつむ》きがちに歩いているが、それだけだった。確認をするまでもない。ぎこちない空気、無言、どこか重たく響く二人分の靴音。その気が塞《ふさ》ぐような日常は、二年もの間ずっと続いている。

（憂鬱《ゆううつ》になるのは、舞子がいないことに慣れていない証拠だ。だから、これでいい）

自分に言い聞かせるように口の中で呟いて、白い溜息を吐く。唇から零れた息は、少しも大気をあたためることなく、すぐに色を失って消えた。寒い。寒い、冬の日。あの日もそうだった。

二年前。高校受験を控えた冬。因幡《いなば》舞子が消えたのは、祖父——有栖川京一郎《きょういちろう》の死からそう遠くない日のことだった。祖父さえ死ななければ、こうはならなかったのかもしれない。と、京介は思う。舞子とは家が隣で、幼い頃からよく遊んでいた。特に小学生の頃は、互いの両親が共働きだったため学校が終わったあとのほとんどの時間を祖父のいる京介の家で過ごしていた。

舞子は祖父のことが好きだった。祖父の話が好きだった。そのことは京介だけではなく、大人たちの知るところでもあった。だからこそ、あの日——夕飯時になっても帰ってこなかった舞子のことを誰も問題にしなかったのだった。一人で感傷に浸っているのだろう、思い出の場所でこっそりと泣いているのだろう、気丈な舞子はそんな姿を誰にも見せたくないのだろう、と。

元々、どこへ行っても親戚や知人、そのまた知人がいるような片田舎である。顔見知りでない人の方が少ないために、門限に寛容な雰囲気もあった。舞子も、行き先を告げずに出かけただけでもなかった。

(九天島《くてんじま》へ行く、か)

幼馴染みと最後に交わした会話を思い出す。半ば喧嘩《けんか》別れに近かったが、舞子は確かにそこへ行くと言っていた。

九天島。それは二人が住むところからそう遠くない、祖父の昔話に出てきた場所の名前だった。なにがあるわけでもない。つまらない伝承《でんしょう》が一つ残るだけの、寂れた町。

(でも、舞子は行ったきり帰ってこなかった)

以来、京介は二年前のあの日に繋《つな》ぎ止められている。

最初のうちこそ誘拐《ゆうかい》だと騒がれたものの、警察は事件を家出として処理したようだった。

多感期の少女、慕っていた老人の死、受験、将来への懊悩《おうのう》、家族間の問題。言葉にしてしまえば大層なように聞こえるが、実際のところ――それらは舞子にとって大した問題ではなかった。祖父の死には悲しんでいたのかもしれないが、それも乗り越えられないほどのことではなかった、はずだ。進路に悩んでいたという話にも、聞き覚えはない。確かに高校受験を控えてはいたが――彼女は二年の半ば頃から進学先を決めていたはずだった。家族問題にしても、そうだ。引きこもり気味の兄がいる。ただ、それだけのことに過ぎない。そんな取るに足らないと思われる要素――実際に本人が悩んでいたのか首を傾《かし》げたくなるような些細な問題さえ、大人たちは掻《か》き集めた。気付けば不幸な背景ができ上がっていた。そうして因幡舞子という人間は、深刻な悩みを抱えていたことにされてしまった。

彼女の傍《そば》にいたはずの友人たちは、大人の作り上げた舞子の虚像《きょぞう》を信じ始めた。誰にも、どうしようもなかった。姿を消した理由を説明できる人がいなかったのだ。

――可哀想《かわいそう》な舞子。いつも、どことなく悩んでいるようなところがあった舞子。誰にも相談することができなかった舞子。優しかったのに。いい子だったのに。舞子、舞子、舞子。

そこにかつての舞子はいなかった。そのことは、多分みんな分かっていたのだ。分かっていたところで、どうすることもできなかった。舞子が姿を消した理由を説明できる人がいなかった。

最後に見た幼馴染みの目を、脳裏《のうり》に思い描く。忘れることなどできるはずがない。苛立《いらだ》ちを浮かべた黒目がちの瞳で、こちらをきっと睨《にら》んでいた。そうだ。舞子には気の強いところがあった。思ったことを、言葉にせずに呑《の》み込んでしまうようなことはなかった。

なにもかもが違う。いなくなる前と、後とでは。けれど、違和感を受け入れなければ事件は解決しない。或《あ》いは、代わりに誘拐犯の存在を認めるか――

（それができなかったから、家出ってことになったんだろうけど）

みんなが本当の舞子を忘れていく。事件の後に作られた悩める少女を、舞子の記憶に上書きしていく。恐ろしいことだ。もう一年も経てば、以前の舞子を覚えている人はもっと少なくなるのだろう。もっとも、彼女の失踪《しっそう》が話題に上らなくなることの方が早いのかもしれないが。

「……京介くん、聞いてる？」

意識にふっと別の声が割り込んだ。思考を中断して、視線を上げる。

「悪い。聞いてなかった」

どうやら、周囲の音を完全に閉め出してしまっていたらしい。一二三がいつからそうして話しかけていたのかさえ、分からなかった。気まずい空気も忘れて素直に謝ると、一二三は拗《す》ねたように唇を尖らせてみせた。本当に機嫌を損ねているのか、そうでないのかは分からないが。

彼女の表情が、二人の間の空気をあたためたことは確かだった。

「もうっ。傷付くなぁ」

「悪かったよ。明日のテストのことを考えていてさ」

適当に濁《にご》して――で、なんだって？　と、もう一度訊き返す。

「だからね。ここ二年くらいで、このあたりも物騒になったよねって話」

一二三が答えた。

特に深い意味はないのだろう、多分。言葉には、ふと思いついただけのような気軽さがあった。

「そうか？　前から、変な事件はあったじゃないか。田舎だし……」

心臓が跳ねる。動揺を抑えて言えば、一二三は怪訝そうな顔をした。

「なに言ってるの？　田舎だから、なにもなかったんじゃない」

「そうだった、かな」

白々しい。そんなふうにとぼけてみたところで時間稼ぎにもならないことは、京介にも分かっていた。言葉を聞いて呆《あき》れたのだろう。彼女の唇からは憂鬱な溜息が零れた。

「前は、近所の高校生が煙草《タバコ》吸ってたっていうだけで事件だったたじゃない？」

「…………」

「舞子がいなくなったとき、大騒ぎになったでしょ？　しばらくの間、みんなすごく怖がってた。きっと外から入ってきた人が、舞子を誘拐したんだろうって」

「……ああ」

「でも、結局は家出で片付けられちゃった。京介くんは、おかしいと思っていないの？」

じっと見つめてくる。その目に浮かべられているのは疑問ではなかった。疑問の内には確信があった。本当はおかしいと思っているんでしょ、と。一二三はそう言っているのだった。

「暴力事件、家出、誘拐。変な事件が増えてきたのは、それからじゃない？　みんな少しのことでは驚かなくなっちゃったけど。それも、やっぱりおかしいと思う」

どうして、みんなは受け入れることができるんだろう。と、彼女が首を傾げる。

「最近の若い人は気が短い、とか。昔は平和だったのに、とか。そういう話をよく聞くけど、本当にそれだけなのかな。時代が変わっただけ？　こんなに、急に――」

「急に？　五十嵐は、本当に急なことだって思うのか？」

熱っぽい言葉を遮って、京介は訊き返した。え、と戸惑う一二三に続ける。

「確かに――五十嵐の言う通り、そうやって一つずつ挙げていけば不自然だ。でも、俺は急なことだとは思わない」

「どういうこと？」

「俺たちが生まれた頃に比べれば、このあたりも少しずつ開発が進んできているだろう？　人の出入りが増えれば、それだけ知らない顔も多くなる。こういう田舎ではさ、そういうのって結構なストレスになるんだと思う。そうして積み重なったストレスが、最近になって爆発した――そう考えた方が、よっぽど自然だ。なにか別の理由があるって疑うよりも、ずっと」

「そうかもしれないけど、でも……」

「むしろ高校生が煙草を吸っていたとか、そういう小さな事件が前触《まえぶ》れだったと思えば、五十嵐の疑問にも説明がつくと思う。舞子のことは俺だって、家出だと思っているわけじゃないけど」

一度、言葉を切る。一二三の目を見ずに、続ける。

「仕方がない。最近では、そう思うようにしてる」

「どうして？」

「誘拐犯が捕まらなかったから。犯罪者が近くにいるって考えるより、舞子が自分の意思でいなくなったと考えた方が怖くない。そういうこと」

「京介くんはそれで納得できるの？」

一二三は静かに訊いてきた。

「納得できなかったとして、五十嵐にはどうにかできるのか？」

その問いに、彼女が答えられないことは分かっていた。会話が再び途切れる。京介は、できれば彼女がそのまま口を噤んでくれていたらいいと思った。でなければ、次はもっと冷たい言葉を吐いてしまうかもしれない。

「京介くんは……」

願いに反して、沈黙は長く続かなかった。一二三が口を開いて——けれど、傷付いてはいるのだろう。躊躇《ためら》いがちに、言ってくる。

「本当のこと、絶対に言ってくれないよね。仕方がないなんて、思ってないくせに」

「…………」

「寂しいな。そういうふうに、誤魔化《ごまか》されちゃうと。わたしだって——」

舞子のこと、忘れていないのに。

小声で言うと、一二三は弾かれたように駆け出した。

「五十嵐っ！」

思わず、呼び止める。半ばまで上げた手は彼女に触れることもなく、空を摑《つか》んだ。

ゆっくりと手を下ろして、なにも摑むことのなかった右手を開く。力の抜けた指先が、情けなく、小刻みに震え始める。

——一二三は、なにを考えているのだろうか？

深く息を吸って呼吸を整えると、京介は自問した。

（俺が〝仕方ない〟なんて言ったから、怒っただけなのかもしれないけど……）

「俺は、誤魔化してるわけじゃない。ただ……」

ただ、なんだというのか。思わず声に出して、また口を閉じる。胸の内に言葉を探しながら、京介は走って行く一二三の背中を見つめていた。数メートル先にある角を曲がれば、彼女の家はすぐそこだ。

「明日も、迎えに来るから」

もう誰もいない空間に向かって、力なく呟く。それは一二三にというより、自分自身に向けた言葉ではあったが。

（言えるはず、ないじゃないか）

舞子の行方《ゆくえ》も、二年前からの事件との関連も――言えるはずがない。拳を握りしめて、くるりと来た道を引き返す。後ろから吹いてきた冷たい風が、京介の頬を撫でて過ぎ去っていった。


片付いていても落ち着かない部屋というのはあるものだ。

彼の部屋が、それだった。陽当たりはいい。窓は閉め切られていたが、床の上では小さな空気清浄機が唸《うな》りを上げてはたらいている。髪の毛の一筋も落ちていない、硬いフローリングの床。アイアン製の白いベッドに、同じく白い本棚とPCデスクが一つ。モデルルームよりも生活感がないように見える、清潔な部屋。枕カバーにもシーツにも、皺《しわ》の一つもない。本棚に並べられた本の背表紙は、前に出すぎることもなく後ろに引っ込みすぎることもなく、すべて均等に揃《そろ》えられていた。

それだけで、彼の神経質さが窺える。

「渉《あゆむ》さん」

呼べば彼は椅子ごと振り返った。顎《あご》の細い輪郭と癖のない真っ直《ま す》ぐな黒髪は、舞子を思い起こさせる。もっとも、彼はあの幼馴染みと比べて随分きつい顔立ちをしているが。

因幡渉。それが彼の名前だった。因幡家の長男。舞子の兄。

大学二年生だが、今は休学中である。舞子の件とは関係なく、昔から引きこもりがちでもある。パソコンや携帯電話の画面を見ていることが多いせいか、視力はよくないらしい。見るからに度の強い眼鏡をかけてさえ、目元に力を込めている。常に眉間《み けん》に皺の刻まれたその顔は、いつでも苛立っているように見えた。

「早かったな」

感情の読みにくい平らな声。

「はい。当分の間、部活動を自粛することになったんです」

「理由は」

「さあ。担任からはなにも説明がなかったので」

答えて、京介は怪訝そうに眉を寄せた。渉がそうして学校のことを聞いてくるのは珍しい。

彼とは舞子がいなくなった後から頻繁に会っているが、基本的にプライベートな会話をすることはない。

「そうか」

涉は一人で頷いている。

「もしかして、なにか知っているんですか？」

京介が訊き返すと、彼は少しだけ体の位置をずらした。正面にはやはり神経質に磨き上げられたデスクトップPCが、画面上にいくつかのウィンドウを表示していた。涉の手がマウスを操作して、その中から一つを最大化する。

〝何処《いずこ》なりともこの世の外へ〟

——ANYWHERE OUT OF THE WORLD.

と掲げられたコミュニティ型の会員制サービス。いわゆる、ソーシャル・ネットワーキング・サイト。会員たちには〝いざない〟と呼ばれるらしいそのサイトの運営者については京介の知るところではないが、かなり昔から存在しているようではある。昨今流行《はや》りのSNSサイトとはまた若干事情が異なるようで、例えば裏サイトのようなアンダーグラウンド的要素が非常に強い——らしい。どことなく胡散臭いが、涉はそれ以上のことを話そうとはしなかった。

「新田町《しんでんちょう》で、小学生以下の子供が行方不明になる事件が起きている」

平淡《へいたん》な声が続ける。

「行方不明……ですか」

「ああ。いなくなったのは〝ここ〟で確認できるだけで三人。警察は誘拐事件の方向で捜査をしていたらしい。だから、周辺の学校には気をつけるよう指導が行ったんだろうな」

「でも、それならわざわざ理由を伏せなくてもいいような気がするんですけど……」

訝《いぶか》って、京介は訊き返した。渉には二年の間、さまざまな事件に関する噂話を集めてもらっているが、実をいえばインターネットは苦手だ。不信感がある、と言った方が正しいのかもしれない。匿名《とくめい》性の高さが警戒心を煽《あお》るのか――顔も知らない、本名も知らない相手とのやり取りは、どうにも現実的ではない。

いや。〝何処なりともこの世の外へ〟という、そのSNSサイトでの交流によって得る情報に関していえば限りなく正確ではある。が、だからこそ、気味が悪かった。そこでは誰もが架空の名前――いわゆるハンドルネームを用いて、現実の人間関係をいっさい持ち込まないようにしている。

渉は小さく鼻を鳴らして、答えてきた。

「事件を公《おおやけ》にして警戒すれば、追い詰められた犯人がなにをするか分からないからだろう。少なくとも、今の時点ではいなくなった子供が生きている可能性もあるわけだからな」

「そうは言っても、説明もなしに下校時間を早めたってなんの解決にもなりませんよ」

「警察側は注意を促した。学校側にも、注意喚起に対応したという事実が残る。それだけで、なにかが起こったときの責任は随分と軽くなる」

淡白に言って、渉はひょいと肩をすぼめた。唇の端が、皮肉っぽく捲れ上がる。

「まあ、そんなことはどうだっていいさ。問題は――」

「問題は？」

「これが、ただの誘拐事件じゃあないかもしれない。と、いうことだ」

カチカチとクリック音が響く。リンク先の一つに飛んだらしい。そこには、四行ほどの文章に添えて一枚の写真が貼り付けられていた。どうやら、場所は件《くだん》の新田町にある公園のようだった。隅に、楕円形《だえんけい》の石がぽつんと寂しく置かれている。記念碑のようにも見えるが——

「なんですか？　これ」

眉をひそめて、京介は訊ねた。

「道祖神《どうそじん》」

「どうそじん？」

なんですか、それ。と、さらに訊き返す。

「そんなことも知らないのか」

面倒臭そうに溜息を吐いて、渉。

彼は口を噤んだが、すぐにそうしていても話が進まないことに気付いたのだろう。

「一言で説明するなら、道の神。もう少し詳しく語ろうとすると、長くなる」

と言って、鋭い目をこちらに向けてきた。なんとなく気後れしながら、京介は先を促す。

「あの、続きをお願いします」

「……地域によってはドウロクジンと呼ばれることもあるし、サエノカミと呼ばれる神々もこの中に含まれることがある。サエノカミ——漢字では、塞ぐ神と書くんだが」

「塞ぐ神……」

なにかを塞いでいる、もしくは遮っている神。漢字の意味をそのままに受け取るのだとすれば、そういうことになる。反復する京介に、渉は軽く頷いた。

「イザナギがイザナミを訪ねて、黄泉国《よみのくに》へ下った話は知っているか？」

「まあ、さわりくらいは。そういうの、舞子が好きでしたし……」

言いながら、思い出す。

イザナギの黄泉国訪問。日本神話において重要な役割を持つ夫婦神《めおとがみ》、イザナギとイザナミ。この二神は国を生み、さらに多くの神々を誕生させた。森羅万象《しんらばんしょう》――海や川、木や山、風や霧、そして火。火の神を生んだイザナミは、その際に負った火傷《やけど》がもとで世を去った。妻の死を悲しんだイザナギは、妻のいる黄泉国へと赴《おもむ》く。結局のところ、イザナギは禁を破り妻の姿を見てしまったがために黄泉国の鬼女、ヨモツシコメに追われることとなるのだが……。

渉が話を引き継いで、続ける。

「黄泉国の女たちを追い払ったイザナギは、黄泉比良坂《よもつひらさか》を大きな石で塞ぎ、持っていた杖《つえ》を立ててイザナミと永遠の別離を交わした。このときに杖から生まれたのが、サエノカミというわけだ。一般的には、悪しき霊の侵入を防ぐ神とされている。峠や坂道、境や辻といった場所で外から訪れる〝モノ〟を遮っている」

「この道祖神は、サエノカミなんですか？」

写真を指させば、彼は小さく顎を引いて答えた。

「ああ。サエノカミだった」

「だった？」

過去形。ということは、今は違うのだろう。

人々の日常に深く根差し信仰を集めていた、境界を守る神。石の碑。それが〝そうでなくなった〟というだけで、もう話が不穏な方向へ向かっていることは分かった。嫌な予感を肯定するように、渉が重たげに口を開いた。

「割れたんだよ」

溜息交じりの、簡潔な言葉。

「え？」

「転んだ子供がこの道祖神に頭をぶつけて怪我《けが》をしたそうだ。それで、母親が管理局にクレームの電話を入れたというわけさ。それ以前にも撤去の要望は出ていたというから、管理局の方も対処を考えたんだろう。その後、撤去作業中に作業員が落としてしまったという話だ。古いものだったとも聞いているし、石そのものが脆《もろ》くなっていたんだろうな」

確かに——写真の中の石碑は、随分とみすぼらしく見えた。緑色に変色している部分は、苔《こけ》なのか黴《かび》なのか。台座や根元の部分は、撤去される以前から罅《ひび》が入って欠けていたようでもある。

説明を終えると、渉は疲れたような吐息を吐き出した。体重をかけられた椅子の背もたれが、キィキィと不快な音を立てている。

「その、割れた道祖神は……」

訊けば、彼は椅子の上で肩を竦めた。

「処分したんだろう。多分。元々、どこに移すという話も出ていなかったらしいからな。割れていなかったところで、同じことだったのかもしれない。けれどそのせいで、境を守るものがなくなってしまった――と、俺は考えている」

「それで、誘拐事件ですか」

「恐らく。確証があるわけではないが、条件は揃っている。どうする、京介？」

渉の目が、挑発的に睨んでくる。そこにはなんらかの感情が浮かんでいるはずだが、

「行きますよ。明日の放課後にでも、すぐに」

確かめることもせずに視線を逸らして、京介は答えた。他の選択肢などあるはずがなかった。

「そうか」

椅子ごと背を向けて、渉が呟く。話はそれで終わりだった。

「では、渉さん。お邪魔しました」

軽く頭を下げて部屋を出る。彼が振り返ることはない。いつものことだ。部屋のドアを開ければ、大きな三毛猫が体を擦りつけてきた。

「じゃあな、茶々《ちゃちゃ》。また」

因幡家の飼い猫である彼女にもそう告げて、歩き出す。

渉の両親は、まだ帰っていないらしい。それは、いつものことではあった。因幡家の夫婦は

兄妹が幼い頃から共働きで不在がちである。舞子がいなくなってから、彼らはそんな現実から目を背けるようにいっそう仕事に没頭しているようでもあった。

閉じた玄関のドアを見つめながら、京介はふっと息を吐いた。しんと静まりかえった家は、外から見れば無人のように見える。実際、近所の人たちもそう思っているに違いない。このあたりの習慣として、有人の家に鍵がかけられていることは少ないが――玄関の外に積まれた回覧板やお裾分《すそわけ》などを見るに、このドアが開くのか試す人さえいないのだ。

広い家で、朝から晩まで一人と一匹。

寂しくはないのだろうか？　ふと浮かんだ疑問を、京介はすぐに頭の片隅へ追いやった。

（俺が考えていいことではないんだろうな。少なくとも、舞子を見つけるまでは……）

外は陽が沈んで、もう暗くなり始めていた。


例の道祖神が祀《まつ》られていた公園には、誰の姿も見えなかった。陽が落ちるにはまだ少し早い時間だというのに、奇妙な静寂に包まれていた。

少なくとも三件、子供がいなくなっているのだから当然のことなのかもしれないが。

そう考えてみれば、ここへ来るまでに遊んでいる子供の姿を見ていない。京介はぐるりとあたりを見回した。小さな砂場、錆びたブランコ、色の禿げたジャングルジム、石造りの滑り台――それだけを見れば、特になにが変わっているわけでもない。よくある公園でしかない。

（道祖神があったのは……）

昨日、渉に見せられた写真の記憶を頼りに、奥へ足を進める。午前中に少しだけ、雨が降ったからだろうか。歩くたびに、粘りけのある泥が靴底に纏《まと》わり付いて不快だった。ざりざりと足の裏を擦りつけるようにして歩く。ふと視界の端に、盛り上がった土塊《どかい》が映った。石は台座からすべて綺麗《きれい》に取り除かれている。が、多分、道祖神はそこに鎮座《ちんざ》していたのだろう。

あるはずのものがない。風景が欠けている——そんな違和感が、確かにあった。そのまま、躊躇《ちゅうちょ》することなく進む。京介は土塊の前でしゃがむと、こんもりとした土の山に触れた。

指先が冷える。悪寒《おかん》。背筋を下からなぞられたような気味の悪さに、思わず手を引く。と、土塊の下でなにかが動いたような気がした。いや。気のせいではない。盛り上がった山の頂《いただき》から、ぱらぱらと土が崩れ始めている。京介は、緊張に息を呑んだ。呑み込んだ空気が、喉の奥で変な音を立てる。いやがうえにも、動悸《どうき》が速まった。

崩れた土の中からは、薄汚れた茶色の毛が——

(毛？)

毛だ。人間ではなく、動物の毛。もぞもぞと動いて土の中から顔を出したのは、拳大ほどの生きものだった。つぶらな黒目がぎょろりと動いて、見上げてくる。軋《きし》るような鳴き声を上げたのは、鼠だった。視線が、奇妙に交わる。

「あ……」

次の瞬間、鼠はぱっと体を反転させて、奥の茂みに飛び込んでいった。動物が人を見て逃げ出すことに、不自然はない。ない、が。なんとなく、引っかかるものはある。

(そもそも、土の中から出てくるものなのか？　鼠って)

そういうものも、中にはいるのかもしれない。

けれど違和感が重なれば、それはもう日常ではない。京介はゆっくりとした動作で立ち上がった。非日常が足音をひそませて近付いてくるような錯覚に眉をひそめる。どうしたものか。指先についた土を軽く払って、息を吐く。

行方不明になる場所が決まっているのなら、そこを調べればいい。或いは、無防備を装って犯人との接触を試みるという手もある——が。京介は小さくかぶりを振った。どちらも駄目だ。事件は必ずしもこの公園で起こっているわけではなかったし、行方不明になっているのも今のところは小学生以下と限定されている。

(あとは、あからさまな聞き込みなんかをして、こっちの存在を匂わせる……くらいだけど。少し間違うと、俺が不審者扱いされかねないな。警察だって、動いてはいるんだろうし)

なにか口実はないか。事件のことを人に訊ねて歩いても、咎《とが》められないような口実が。

考えたところで、そう簡単になにかを思いつくはずもなかったが。そのとき、

「あれ？　京介くん？」

背後から呼ぶ声が聞こえた、気がした。怪訝に思いながら、振り返る。公園の入り口——曇《どん》天《てん》の下には、見知った顔があった。

「……五十嵐？」

どうして、彼女がここにいるのか。京介は驚いて目を瞬《また》かせた。帰り際には、そんな話は一

言もしていなかったはずだ。いや、それを言うなら今朝から一度も、会話らしい会話などなかった。

「どうして――」

「京介くんこそ、どうしてこんなところに？」

「…………」

「もしかして、京介くんも行方不明事件のことを知ってるの？」

「も――って、ちょっと待て、五十嵐。お前、どこでその話を聞いたんだ？」

まさか渉のように、ネットで調べた――というわけでもないだろうに。

（というか、あれか？　俺が知らないだけで、実は今回のことって有名なのか？）

詰め寄れば、一二三はしどろもどろに答えた。

「隣のクラスにね、佐伯《さえき》さんって子がいるの。あ、同じ保健委員でね。友達なんだけど。その子から、新田の親戚が行方不明になってるって話を聞いたんだ。それで、部活の自粛もそのせいかなって思って……」

「思って？」

「京介くん、昨日言ったじゃない。〝納得できなかったとして、五十嵐にはどうにかできるのか？〟って。それで、少しむっとしたっていうか。なにもできないなんて思いたくなかった――って言えばいいのかな。新田に来てみればなにかが分かるかもしれない、と思ったわけじゃないんだけど」

言って、一二三はふいと顔を背けた。昨日のことを思い出して、怒ったのか——いや、もしかしたら悲しんでいるのかもしれない。眉を寄せて、眉間に皺を作っているのが見える。

「あのな……」

——けれど、それはそれ。これはこれ、だ。

京介は溜息を吐いた。

「だからって、どうしてわざわざ来るんだよ。危ないとは思わなかったのか？」

つい、口調がきつくなる。

「昨日のことは俺が悪かった。でも、そのあたりに犯人がうろついてるかもしれないのに、こんなふうに一人で調べに来るなんて、短絡的すぎるぞ。もしも襲われたら、どうするつもりだったんだ！」

「そういう京介くんだって、来てるじゃない」

俯いたまま、一二三が反論してくる。

「京介くんは、どうしてここにいるの？」

「俺は……」

「京介くんの気持ち、少しは分かってるつもりだった。舞子がいなくなっちゃったから、心配なんだよね？　わたしまでいなくなっちゃわないかって。だから、毎日送り迎えをしてくれるし、なにも教えてくれない。大切に、大切にしてくれる。でもね、そういうのって寂しいよ」

違う。京介は、口の中で呻《うめ》いた。言葉にはならなかったが——

「わたしも、舞子の友達だよ。京介くんだけじゃないんだよ」

「五十嵐……」

一二三が、背けていた視線を戻して見上げてくる。そうして数秒。見つめ合った後に、

「教えないっていうのは少し違う。教えられるほどのことは、俺も知らないんだ。舞子の手掛かりを探してるっていう、ただそれだけのことで……。確かに、五十嵐を巻き込みたくないっていうのはあるんだけど」

京介はやっとのことで口を開いた。言おうか言うまいか迷いながら、たどたどしく答える。

勿論、それがすべてというわけでもなかったが、まったくの嘘《うそ》でもない。一二三はきょとんと目を瞬かせている。納得したような、していないような——微妙な顔ではあったが、もう怒ってはいないようだった。

そんな彼女に、一つだけ提案をする。

「ちょっとさ、佐伯さんって人の名前を貸してもらえないかな」

「え？」

「このあたりの保育園や幼稚園を回ってみようと思っているんだ。いなくなった子の身内なら、話を聞いたって不審に思われない。でも、俺は佐伯さんのことを知らないし女の子でもないから……五十嵐も来てくれないかな？」

言えば——今度は驚いたのだろう。彼女は目を大きくした。

「いいの？」

「駄目だって言ったら、素直に帰ってくれるのか?」

「……ううん」

「それなら、最初から一緒にいた方が安心だ」

言葉に、深い意味はない。事実を言っただけのことだったが、一二三は何故《なぜ》か顔を赤くした。

「あっ、でもちょっと待ってね。佐伯さんに、頼んでみないと!」

大仰《おおぎょう》すぎるほどの動作でぱっと顔を上げて、いそいそと携帯電話を取り出す。それから例の〝佐伯さん〟とやらに電話を掛けると、すぐに話は通ったらしい。

「大丈夫だって! 親戚の子が通っていたっていう幼稚園も、ここから近いから。行ってみよう」

そう、はにかんだのだった。


青葉《あおば》幼稚園。それはどこにでもありそうな名前の——実際、変わったところなどなにもない、普通の幼稚園に見えた。敷地は低い煉瓦《れんが》壁に囲まれて、銀色の薄い門が入り口を守っている。閉園時間には、まだ少しだけ早いのだろう。園内には迎えを待って遊ぶ園児たちの姿がある。けれど、それが平和な日常の風景かといえば、そうではないようだった。それほど広いとは言えない敷地内で職員が二人ほど、子供たちの様子に気を配っている。顔には微《かす》かな緊張。彼らは些細な異変も見逃さないように、用心深く視線を動かしていた。門の外から様子を窺うこちらに気付いて、一人が歩いてくる。まだ若い、男性だ。幼稚園教諭としては新米なのかもしれない。目元に、不安の影があった。

京介は迷った末に、彼に軽く会釈《えしゃく》をしてみせた。勿論、それで不審が和らぐとは思わなかったが、なにもしないよりはいくらかマシなはずだ。隣の一二三も、警戒されていることは感じたのだろう。どう切り出すつもりかと、見上げてくる瞳が訴えていた。

「あの、お迎え……ではありませんよね？」

職員が、遠慮がちに訊いてくる。目には戸惑い。子供だと確認したところで、安心できるというわけでもないのか。むしろ、高校生がなんの用かと訝っているらしかった。

「友人の――この子の身内が、ここの幼稚園に通っているんですけど」

一二三を軽く一瞥《いちべつ》して、京介は続ける。

「少し前から、行方不明なんです。それで、話を聞かせてもらおうと……。なあ、佐伯」

脇でつつけば、ようやく〝設定〟を思い出してくれたのだろう。彼女はびくっと肩を跳ねさせて、何度も頷いた。思わず頭を抱えたくなるほどに挙動不審だが。どうやら、職員は彼女の――正確には、彼女のものではないのだが――名字に気を取られてくれたようだった。「ああ」と軽く頷いて、

「佐伯さん――志音《しおん》ちゃんの」

「警察に任せておいた方がいいとは思うんですけど。彼女、志音ちゃんのことを可愛がっていたので。やっぱり、じっとしていられなくて」

「そう、でしょうね」

気の利かない相槌の代わり――というわけでもないのだろうが、彼は神妙な顔で頷いた。

「うちの職員たちも、わたしも……心配していますから。身内の方なら、尚更《なおさら》でしょう」

「はい。なので、こうして聞き込みを」

こちらも声のトーンを落として、答える。ちらっと窺えば、若い職員の顔から警戒の色は消えていた。そこへ代わりに頼りない同情を浮かべて、言ってくる。

「できることなら、わたしもお力になりたいんですが。園内で起こったことでもありませんし」

「どんなに些細なことでもいいんです。最近、このあたりでなにか変わったこととかありませんでしたか？　不審者がいたとか――」

「不審者、ですか……。聞きませんね。このあたりって昔から住んでいる人が多いんですよ。みんな顔見知りみたいなもので。知らない人を見かけていたら、それこそみんな真っ先に疑っていると思います」

彼の話は、およそ参考になるものではなかった。けれど、まったく意味がないということもなかった。これまでも〝外〟の人間が事件に関わったことはない。取るに足らない類似性《るいじせい》だが、重要なことだ。ただの犯罪か、そうでないかを判断する上では。京介は顎に手を当てて、考える素振《そぶ》りをしてみせた。

少し間を置いて、もう一つだけ問いかける。

「では、変わった噂なんかは？」

「変わった噂？」

「なんでもいいんです。行方不明と関係なくても」

言えば、彼は怪訝そうな顔をしながらも考えてくれたようだった。

「そういえば……」

なにかを思い出したのだろう。目を上げて、続ける。

「変わったことといえば、子供たちが――」

「子供たちが？」

「よく鼠を見ると」

「鼠……？」

「行方不明とは関係ないんですけど。嫌ですよね、不潔な感じがしますし」

「そうですね」

公園で見た鼠を思い出しながら、京介は軽く相槌を打った。

「不吉な感じです」

言葉の違いには、気付かなかったらしい。或いは、それどころではなかったのか――少し離れた場所から、もう一人の職員がこちらを訝っている様子が見える。彼には、そちらの方が気に掛かっていたのだろう。

「お役に立てなくて、すみません」

「いえ。こちらこそ、お仕事中にすみませんでした」

「志音ちゃん、早く見つかるといいですね」

気遣う彼に頭を下げて、その場から離れる。

それから近くの保育園にも足を運んだが、そこでのやり取りにも特別なことはなかった。やはり、不審人物を見たという話はない。それはそれで、職員たちの不安に繫がっているようではあった。

顔見知りの中に犯人がいるかもしれない、という疑念。ぴりぴりとした空気を、子供たちも無意識に感じ取っているのだろう。妙に落ち着きがない子供たちを宥《なだ》めるのに手いっぱいというふうで、大した話もできないままに追い返されてしまったのだった。

そうして一通りあたりの様子を見て回り、例の道祖神があった公園まで戻ってきたところで、それまで無言でいた一二三が、ようやく口を開いた。首を傾げる、その動作に合わせて栗色の髪が揺れる。

「京介くん、こういうの慣れてるの？」

「別に、慣れてはいないけど」

恐らくは聞き込みのことを言っているのだろうと見当を付けて、京介は答えた。

「なにか気になることでもあったのか？」

訊き返せば、彼女が複雑な顔で答えてくる。

「ううん、気になることなんてないけど。わたしはずっと嘘だってばれちゃわないかドキドキしてたのに、京介くんは余裕だったなぁと思って。さらっと嘘吐いちゃうなんて、意外だったから」

「嘘――というか。佐伯さんの名前借りて話を聞くって、最初から決めてたじゃないか。本人に許可だって取ったわけだから、緊張するようなことなんてないだろう？」

「そういうもの、かなぁ」

なにが納得できないのか、一二三は不満げに眉をひそめている。

「なにか思ってたのと違う」

「思ってたのって？」

「こう、もっとはっきりしたことが分かるんじゃないかって思ってたから。京介くんが舞子のためにやろうとしてることとか、いろいろ。でも手掛かりはなにもないし、京介くんもあっさりしてるし」

「だから、俺も知らないって言っただろ？」

返しながら、京介は少しだけ笑った。

「でも、知ってることもありそうなんだもん」

「それなら五十嵐より先に、警察に言ってるって。誘拐事件だったら……な」

呟いてから、なんとなく意味深《いみしん》になってしまったことに気付く。小さな咳払いで誤魔化して、京介はその場に立ち止まっている一二三の背に触れた。

「とにかく、今日はもう帰ろう。これ以上聞き込みをしても、どうにもならなさそうだ」

軽く押して、促す。

「うん」

「現実なんて、そんなものなんだ。どれだけ探しても舞子の居場所は分からない。俺たちが偶然、舞子の手掛かりを見つけるなんて……そんな漫画やドラマの世界みたいにはいかないよ」

「うん」

一二三が頷く。頷くしか、できなかったのだろう。京介は溜息交じりに続けた。

「それでもなにかせずにはいられないけど、俺たちはただの高校生だ」

「うん、それはそう……だけど。でも――」

「俺は、それを認めるのが嫌で恰好《かっこう》つけていたんだ。きっと。だから五十嵐に誤解させたんだろうとも思う。五十嵐が思っているような隠し事があったら、よかったんだけど」

もう一度だけ、行こうと声をかける。一二三は顔を伏せて、小さく顎を引いたようだった。

がっかりさせてしまったのかもしれない。

彼女の様子にそんなことを思いながら、独りごちる。

(さらっと嘘吐いちゃうなんて、か)

嘘。偽《いつわ》り。虚言《きょげん》。どれも褒《ほ》められたものではないのだろう、が。

(必要な嘘も、ある)

なんとなく――口の中でそんな言い訳をして、京介はとぼとぼと先を歩く一二三の後を追った。

その日は、祖父の葬儀が済んだ翌日だった。

その日は、気味が悪くなるほどに空が赤かった。

その日は、その日は、その日は……。

「ねえ、京介。おじいちゃんの時計って、どうなったの？」

思えば、それが引き金だった。一つの、どうということもない問いかけ。

「俺が持ってる。死んだら処分するようにって、じいちゃんから預かったんだ」

祖父の死を最も悲しんだであろう幼馴染みは、まだ少しだけ気落ちしたふうではあったが、もう泣いてはいなかった。そのことに、あのときの自分はほっとしていたのだ。なにを考えることもなく、訝ることもなく、ただ彼女の問いに答えてしまった。もしも――もしも仮に、あのとき上手くはぐらかしていたら。持っていないと嘘を吐いていたら。こうはならなかったのかもしれない。過去の記憶には常に後悔が伴う。

彼女の言う〝時計〟のことは、京介もよく知っていた。祖父が大切にしていた金色の懐中時計。

手元から失われた今でも、その細部まで思い出すことができる。蓋《ふた》の裏側には反時計回りに彫られた十二匹の動物が。鼠、牛、虎、兎、龍、蛇、馬、羊、猿、鶏、犬、豕《いのこ》――それらが中国の十二支を表しているのだとは、祖父から聞いて知っていた。

逆さまの時計。十二支も文字盤の数字も針の動きも、すべてが逆に作られている。時計としては使いにくい。かといって美術品としての価値があるようにも思えない、中途半端《ちゅうとはんぱ》な代物《しろもの》だった。

ポケットから取り出してそれを見せると、舞子は神妙な顔をして言ったのだ。

「九天島へ行ってみない？」

彼女がなにを思ってそんなことを言ったのか、そのときの自分には分からなかった。いや。今も、分かっていないのかもしれない。ただ、あのときは今よりももっと無遠慮で無神経な子供だった。

そう、子供だったのだ。どうしようもなく幼かった。

二年前の、幼馴染みの顔を思い浮かべる。目には微かな好奇心――あの頃の自分に見つけることができたのは、それだけだった。当たり前のように存在していたはずの悲しみと喪失感《そうしつ》を、何故かすっかり見落としていた。気付こうともしなかった、と言った方が正しいのかもしれない。

記憶の中の彼女が言う。

「狐《きつね》に会いに行くのよ。おじいちゃん、言ってたじゃない。九天島神社で狐が待ってるって」

それは、祖父の得意な昔話だった。

九天島の神社には狐が住んでいる。幼い頃に、祖父は狐が化けた少女と出会い、そうして再び会うことの証《あかし》としてその懐中時計を手渡された。掻い摘《つま》んで話せば、そういうことらしかった。まるで御伽噺《おとぎばなし》のような、非現実的な昔語り。子供騙《だま》しの作り話。小道具まで用意して手の込んだことだ――と幼心に思ったことを覚えている。

「お前は、九天島神社に近付いてはいけないよ。京介」

昔話を語った後に、祖父は決まってそう結んだ。今思えば、それは確かな戒《いまし》めだった。けれど今になって理解したところで遅かった。あのとき。あのとき、祖父の話を信じていたのでなければ意味がなかった。

「……あのな、舞子。じいちゃんが死んじゃって悲しいのは分かるけど、現実を見ろよ」

過去の京介は、幼馴染みにそう言った。多分、冷たい顔をしていたのだろう。見返してくる舞子は、酷く傷付いた目をしていた。

「現実？」

鼓膜には、怒りを孕《はら》んだ震える声がこびり付いている。

「京介は、嘘だと思ってたの？　おじいちゃんの話」

「嘘っていうか、作り話だろ。よくある昔話」

「違うよ！　本当の話だって、おじいちゃん言ってたじゃない」

今思えば首を傾げたくなるほど、互いに頑《かたく》なだった。舞子は祖父の昔話を真実であると認めさせたがったし、自分はどうしても虚構だと言って聞かなかった。いつもと同じ二人だったら、もう少し穏便に話し合っていたはずだった。歩み寄ろうと会話を重ねたはずだった。どうしてあのときに限って違ってしまったのか、考えてみても理由は分からなかった。

目蓋《まぶた》の裏に描いていた幼馴染みの後ろ姿が消えたとき、京介はゆっくりと目を開いた。眩しさに、目を細める。しかし、窓の外は疑いようもなく夜だった。見渡す限りの黒に、月の光と街灯の作る影がぼんやりと浮かび上がっていた。ただ部屋の中だけが、真昼のように明るいのだ。電気を点《つ》けているわけでもないのに。

机の上には、一枚の銅鏡《どうきょう》がぽつんと置かれていた。光は、その緑青《ろくしょう》色の鏡面から放たれているようにも見えたが。

昼からは、重たい溜息が零れる。舞子がいなくなってから、もう何度溜息を吐いたか知れない。嘆く資格もないのだとは分かっていた。彼女がいなくなった原因は自分にある。そのことを知っているのは、彼女の兄である渉と因幡家の飼い猫——

僅《わず》かに開いた窓の隙間《すきま》から、三毛猫がするりと体を滑り込ませた。どこで捆まえてきたのか、口には雀《すずめ》を咥《くわ》えている。茶々だ。だが、昼間とは明らかに様子が違う。狡猾《こうかつ》に光る目に、ほんのりと笑んでいるようにも見える口元。まるで人間じみた顔だった。尻のあたりから生えた尾は、根元から二股に分かれてゆらゆらと揺れている。

茶々は軽く床に着地して、獲物の頭を齧《かじ》り始めた。ごきん、と骨の折れる不快な音に眉をひそめながら——けれど猫の異様な様子には驚くこともなく——京介は昼間のことを思い出していた。

「なあ、茶々。新田には鼠が多いのか?」

食事をしている三毛猫の上にぼんやりと視線を留めて、訊く。茶々は問いを理解したように顔を上げた。いや。事実、理解しているのだ。汚れた口元を前脚で拭《ぬぐ》って、答えてくる。

人の言葉で。

「まあねぇ。あのあたりは、田んぼが多かったから」

女の声音だ。雌《めす》だから、不思議なことではない。彼女が人語を操ることも、驚くほどのことではない。日常と常識は、二年も前に幼馴染みが連れ去ってしまった。残されたのは非日常だけだった。

非日常的な現実。そう、現実だ。目の前で起こっていることは、すべて実際に起こっていることでもある。つまり、長く生きすぎた猫は別の世の者として新しい生を受ける。こちら側――〝うつしよ〟風に言うのなら、化け猫ということになる。物の怪《け》。化生《けしょう》の者。妖怪。化け物……昔からさまざまな呼び方をされてきたそれらの生きものは、実在する。それなりの条件を揃えてやれば、人の世に姿を現す。ただ、それだけのことだ。

「田んぼ？」

京介は訊き返した。新田町の風景を、ぼんやりと頭の中に思い描く。

田んぼ。田畑。田。いくら記憶を辿っても、そういったものを見た覚えはないが――

「そ。新しく田んぼを作った土地。だから、新田町って言うわけ。知らなかった？」

大人びた、それでいて気取らない声が続けてくる。

「でも戦後の土地開発で田んぼが埋められてからは、鼠たちも住処《すみか》を移したはずだけど」

「ふうん」

一応、頷いてみせて、

「じゃあ、なんで今になって鼠が戻ってきたんだろうな」

また訊く。慎重に、この世の者ではない猫の言葉に耳を傾ける。

彼女は多くのことを知っている。それだけの時を生きている。

(だから、なんとなく油断もできないんだけど)

と、それは胸の内でのみ呟いて、京介は床の上の三毛猫を見つめた。部屋を満たす不可思議な陽射しの中で、茶々はぱたりぱたりと二股に分かれた尾を振っている。彼女はこちらの視線に気付くと、金色の飴細工《あめざいく》にも似た瞳で見上げてきた。視線が交わる。両親や祖父母などよりも――口ぶりからすると――もっと年を経た、瞳だ。

胸の内を見透《みす》かされるような危機感を覚えて、京介はふいと目を逸らした。

そのことを気に掛けたふうもなく、のんびりと。茶々が告げてくる。

「それはやっぱり、渉ちゃんの言ってたドウソジンが壊れちゃったからじゃないの」

台詞《せりふ》は、問いかけに対する答えだった。気まずさと困惑から、京介の反応は遅れたが――。

「昔の人が作った〝カミサマ〟は、いったいどことの境を守っていたのかしらねえ」

茶々が、ごろごろと不吉に喉を鳴らす。その音で、ハッと我に返る。

「明日、また新田に行くぞ。お前も来いよ、茶々」

低く呟けば、茶々は返事の代わりにまた喉を鳴らした。条件が揃っているのなら出ると、そういうことなのだろう。猫であるからか、なんなのか、彼女はこの土地に居着いている。滅多《めった》に他へは行きたがらない。曰《いわ》く「縄張りがある」という話だったか。

「そういえば」

ふと思い出して、京介は溜息を吐き出した。

「五十嵐が……知ってるだろ？　舞子と仲のよかった、五十嵐一二三。あいつ、少し不審に思い始めてるみたいだ。今回のことも含めて、俺がなにか知ってるんじゃないかって疑ってる」

事件ほど差し迫ってはいないが、こちらも深刻な問題ではある。今日のところは手掛かりがなにもなかったから、よかったのだ。一二三が訝るようなことも、起こらなかった。

（でも、次も同じようにいくとは限らない。五十嵐がまた一人で行動しない保証はないし、かといって連れ歩けば、必ず巻き込むことになる）

まったく安堵できずに、胸の内で呟く。対する茶々の返事は、なんとも呑気《のんき》なものだった。

「いいじゃないの、力になってもらえば。お外に出ない渉ちゃんよりは、頼りになるでしょうよ」

「五十嵐を巻き込むわけにはいかない」

「薄情ねえ。友達なのに、秘密ばっかり」

「友達だから、だ」

京介ははっきりと言った。

「友達だから、危ない目に遭わせたくない。そう思うのは普通だろ。秘密にするとかしないとか、そういう問題じゃない」

「それで？　誰にも彼にも本音を隠して、嘘を吐いて。あんたってばどうするつもりなの？　まさか一人で舞子を連れ戻せるって、そんなふうに思ってるわけ？」

呆れたように、茶々。ピンク色の小さな鼻から吐き出された息が、頭の欠けた雀の羽を揺らす。それは、嘲弄《ちょうろう》でもあったのだろう。京介はむっとしながら言い返した。

「そう責められるほど嘘は吐いていないつもりだ。ただ、言わないってだけで。一人でどうにかなるとも思ってない。だから渉さんにも手伝ってもらっているし、お前にだって」

そもそも、茶々がそんなことを気にする理由も分からない。なにが言いたいのかと、不機嫌に彼女を見下ろす。と、三毛猫は顔をくしゃっと歪めて——どうやら笑ったようだった。

「まあ……そんなこと言ったって、なるようにしかならないわよ」

意味ありげに言って、ひょいと窓枠に飛びのる。京介は答えずに、無言で机の上の銅鏡を撫でた。部屋の中からは陽射しが消えて、一瞬のうちに夜で満たされる。それと同時に、二股に分かれていた三毛猫の尾も綺麗な一本に戻っている。茶々はニャアと鳴いて鼻の頭に皺を寄せると、開いた窓から外の闇へ消えていった。跡には、いいように弄《もてあそ》ばれた雀の死骸だけが残っていた。

（やっぱり、納得してくれたわけじゃなかったか……）

京介は手で口元を覆いながら、密かに嘆息した。後ろには一二三が——まるで影のようにぴったりと寄り添っている。互いに、制服のままだった。寄るところがあるから先に帰るよう頼んだが、一二三は珍しく嫌だと言って聞かなかった。

「新田に行くんでしょ？　わたしも行くよ、京介くん。駄目って言うなら、一人でも行く」

そう言われてしまえば、京介はなにも言えなかった。彼女の同行を許すことしかできなかった。

沈黙で不服を示しながら、歩く。足取りは重い。前には三毛猫が、茶々が先行している。そのことに気付いたのだろう。後ろで、一二三が不思議そうな声を上げた。

「茶々も、行くの？」

「ああ」

短く頷いて、それ以上は答えずにまた無言で歩く。

「ねえ、京介くん」

「………」

「怒ってる？」

「怒ってない」

説得力がないことは、京介にも分かっていた。

一二三が口を噤む。悲しげな彼女を見て、胸が痛まないこともなかったが、それでも、ここから先のことを思えば突き放さずにはいられない。重たい空気に耐えかねた一二三が、帰ると言い出してくれることを期待しながら、黙って進む。自然と歩みは遅くなる。ちらちらと振り返ってくる茶々は、早く来いと急《せ》かしているふうにも見えた。

前に進んでいる以上、目的地に着かないということはない。どれだけ歩みを遅らせようとも。

例の公園は、相変わらず無人だった。周囲にも人の気配はなかった。公園に着くなり、茶々は走り出した。なにかの気配を感じたように、砂場へ向かって、一直線に。

「茶々？」

眉をひそめる一二三を「しっ」と制して、三毛猫を見守る。茶々はヒゲをひくひくと動かして、しばらくあたりの様子を窺っているようであった。金色の目が、砂山の上で止まる。

子供たちが作ったのか？

いいや。違う――と、京介は根拠もなしにそう思った。根拠はない。だが、こんもりと盛り上がった土には見覚えがある。砂山を見つけたきり、茶々はそれ以上なにをする気もないように見えた。後はお前の仕事だと言わんばかりに、ゆったりと尾を揺らしている。

「五十嵐……俺の後ろにいてくれよ」

視線を向けずに、呟く。

「う、うん」

返事を確認してから、京介は砂場にしゃがみ込んだ。

慎重に、片手で砂を掻く。中はひんやりとして冷たい。爪の間に入る湿った土の感触が、たまらなく不快だった。一二三は戸惑っているのだろう。背中に突き刺さる視線が、言葉の代わりに状況の説明を求めている。それに気付かないふりをして、山を崩す――と。

案の定。そこからは先日と同じように薄汚れた鼠が飛び出した。驚いた一二三が、悲鳴を上げる。

「わっ、鼠!?」

その声に反応したのだろう。鼠はこちらを見上げてきた。つぶらな目が動物らしからぬ動きで二人の姿を認めて、茶々の上で止まる。次の瞬間、鼠はぞっとしたようにその場で固まった。

一方の茶々は、動かない。驚いているわけではなさそうだが、硬直した鼠とじっと見つめ合っている。猫と鼠が見つめ合う。それぞれ相手の出方を窺う瞳には、いくらかの知性が表れている。そうやって、二匹はなにかを思考しているようにも見えた。

どれだけそうしていただろう。

一瞬の隙を見つけたのか、或いは緊張感に耐えられなくなったのか――

鼠はパッと逃げ出した。後脚に蹴られた砂の山が崩れる。長い尻尾《しっぽ》で地面に細い筋を描きながら、薄茶色の塊《かたまり》が走っていく。茶々は慌てたふうもなく、その後を追った。二匹の姿があっという間に小さくなる。ぼんやりしていなくても、すぐに見失ってしまうだろうとは容易に知れた。京介も慌てて立ち上がり――呆然《ぼうぜん》としている一二三の手を摑んだ。一二三を連れて行くことに迷いがないわけではない。

(でも、他にどうしようもない。放っておくわけにはいかないじゃないか)

京介には、彼女を帰らせる方法が分からなかった。説得するにも時間が足りない。

(まったく、なにが「巻き込むわけにはいかない」だよ！　どうして俺は……)

いつも、上手くやれないのか。走り出しながら、小さく舌打ちをする。

「帰れって言ったって、帰らないんだろ。だったら、離れないでくれ。絶対に」

京介は、短い言葉で念を押した。「わ、分かった」舌を噛みそうになりながら、一二三が答えてくる。本当に分かってくれたのか不安ではあったが。とりあえず、今はその返事を信じるしかない。

(信じる……。なんて、不確かで頼りない言葉だ)

それでも信じるしかなかった。他に、できることがなかった。自分に苛立ちながら――それでも一二三の手首には爪を立てないよう気をつけて――茶々を追う。


辿り着いたのは、ブロック塀で囲われた古い家だった。どこの町にでも一つ二つはあるような、人を寄せ付けない暗い建物。敷地を売りに出されてから、久しいのだろう。不動産屋の連絡先が書かれた「売り地」の看板は、色もすっかり褪《あ》せていた。

門のあたりは背丈の高い雑草で覆われて、人の侵入を拒んでいるようにも見える。手を切らないように――腕で雑草を掻き分けながら足を踏み入れた瞬間。鼻腔《びこう》を突いたのは微かな異臭だった。草木で荒れた、影ばかりの薄暗い庭。重たく湿った空気には、生臭さがある。なにかが、ゆっくりと腐敗していくような。そんな臭いだった。吐き気を催すほど酷いというわけではない。今はまだ、寒さが〝それら〟の腐敗を妨げている。しかし、もう一週間か二週間も経てば、確実に騒ぎになるだろうとも思えた。

「ひっ」

一二三が息を呑んだ——反射的にぱっと顔を俯けて、

「きょ、京介くん……。これって、猫？　で、でも、なんで……」

摑んだままの手をぎゅっと握り返してきた。指先と声とが、小刻みに震えている。それでもあたりの様子を確認するために、彼女は葛藤《かっとう》しているようだった。蒼白《そうはく》な顔で、視線を上下させている。京介は小さく息を吐いて、少しだけ体を移動させた。背中で一二三の視界を遮ってやりながら、

「無理しなくていい。結構えぐいから、五十嵐は下を——いや、手元の方がいいかな。顔は、上げるなよ」

あらためて、庭を見渡す。

臭いの元はすぐに知れた。一二三の言う通り、猫だった。庭のあちこちで、猫が食い散らかされている。臓物が綺麗に齧られていることも、腐敗の進みが遅い理由ではあるのだろう。光景の悲惨さに比べれば、むしろ血の跡は少ないほどだった。もしかしたら、雨で流されてしまっただけなのかもしれないが。

(これは……野良犬？　でも、犬ってこんなふうに猫を食べるのか？)

京介は自問した。ぱっと視界に入るものだけを数えて、七、八匹。草を掻き分けて正確な数を数えれば、両手の指では足りないだろう。首輪を付けているものも、いないものもある。それらがこうして狭い庭に集められているというのは、不自然なように思えた。あたりを注意深く観察しながら、考える。仮に猫を食い殺すほど、凶暴な野犬がこの廃屋を縄張りにしている

となればすぐに離れるべきだ。が、野犬ではなく他のなにかだとすれば話は変わってくる。

京介はふと思い出したように茶々の姿を探した。

同族の無惨な亡骸を前に、三毛猫は別段なにを考えているふうでもなかった。ただ、蜂蜜のように濃厚な金色の瞳で彼らを順に眺めていた。口から、しゅうっと細い息が漏れる。その音は溜息にも似ていたが、実際にどんな意図が込められていたのか、京介には分からなかった。

「茶々、行くぞ」

声をかける。茶々はくるりと首を廻《めぐ》らせて、見上げてきた。無粋だとでも言いたげに、一度だけ鼻の頭へ皺を寄せて。けれど素直に歩き出したのは、そうしていても仕方がないことを分かっているからなのだろう。

「五十嵐も、ほら」

京介は、じっと俯いている一二三の肩を抱いて促した。

「このまま進むぞ。なるべく見えないように誘導するから」

「あ、うん……」

「本当は、ここから離れるのが一番なんだけどな。もう、そういうわけにもいかないし。気味の悪い思いをさせて、ごめん」

「わ、わたしが付いて行くって言ったんだし。京介くんが悪いんじゃないよ！」

反論だけはしっかりとしてくる一二三に苦笑を返して、茶々の跡を追う。三毛猫は、なるべく同胞《どうほう》の死骸を避けて進んでいるらしかった。足元を然程《さほど》気遣うこともなく、容易に建物へ辿り着く。

壁に沿って周囲をぐるりと調べると、裏側に割れた窓を見つけた。鋭く尖った断面に触れないよう注意しながら、中を覗く。薄暗い。とはいえ、がらんとした部屋の様子を窺うのに苦労はなかったが。

部屋は当然、汚かった。何年も人が住んでいなかったのだろう。床には埃《ほこり》が積もっている。その上を縦横に走るのは、小動物の小さな足跡と左右にうねる細い筋。鼠だ。

隣で、一二三が「あっ」と声を上げる――

「あれ、子供？」

細い指の示す先を視線で追えば、確かに。部屋の隅で子供が蹲《うずくま》っているように見えた。

一人、二人、三人、四人。四人だ。数を数えて、京介は目を細めた。一箇所に固まっている子供たちの姿を、凝視《ぎょうし》する。子供たちは、どうやら縄で繋がれているらしい。口には猿轡《さるぐつわ》。さすがに安否までは分からないものの、一応生きているようには見える。

「行方不明になってる子たち……？」

「ああ、そうだろうな」

頷いて、入り口の方へと向かう。

「え、京介くん？　警察は？」

「警察じゃ――駄目だ」

舞子のときのように、どうにもならない。これは口の中で呟いて、ドアノブを回す。鍵は壊れていたのか、それとも壊されたのか。思いの外、容易《たやす》く入り口は開いた。と、そのとき。

「……君たち、そこでなにをしているんだ？」

硬く強張った、男の声。それはどこかで聞いたことがあるようにも思えた。

「五十嵐！」

背後にいた一二三の手を、反射的に摑んで強く引く。

「痛っ、な、なに？」

目を白黒させている彼女をドアの向こうへ押し込んで、京介は振り返った。スクールバッグを抱えるようにして、声の主に目を向ける。二メートルほどのところに、彼はいた。

「あんたは……」

西陽を背負って立つ男は、影のように黒い。それでも、ぼんやりと浮かび上がる顔には見覚えがあった。男とは昨日、会話を交わしている。佐伯志音の通っていた幼稚園の職員――

呻く京介に、男が答えてくる。

「嗅《か》ぎ慣れない臭いだから、おかしいとは思ったんだ」

その足元には、何十という鼠が王を仰《あお》ぐように侍《はべ》っていた。

（鼠の王……）

なんとなく思い浮かべた単語に、京介は顔をしかめた。男からは、昨日の頼りない雰囲気が消えている。普通ではない。生気の抜け落ちた目には、別の存在が入り込んでいた。暗くて、狡猾ななにかだ。人ではないなにか。それは捲れ上がった唇から覗く黄色い歯を、シィッと軋らせて、獣のように威嚇《いかく》してくる。

「雄《おす》は不味《まず》い」

「あ？」

京介は眉間に皺を寄せた。唐突《とうとつ》な言葉の意味するところが、分からない。音だけで乱暴に訊き返せば、男は笑ったらしい。鼠のように鼻をひくひくとさせて、律儀に繰り返した。

「雄は不味いと言ったんだ。雌も、お前の連れでは育ちすぎている。そこの猫又《ねこまた》も、あまり美《う》味《ま》くはなさそうだ」

「庭の猫たちを食ったのは、お前か」

「ああ」

男はあっさりと頷いてみせた。そうして、得意気に言ってくる。

「普通の猫は美味い。二番目に好きだ。一番美味いのは、幼い子供だが。あれはいい。柔らかい。臭みもない。弾力があって、嚙み千切《ちぎ》ると口の中で蕩《とろ》けるんだ。血も、まだ汚れてはいない。さらさらとして、喉を潤すにはいい。だから、飼う。食べ頃になるまで」

「子供の味なんて知りたくもないな。だけど、お前には一つだけ訊きたいことがある」

男の嗜好《しこう》など、どうだっていい。聞く価値もないし、知る意味もない。だが、訊かなければならないことは他にある。もっと、重要なことだ。自分にとって、とても重要なこと。

京介は不機嫌に彼を睨んだまま、続ける。

「二年前。九天島——大蛇《だいじゃ》の御《お》宮《みや》を訪ねた人間の女の子がいるはずだ。知らないか？」

それは、もう何度も重ねてきた問いかけだった。答えの返ってこない、問いだった。口に出して、相手の返事を待つ。期待と不安に動悸が速くなる。その〝間〟にだけは、どうしても慣れることができない。早く……早く答えろと、京介が密かに毒づいたとき。

「どうして、人間の子供が昊天《こうてん》の苑《その》のことを――〝さかしま〟を知っている」

目を瞬かせていた男は、驚愕《きょうがく》したようにそう言った。

(やっぱり、そう来るのか)

京介は微かに落胆した。彼らはまず、そのことに――〝さかしま〟の存在を知っている人間がいることに――驚く。無遠慮に向こう側から出てくるわりには、知られていることを気にする。そうして、こちらが問いかけたことなどすっかり忘れてしまう。

「お前がここにいるのと同じさ。理由は。全部、二年前に始まったことだ」

投げ遣りに答えて、京介は男を見据えた。こちらの話を聞いているのか、いないのか。彼は俯きがちに、肩を震わせている。怯《おび》えている? そうではない。

笑っているのだ。

「そうか……そうか……。お前たちは、俺を退治しに来たのだな」

愉《たの》しそうに、キィキィと声を立てて。

「何百年ぶりか。人とこうして、相まみえるのは。見たところ、お前は術士《じゅつし》とは違うようだが」

京介はちっと舌打ちをした。元より話の通じる相手だとは思っていないが――

「訊きたいことがあるって、言ったはずなんだけどな」

突進してくる男を躱《かわ》して、スクールバッグの中から平たい包みを取り出す。濃い紫色の布を投げ捨てると、体勢を整えた男が驚愕に顔を歪めるのが見えた。唇が大きく、しかし操り人形のようにぎこちなく動いて「かがみ」と、一言。

京介は銅鏡を片手に、初めて唇の端を歪めた。

「我、歌えば月徘徊《はいかい》し――」

硬くて丸い鏡の縁に彫り込まれた文字を、指でなぞりながら読み上げる。

「我、舞えば影凌乱《りょうらん》す」

それは、漢詩だった。

「醒時《せいじ》は同《とも》に交歓し、酔後《すいご》は各々《おのおの》分散す」

李白《りはく》の『月下独酌《げっかどくしゃく》』――の、一部。〝さかしま〟と〝うつしよ〟を繋ぐ、言の葉でもある。

「永く無情の遊を結び」

一節を唱えるたびに、鏡が周囲の残照を吸い込んでいく。赤い陽を失った〝うつしよ〟の風景は、ゆらゆらと揺らめいて朧《おぼろ》に見えた。代わりに、影が。〝うつしよ〟の影が実体を伴って、似て非なる風景を作りつつある。反転する世界の中で、京介は最後の一言を叫んだ。

「相期《あいき》して雲漢邈《うんかんはる》かなりっ――」

男の顔が驚愕に歪む。いや、驚愕していたのは男ではない。

赤い闇を吸い込んだ鏡は、その瞬間、膨大な光を吐き出した。白々とした、夜明けの光だ。

曙《あけぼの》の陽射しを浴びて、男が悶絶《もんぜつ》する。いや。頭を抱え、白目を剝《む》いて、苦悶《くもん》しているのはやはり男ではなかった。男がふっと倒れると、その耳からは黒い靄が溢《あふ》れ出た。それこそ、子供たちを誘拐し猫を喰らった者の正体である。

黒い靄が陽射しの中で形を取る。鼠だ。巨大な、三毛鼠。

「旧鼠《きゅうそ》……!」

叫んだのは、茶々だった。

「きゅうそ?」

耳慣れない言葉だ。鼠の名前なのだろうが。

訊き返す。が、三毛猫はその問いかけを聞いてはいなかった。巨大な鼠はまた動く様子も見せないというのに、酷く体を硬くしている。その様子は丁度、公園で茶々と睨み合った鼠のようでもあった。背中の毛を使い古した刷毛《はけ》のようにけば立たせて、威嚇している。一方の旧鼠は、そんな猫の反応を楽しんでいるふうにも見えた。目を三日月のように細くして、キシキシと耳障りな音を立てていた。

「ああ、もうなんで気付かなかったのかしら! 猫を食べる鼠なんて、やつらしかいないのに」

金色の目からさっと闘争心を消すと、三毛猫は屋根の上へ跳躍した。そのまま、二股に分かれた尾を巻いて——逃げていく。こちらのことなど、まったくお構いなしに。

「お、おい! 茶々!」

（あんの野郎っ……！）

いや、野郎ではないが。

京介は悪態を吐きかけて——小さく首を振った。分かっていたことだ。〝さかしま〟の連中が信用できないことは。なにかを期待する方が、間違っている。彼らは〝うつしよ〟とは異なる理《ことわり》の中で生きている、人ではない存在だ。

（俺がやるしかない。分かってたことだ）

一度、深く息を吸う。生臭い空気は不快ではあったが、動揺も幾分か治まりはした。臭いは元より、肌に触れる風も、鼓膜に響く音も、反転した世界の夜明けも——なにもかもが体に馴染まない。そうした苦痛が、目の前の光景を現実のものであると教えてくれている。

そうだ。

目の前の非現実的な光景は、夢ではない。幼馴染みへの罪悪感が見せている幻《まぼろし》でもない。京介は独りごちて、旧鼠に向き直った。

二メートルほどもある巨大な鼠は、茶々が逃げたことに気をよくしたらしい。キィキィと、あの甲高《かんだか》い不愉快な音を立てて笑っていた。鼻先の尖った顔を斜めにして、ヒゲを震わせている。そうしてひとしきり笑うと、三毛鼠は気味が悪いほどの黒目をこちらに向けてきた。

「猫なんかを仲間にするから、こうなる。やつらは薄情だ。ここでも、〝さかしま〟でも」

「茶々については同意する。でも、人食い鼠なんかに言われたら他の猫が可哀想だ」

京介は言い返した。ほんの軽口のつもりだった。鼻で笑われてしまうかと思いきや、しかし旧鼠は酷く不愉快そうに鼻の頭へ皺を寄せていた。なにかが、気に入らなかったのだろう。

「お前が何故〝さかしま〟のことを知るに至ったのか、俺には不思議でしょうがない」

一歩。鼠が踏み出す。前屈《かが》みになって、ぶらぶらとさせていた前脚を地面につく。いつでも距離を詰められる、ということなのだろう。その足元では小さな鼠たちが後ろ脚で立ち上がって、騒いでいた。旧鼠は尖った耳を動かして彼らの声を聞いていたが、やがてふむと唸って

「俺の眷属《けんぞく》たちが、お前を齧ってみたいそうだ」

「…………」

「下から——足の指から順に齧っていって、お前がどこまで耐えるのか。そうだな。まずは少しだけ腹を食い破って、引きずり出した腸で手足を搦捕《からめと》る、か。動けないように。縄は、子供たちを繋ぐのに使ってしまったからな」

「鼠のくせに、悪趣味だな」

「昔、御前がそうして人と遊んだと聞いた。死《し》に様《ざま》が奇妙であるほど、人間の記憶に残る。人はすぐに忘れるから、仕方がないんだ。たまに、思い出させてやらないと……俺たちも、困る」

それは奇妙な言葉だった。

京介は訝って——すぐに考えることをやめた。これ見よがしに口を開けて突っ込んでくる旧鼠を避けるために、横へ転がる。鏡は両手で抱えたまま。それを離すわけにいかない理由は、

鼠たちにも知られているのだろう。

「痛っ」

足をよじ登って制服の上から齧りついてきた鼠を、鏡で殴り落とす。

「そういうふうに使うものではないだろう。それは」

「うるさい！」

嘲笑う旧鼠に怒鳴《どな》り返してはみたものの、不利なことに変わりはなかった。京介は起き上がりながら、後退《あとずさ》る。目の前の状況は、どうにもならないわけではない。ただ、どうにかするにはほんの少しの時間が必要だった。集中して、鏡と自分の意識を繋ぐだけの隙が。

鼠たちは、じりじりと間合いを詰めてくる。焦《じ》れったくなるほどに、ゆっくりと。それでも、こちらがその素振りを見せれば一斉に飛びかかってくるだろうことは知れていた。

と——

「京介くんから、離れてっ！」

悲鳴じみた叫びとともに飛んできたなにかが、旧鼠の頭を直撃した。

ぽこん、と場違いなほどに軽い音を立てて、ホーロー製の小さな片手鍋が地面に落ちる。一瞬の静寂。反転した世界の中で、時が止まる。三毛鼠はぎぎっと、鍋の飛んできた方角へ首を廻らせた。鼠たちも、同時にそちらを向く。ただ裏返った鍋に閉じ込められた何匹かは、中でじたばたと暴れているようではあったが。

その瞬間、場のすべては京介に対して無防備だった。

京介は鏡の世界に意識を集中した。頭の中に彼の者の形を思い浮かべながら、鏡の縁に刻まれた文字を、今度は逆からなぞっていく。そうして、名を呼ぶ。恐ろしい生きものの名前を。

「玉兎《ぎょくと》――来い！」

鏡面が揺れて、〝さかしま〟の大気が震える。

瞬きすら許さずに現れたのは、巨大な兎だった。

いや――兎と呼ぶにはおぞましいなにか。鋼《はがね》にも似た白い剛毛に体を覆われた、奇妙な怪物だ。後ろ脚が二本、前脚が一本。鼎《かなえ》のような三本脚で、それはすっくと佇《たたず》んでいる。三肢に生える爪は、研ぎ澄まされた刃よりもなお鋭い。口唇《こうしん》は頰のあたりまで裂け、そこから獲物を挽き潰す石臼《いしうす》のような歯が覗いている。頭頂から伸びる二本の長い耳と赤い目だけが、辛うじてその姿を兎たらしめていた。

〝さかしま〟を震わせる気配に、鼠たちはパニックを起こして四散した。ただ旧鼠だけが、呆然と兎の姿を見つめている。その黒目に明確な恐怖を認めながら、京介は溜めていた息を吐き出す。

「捕らえろ、玉兎」

たった一言。その瞬間に勝負は付いていたのだ。

兎――玉兎は二本の後ろ脚で地面を蹴ると、呆然としていた旧鼠の前に躍り出た。巨大な三毛鼠はギィギィと歯を軋らせながら抵抗したが、圧倒的な力の前では無意味だった。逃げようとする鼠の脚に、兎の前脚が突き刺さる。鋭い爪が、鼠を地面に刺し貫いていた。

兎は知っている。時間をかけずに相手を滅ぼすための術《すべ》を、知っている。三つ脚の兎とは、そういう生きものだ――そのことを、旧鼠も理解しているのだろう。シューシューと苦痛に息を漏らしながらも、ぴたりと静止したのだった。

京介は目の前の光景を見つめながら、額から噴き出た汗を拭った。化け物を一瞬でねじ伏せる、恐ろしい生きもの。いや。玉兎の方が、より化け物じみている。慣れることのできない、人が使役《しえき》するには強大すぎる力だ。

「さあ、旧鼠。もう一度だけ訊いてやる。二年前、大蛇の御宮を訪ねた少女を知らないか」

低い声で訊ねる。

「答えろ。さもないと――この鏡のことを知っていたんだ。どうなるかも、分かるだろう？」

声の冷たさに呼応したように、玉兎が前脚へと力を込めたようだった。

「……噂を」

ひゅっと。小さく喉を引き攣らせて、旧鼠。

「噂を？」

「聞いた、ことがある。御前の時計を持っていた、泥棒。罪人《つみびと》として、捕まった。今は……」

「今は、なんだ！　今、彼女はどうしている？」

苦痛に喘《あえ》ぎながら、巨大な鼠が口を開く――それより、先に。

三つ脚の兎が少しだけ身動《みじろ》ぎをしたように見えた。京介はハッとして、叫んだ。

「ま、待て！　玉兎！」

制止を待つこともなく、玉兎の歯が鼠の頭を噛み潰す。あっさりと、いとも容易く。凶悪で醜怪《しゅうかい》な〝さかしま〟の兎は、旧鼠を噛み砕いていく。断末魔《だんまつま》の悲鳴を上げることすらできずに食い殺された鼠は、あっという間に兎の腔内《こうない》へ消えていった。地面に刺し貫かれたままの脚と、ねっとりとした咀嚼《そしゃく》の音だけを残して。

「くそっ」

京介は忌々《いまいま》しげに玉兎を睨み付けた。そうしたところで、この怪物が気に留めてくれるなどとは思わないが。それでも、どうしようもなく腹立たしいのだから仕方がない。

（初めて……初めて、舞子のことを聞けるかと思ったのに……）

唇を噛む。旧鼠の言っていたことが、酷く気がかりだった。

（泥棒。侵入者。つまり、舞子は罪人として捕まったってことだ。それから、どうなったんだ？）

後味の悪い静謐《せいひつ》が、〝さかしま〟の朝を満たしている。腹がいっぱいになったからだろう。太陽の輪郭を溶かした薄い空の下で、兎は眠たげに目を瞬かせていた。

「き、京介くん、なに、なにあれ――」

鍋を投げてくれたのは、一二三だったらしい。窓から真っ青な顔を覗かせて、戦慄《おのの》いている。声にようやく彼女の存在を思い出して、京介は額を押さえた。

（ああ、問題はもう一つあったんだった……）

小さく呻く。一二三に助けられたことは事実だが、家の中で震えていてくれたらと思わずにはいられなかった。見られてしまったら、もう誤魔化すことはできない。初めから説明しなければ、彼女は納得してくれないだろう。存外に頑固なのだ。友達思い、とも言うが。

「巻き込んじゃったわねえ。一二三ちゃん」

いつの間に戻ってきたのか。屋根の上では、茶々がごろごろと喉を鳴らしていた。

「………………」

無言で、鏡面を撫でる。今度は、掌《てのひら》全体で。表面から溢れている光を遮るように。するすると、朝の陽射しはするすると鏡の中へ吸い込まれていった。代わりに薄闇が溢れて、あたりを覆う。〝うつしよ〟の夜。〝さかしま〟の風景が色を失い、〝うつしよ〟の影へと戻っていく。反転。また反転。気付けば、そこに凶悪な兎の姿はなかった。ただ、力を失った三毛猫が、屋根の上でにゃあにゃあと獣の言葉で抗議をしているだけである。

京介は地面に落ちていた紫の布を拾い上げた。

不気味なほどに静まりかえった庭には、猫たちの死骸《しがい》と倒れた若い男だけが残されている。彼は罪を犯した記憶もないまま〝うつしよ〟の法律で裁かれるのだろう。新聞の見出しは、幼稚園教諭の凶行――といったところか。彼が純粋に子供を愛していたのか、深層になんらかのやましさを抱えていたのかは知るところではないが、〝さかしま〟の者に魅入られてしまった以上はこれも仕方のないことではある。

（舞子と同じだ。理由は後からいくらでも、付け足すことができるんだから）

「とりあえず、警察を呼んで子供たちを助けるのが先だ。説明は……帰ったら、する。本当は、なにも訊いてくれないのが一番なんだけど。そういうわけにもいきそうにないから」
そう言うほかなかった。銅鏡を包みながら、嘆息する。
一二三は考えることを放棄した顔で、首だけを何度も縦に振っていた。

二章　語らぬ蜥蜴《とかげ》と囚われの少女

夜を見守る、静かな月明かり。

淡い光は生命を育《はぐく》むことこそなかったものの、住人に悠久《ゆうきゅう》をもたらした。

月出《い》づる世界。それが〝さかしま〟である。〝うつしよ〟を陽が支配する間、〝さかしま〟の天には月が昇る。〝さかしま〟の者にとっては、月こそが万物の母である。それは始まりの日から変わることのない、〝さかしま〟の真理だった。

始まりの日がいつであったのか――そのことを覚えている住人はいない。少なくとも〝さかしま〟の者たちは、そう思い込んでいた。同じ混沌《こんとん》から生まれ出た、異なる世界に生きる同胞。

〝うつしよ〟の者は〝さかしま〟の者に比べて遥かに短命で、無知だった。昔の彼らは〝さかしま〟を認める一方で、決して理解しようとはしなかった。人ではないものを、化け物という言葉でしか認めることができなかった。いや。彼らには理解するだけの知識がなかったという、それだけの話なのかもしれないが。世の理を知っていたのは、彼らのうちでもほんの一部に過ぎなかった。

猜疑心《さいぎしん》が強く、記憶力に乏しいのも、また彼らの特徴であった。そのくせ情に脆い、妙な生き物。境界の曖昧《あいまい》だったいにしえの時代に〝さかしま〟の者は、敢《あ》えてそのか弱い生き物に変化することもした。なんのことはない。それは彼らにとって、遊びの一種だった。人になりすますことの不自由さ――敢えて自らに制約を設けるその行為は、彼らに倒錯《とうさく》じみた快楽と愉悦《ゆえつ》をもたらした。

人の影、夜の闇に生きる〝さかしま〟の者たちは、寿命という概念を持たない。半永久的な時間の中で、緩やかに過ごしている。それもやはり、始まりの日から変わることはない。変わる必要がないのだ。彼らは短命である人とは、違う。

病魔に冒されることもない。貧困に喘ぎ苦しむこともない。老いに怯えることもなく、死の恐怖からも程遠い。それは〝うつしよ〟の者が求める理想をすべて備えた、楽園だった。

改革を、進化を必要としない、永遠の世界。

しかし永遠を享受《きょうじゅ》することは、常に退屈と隣合わせでもあった。

なんら困難のない世界。苦痛のない世界。快楽や幸福を引き立てる不幸のない、世界。

彼らは常に飽《あ》いていた。人に干渉《かんしょう》せずにはいられないほど、飽いていた――というより、自らの力を抑え、人とともにあろうとすることが当然になっていた、といった方が正しいのかもしれない。彼らは、始まりの日から常に〝うつしよ〟に干渉し続けていた。そうすること以外の目的を持ってはいなかった。〝さかしま〟という理想郷に生まれながら、人を無知だと蔑《さげす》みながら、彼らは自分たちの世界になにを見出すでもなかった。

ところが――

かつて彼らとともにあった〝うつしよ〟は、時代が移り変わると同じ闇から生まれた同胞のことなどすっかり忘れてしまった。いや。〝さかしま〟を畏《おそ》れた人の子が、努めて〝さかしま〟の者たちを忘れようとしたのか。彼らはその短い歴史の中で、飛躍的に文明を進歩させた。不可解な事象のすべてに彼らなりの「科学的な」理由をつけて、〝さかしま〟の存在を否定したのだった。

目まぐるしく変わる〝うつしよ〟を〝さかしま〟はいっそう羨望《せんぼう》した。同時に、薄情なきょうだいを憎みもした。想いの較差《かくさ》は深い溝となって、今は二つの世界を隔てている。


九天島神社。〝うつしよ〟で言うところの彼の地は、〝さかしま〟において昊天の苑と呼ばれていた。これは、まだ〝うつしよ〟で遣唐使というものが派遣されていた頃に、人ではない者たちが〝さかしま〟の天を九つに分けたことによる。東を蒼天《そうてん》。東北を変天《へんてん》。北を玄天《げんてん》。西北を幽天《ゆうてん》。西を昊天。西南を朱天《しゅてん》。南を炎天《えんてん》。東南を陽天《ようてん》。そして中央を鈞天《きんてん》と大陸風に名付けたのも、かつての〝うつしよ〟に倣《なら》ってのことだった。

九つの天には、苑が置かれた。力ある〝さかしま〟の者が統《す》べる、御苑《ぎょえん》。そこは規律を持たない〝さかしま〟の者が唯一侵すことのできない、聖域でもある。御苑の統治者《とうちしゃ》は、常にそこから二つの世界を見守っていた。時に、彼自身が〝うつしよ〟へ干渉することもあった。

〝うつしよ〟と〝さかしま〟の均衡《きんこう》を保つ。

ただそれだけを使命として、彼らはずっと統治者であり続けてきた。自らの内に理由を求めることも、疑問を浮かべることもないまま。今も〝さかしま〟に君臨し続けている。

御苑の地中に広がる、大蛇の地下宮《ちかぐう》。大蛇とは九天島神社の祭神であり、昊天を統べる主のことでもある。神域ともいえる彼の地下宮は、床も、壁も、天井も、すべてが黒光りする岩石から造られている。岩石を構成する鉱物は、硬度も高く美しい。人の世にはないもので、七色の光沢を放つ黒に少量の金砂《きんさ》銀砂《ぎんさ》が含まれている。表面を磨けばまるで夜空を切り出したように見えることから〝さかしま〟では天上岩《てんじょういわ》と呼ばれ、珍重《ちんちょう》されているという話だった。

確かに、言われてみれば満天の星空を漂っているような心地ではある。

〝さかしま〟の者ではない少女は、地下宮の一室でそんなことを考えていた。目下のところ、昊天の御苑に棲《す》まう〝さかしま〟の者の注目を一身に集めている人の子。その名を、因幡舞子という。

少女が御苑を訪ねてきたのは、もう二年も前の話になる。

――御前の時計。

舞子が幼馴染みの手から奪ってきた懐中時計は、昊天においてそう呼ばれている。それは少女が聞いていたよりも、遥かに特別で厄介《やっかい》な代物だった。〝さかしま〟の者でも、特に力のある者だけが持つことを許される、御苑の鍵。御前の時計は、この鍵の役目を果たすものでもあった。

鍵さえ持っていれば、ただの人でも御苑の門を開くことができる。

それは証でもあった。御前と有栖川京一郎とが交わした約束の証。御前はもう何十年も、彼との再会を待ち続けていたらしかった。そのこともまた、舞子の立場を複雑なものにした。

「我が君はどうした。何故、お前が時計を持っている。盗人《ぬすびと》が。殺す。八つ裂きにして、殺す。

いや、首を掻き切って殺す。いや、いや、いや。毒蛇《どくじゃ》に噛ませて、引きずり回して、火の上を渡らせて。とにかく、殺す。殺す。殺す」

御苑に現れたのが待ち人でないと知るや、彼女は激しく落胆して、怒り狂ったのだった。これは舞子にとって、予想外のことでもあった。御前が彼女の言う「我が君」——幼馴染みの祖父と交わした約束のことは、知っていたが。

(期待していたんだ)

舞子はぼんやりと独りごちた。

彼女となら、亡き老人の昔話ができると思っていた。歓迎してもらえると、思っていた。しかし現実は違った。有栖川京一郎は亡くなったのだと説明したところで、耳を貸してはもらえなかった。

そんなはずがあるか。お前が隠したのだろう。と、御前はいっそう興奮した。

その騒ぎを聞きつけて、御苑に仕える〝さかしま〟の者が何事かと集まった。百鬼夜行を思わせる異形の集団には、流石《さすが》の舞子も肝《きも》を潰した。御前が美しい人の姿をしていたことも、彼らに驚いてしまった理由の一つではある。もっとも、驚いたのは彼らも同じだったようだが。

〝さかしま〟——それも昊天の御苑に〝うつしよ〟の者が現れたというのは、前代未聞《ぜんだいみもん》のことだったらしい。彼らがなにを言っているのかは半分も聞き取ることができなかったが——上を下への大騒ぎをする異形たちを見て、舞子は初めて事の重大さに気付いた。と同時に、幼馴染みの祖父の言葉を思い出したのだった。

「お前は、九天島神社に近付いてはいけないよ。京介」

と。彼は昔話をするたびに、幼馴染みの顔を見ながらそう結んだ。今思えば、幼馴染みが頑に〝さかしま〟の存在を信じようとしなかったのは、彼の言葉が影響していたのかもしれなかった。昔話に付きものの、禁。それは絶対の戒めだった。破ってしまえば、もう日常の中にはいられない。

どうしたものか、と舞子が凍り付いているうちにも見物客は増えていった。ある者が御苑の衛兵を呼び、衛兵が刑吏《けいり》を呼び、刑吏が法吏《ほうり》を呼び……そうして最後に現れたのが、大蛇である。大蛇は舞子と御前を見比べると、すぐに事情を察したようだった。

「この娘は、鍵の窃盗罪だけでなく御苑への不法侵入罪をも犯している。だが〝さかしま〟には人を裁く法がない。そういうわけで、しかるべき処置として当分の間その身柄を我が宮《みや》にて預かることとする」

彼は、他の何者にも〝うつしよ〟の子を罰する権限はないと宣言した上で、そう言った。

（もしもあのとき庇《かば》ってもらっていなかったら、今頃わたしは死んでたんだ）

あらためてそう考えてみても、まったく実感は湧かなかった。

部屋の扉は、隙間なくぴったりと閉じられている。見た目だけは重たげな金属の板が、二枚。鍵はかかっていないが、開けたところでなにが変わるというわけでもない。光の射し込む窓もない。天井には月にも似た石が埋め込まれて淡く輝いていたが、その光も白熱灯や蛍光灯に比べると随分頼りないものだった。

部屋の様子を一言で表すのなら、暗い。とにかく暗い——他になにか不便を強《し》いられているというわけでもなかったが、それだけのことでも人の身には辛いものがある。

(暗さの方は……まあ、慣れてしまえばどうってこともないけど)

舞子は何気なく壁へと視線を投じた。

そこには、絵が飾られている。いつの時代のものかは分からない。泉で、仙女《せんにょ》が水浴びをしている。傍《かたわ》らには桃の木が。いわゆる、桃源郷を描いたものなのだろう。豊かな色彩は、暗がりでしか見られないことが惜しまれるほどでもある。と、そこまで考えて——舞子は苦笑した。この部屋に案内されたときには絵の存在にすら気付かなかったというのに。いつの間にか、絵の細部まで見えるようになってしまっている。慣れと言ってしまうには、異様なことのように思えた。そのまま、視線を上げて部屋の中を見回す。

文机。座椅子。背の低い棚。棚の上には、小さな花瓶と白い花が飾られている。造花ではないが、人の世の花とも違うらしい。誰も水を替えていないのに、いつまでも美しく咲き誇っている。触れば少しだけひんやりとして、硬いのだ。

その感触を思い出しながら、舞子は小さく呟いた。暇《ひま》だ。

黒い壁に、青白い仄《ほの》かな光が反射している。まるで深い海の底にでもいるような気になる、そんな場所だった。飾り気はないが、不思議と寂しくはならない。けれど、やはり暇だった。

時折訪ねてくる大蛇や彼の眷属たちは、優しい。不便はないか、退屈してはいないかと心を砕いてくれる。そんな彼らのことは舞子も嫌いではなかったが、その一方でせめて地上に連れ出してくれたらと思わないこともなかった。ここでは待つ以外になにをすればいいのか分からない。何時間も訪問者がいないだけで不安になることもある。

牀台《しょうだい》の上で仰向けに転がりながら、舞子は軽く目を瞑《つむ》った。

〝さかしま〟は不思議な世界だった。

ここへ来てから、髪も爪もぴたりと伸びなくなった。かといって、欠けたものが戻らないわけではなかった。試しに爪を削ってみれば、翌日にはもう元の長さまで揃っている。部屋の中に鏡はないが、磨き上げられた壁に映る自分の姿は、二年前からまったく変わっていないように見えた。この世界にいる間だけ、そうなのか。或いは、ずっとこのままなのか――

「どうなんだろうね。分かる？」

努めて明るい声で、問いかける。

「どうなんだろうね。舞子」

それは舞子とよく似た声で、訊き返してきた。ぼんやりと視線を向ければ、腹のあたりに緑色の目が二つ。小さな宝石のように輝いている。声を発したのは、その目の持ち主なのだった。明かりの少ない場所では、腹に浮かんだもう一つの顔と話をしているようにも見える。が、目を凝《こ》らせばそこに黒い小さな生きものがいることはすぐに知れた。

「訊いているのは、わたしの方なんだけど。応声虫《おうせいちゅう》」

応声虫。それが、彼の名前だった。額に角《つの》の生えた、不思議な生きもの。てらてらと光る黒い鱗《うろこ》に体表を覆われた姿は一見すると蜥蜴《とかげ》のようではあるが、名前の通り虫にも見える。その口は爬虫類《はちゅうるい》のように大きく裂《さ》けていたが、いつでも——話すときでさえも固く引き結ばれて、決して開くことはなかった。

「不安なの？」

応声虫が、またこちらの声色を真似《まね》て訊いてくる。まるで自問自答をしているようだ。落ち着かない心持ちで、舞子は答えた。

「そりゃあ、まあ。だって、困るじゃない。家族になんて説明すればいいのよ。〝さかしま〟にいたから成長しませんでしたって？　二、三年なら誤魔化せるかもしれないけど。五年、十年って経っちゃったら……流石にね。帰り際に、昊が玉手箱《たまてばこ》をくれるっていうのなら話は別だけど」

「玉手箱ってなに？」

不思議そうに、応声虫。

「箱？」

「そう。開けると中から煙が出てきて、年寄りになっちゃうのよ」

投げ遣りに言うと、彼は驚いたのだろう。緑色の目をちかちかと瞬かせた。

「〝うつしよ〟には、そんな不思議な箱があるの？　〝さかしま〟にはないよ」

「いや、わたしたちの世界にあるわけじゃないんだけどね」

「じゃあ、どこに行けばもらえる？　舞子が要《い》るなら、もらってきてって頼むからさ。昊に」

「ああ、いや。どこっていうか、ね？」

声を明るくする応声虫に、舞子は軽く嘆息した。馴染みのある昔話をあらためて説明するというのは思いの外、難しいことだった。ええと……と言葉を詰まらせながら、言葉を探す。

「浦島太郎《うらしまたろう》って昔話があるのよ。〝うつしよ〟に」

「ふうん？」

「浦島太郎は助けた亀に竜宮城《りゅうぐうじょう》って場所へ連れていかれるわけ。そこで、乙姫《おとひめ》さまって——つまり昊とか御前みたいな立場の人に歓迎されて、何日かを過ごして帰るんだけど。帰ったら、人の世界では何十年も経っていましたって話で」

「それは、困るよね？」

一応、話を理解してくれたらしい。瞳を曇らせる彼に、舞子は大きく頷いた。

「困るわよ。当然、浦島太郎は途方《とほう》に暮れたわ」

「それで？」

「でもね。そんなときのために、乙姫さまは浦島太郎に玉手箱を渡していたのよ。困ったら使うようにと言われていた浦島太郎は、藁《わら》にも縋《すが》る気持ちで箱を開けた……」

一度言葉を切って、たっぷりと間を置く。焦らすように応声虫を見れば、彼は納得したように頷いた。

「ああ、成程《なるほど》。開けたらなにかが起こって、浦島太郎は年を取ったんだね。何十年分も」

そうやって空気を読まずに答えてくるのは〝さかしま〟の者らしい話ではある。一人で話を盛り上げようとしていたことが馬鹿らしくなって、舞子は軽く嘆息した。

「ま、そういうことなんだけど。でも結末を先取りするのって、よくないと思うな」

唇を尖らせながら——人差し指で、応声虫の狭い額を撫でる。彼は瞳を細めて嬉《うれ》しそうに喉を鳴らしていたが、ふと気付いたように首を傾げた。

「でもさ。それって、めでたしめでたしなの？」

ぽつん、と問いかけてくる。予想もしなかった問いかけに、舞子は少しだけ面食らった。

「え？」

思わず、訊き返す。応声虫は舞子を真っ直ぐに見つめて、また訊いてきた。

「だからさ、それってめでたしなの？　って訊いているんだよ。だって〝うつしよ〟には年を取りたくないって思う人もいるんでしょう？」

いつもと変わらない緑の瞳は、月明かりにも似た照明の下でゆらゆらと揺らめいている。深い淵を覗き込むような、或いはじっとりと浸食されていくような感覚に、舞子は少しだけ動揺した。心の内に入り込む、緑だった。なにもかもを見透かされているような心地の悪さに、小さく身動ぎする。

「わたしは、悪い終わり方ではないと思うけど」

やっとのことでそう言えば、

「なんで？」

また、応声虫。戸惑いつつも、舞子は思ったことを答えた。

「だって、自分の時間を返してもらえたわけなんだから。応声虫の言うように、年を取りたくないって思っている人もいるだろうけど、わたしは〝うつしよ〟で年を取らないって辛いことだと思う。親しい人たちと老いを共有できないって、それだけで孤独なことよ。わたしだったら一人で留まり続けるより、みんなと一緒に進みたい」

するとと応声虫は、心なしか顔を微笑ませたようだった。引き結んだ唇の端が、微かに持ち上がっているようにも見える。

「舞子は、そう思うのか。前向きだね。君らしいと思う。そういう舞子だから、僕をこういうふうにしてくれるんだね」

緑の目が、ゆっくりと明滅を繰り返している。穏やかに瞬く光を見つめながら、舞子は少しだけ眉をひそめた。それは酷く違和感のある言葉だった。

「ねえ、応声虫。それって、どういう意味？」

問答という形式での会話を好む応声虫らしくない気がした。じっと、彼を見つめる。応声虫は疑問をするりと無視して、キシシと笑った。

「まあ、昊は玉手箱どころかお土産《みやげ》すらくれないと思うけどね。とってもケチなんだ」

そうして、

「ていうか思ったんだけどさ、舞子。言っていい？」

返す言葉で訊いてくる。誤魔化しているふうではないが、先の質問に答える気もないようだった。なんとなく釈然としない気分で、舞子は頷いた。

「いいけど……なに？」

「〝さかしま〟と〝うつしよ〟でさ、年の取り方って同じなのかな？」

「え？」

彼がなにを言ったのか分からずに、訊き返す。応声虫は無邪気に言い直してくる。

「だからさ、舞子はこっちに来て二年だって言うけど。僕たちの二年と舞子たちの二年は同じなのかなって。浦島太郎の話を聞いていたら――」

最後まで聞かずに、舞子はバッと体を起こした。

――どうして、今までその可能性を考えなかったのか。

「うわっ、そうだよ。どうして気付かなかったんだろう。どうしよう。向こうに戻って、本当に浦島太郎状態だったら……ねえ、応声虫。どうなんだろう」

返事はない。訝って見れば、応声虫は床の上でぎゅうっと切なげな音を漏らしている。どうやら、体を起こした拍子に腹の上から落としてしまったらしい。舞子は気付いて、応声虫を拾い上げようと牀台から足を下ろした――と、そのとき。

「応声虫、妙なことを言って因幡舞子を惑わせるな」

呆れた声で答えたのは当然、応声虫ではない。

「二年は、二年に決まっている。〝さかしま〟だろうが〝うつしよ〟だろうが、変わらん」

応声虫を助け起こすことも忘れて、舞子は振り返った。

音もなく開かれた扉の傍には、美しい青年が佇んでいる。地下宮の闇を背負った彼の姿は、目映《まばゆ》く輝いていた。ほっそりとした長身を包む純白の官服には、汚れどころか皺の一つも見られない。夜空の星を鏤《ちりば》めたような、銀色の長い髪。血管が透けるほど白い顔の中で、ただ瞳だけが赤く燃えている。人間らしく装ってはいるが、どこか紛《まが》い物めいた雰囲気があった。

足りない要素がある、というわけではない。その逆である。

彼は完璧《かんぺき》だった。顔の造りも、背筋を伸ばして立つ佇まいも、よく通る声も——すべて。完璧すぎて、人間としては不自然に見える。人形が動いて喋っているような、そんな奇妙さがあるのだった。彼は尖った顎をついと逸らして、小さく鼻を鳴らした。

「相変わらず騒がしい娘だ」

「昊！」

昊天の統治者にして、地下宮の主。名を、昊という。その姿からは想像しにくいが、古くから九天島神社に棲む白銀の大蛇である。大蛇がわざわざ人の姿を借りて訪ねてくる理由は、舞子にも分からない。途方もなく美しいその姿を気に入っているのか。それとも、こちらに合わせているだけなのか。或いは〝うつしよ〟の者に本来の姿を見せたくないからか。

そういえば——幼馴染みの祖父と出会った美貌《びぼう》の少女も、話を聞く限りでは人の姿をしていたようである。彼らにとって、人に化けることにはなんらかの意味がある行為なのかもしれない。そんなことを考えながら、舞子はあらためて大蛇へと視線を向けた。大蛇は顔をしかめている。

「それで？　お前たちはなにを騒いでいたんだ」

言いながら、彼は胸の前に垂れた細く長い白髪を、手の甲で鬱陶《うっとう》しげに払った。血の色よりも濃い赤の目で、ぎょろりとあたりを見回す。

「浦島太郎がどうとか聞こえたが……おい、応声虫。どこに隠れた？」

その目が舞子を離れた一瞬の隙に、牀台の下から這い出した応声虫が、昊の懐《ふところ》へ飛び込んだ。ぴょん、と弾かれたように跳躍をして、その腹にぴたりと張り付く。それに気付いた大蛇は、嫌そうに顔を歪めた。小さな眷属がなにをしようとしているのか、すぐに分かったのだろう、

「応声虫、妙な真似はするなよ」そう、刺すような声で窘める。が、牽制《けんせい》は少しばかり遅かった。

「あの狐め――」

昊の腹から、苦い声が聞こえてくる。少女ではなく大蛇のそれで、応声虫が喋っているのだった。

「客人であることも忘れての我儘放題。〝うつしよ〟に固執《こしゅう》するのは勝手だが、それにしても懐古派《かいこは》の連中を焚《た》き付けて問題を起こすとは……」

気難しげに言った後で、初めて自分が口にした言葉の内容に気付いたらしい。応声虫は不思議そうな顔で大蛇を見上げた。緑の目がちかちかと明滅する。

「昊、また御前と喧嘩した？」

腹の内を暴露《ばくろ》された大蛇は、悪びれもせずにそう訊いてくる声で我に返ったようだった。はっと瞳を瞬かせて、慌てて腹をまさぐる。暗がりでも目立つ白い手は、すぐに悪戯《いたずら》者の体を捕らえた。黒い尾を摑んで逆さまにぶら下げる。

「妙な真似はするなと言ったはずだ、応声虫」

大蛇の声はぞっとするほど凍て付《い》いていた。しかし応声虫はまったく悪びれたふうもなく、キシシと笑うだけだった。大蛇は、すぐにそうして説教をすることの無意味さに気付いたのだろう。唇の隙間からシューシューと威嚇音を発しながら、応声虫の体を宙に放った。そのまま小さな眷属のことは無視して、今度はこちらに向き直ってくる。

「退屈しているのではないかと心配していたが、杞憂《きゆう》だったようだな」

密かに笑っていたことは、彼にも知れていたらしい。大蛇は造り物めいた顔を、やはり造り物のように引き攣らせた。恨み言には気付かないふりをして、舞子は軽く笑った。

「久しぶり。ここのところ姿を見せなかったけど、忙しかったの？」

牀台の縁に座り直して、訊いてみる。大蛇は、色の薄い唇を開いて答えた。

「ああ。そこの馬鹿者が言った通り、玉響姫《たまゆらひめ》が頭の弱い懐古派どもを煽ってな。やつらときたら連日御苑に押し掛けて、やれ昔はよかった、昔に戻せと喚《わめ》き立てる。境界の綻《ほころ》びを見つけて無理に〝うつしよ〟へ行く者も増える始末《しまつ》。そのせいで、世界の均衡がまた少し崩れた」

鼻の頭に皺を寄せて、ぶつぶつと呟いている。

「鼬《いたち》どもに綻びを繕《つくろ》わせてはいるが、文字通りの鼬ごっこだ。いずれ、お前のようにこちら側へ迷い込む人間も出てくるに違いない。そうなれば懐古派の狙い通り――夜は我々のものに、昼はお前たちのものに。境界が失われ、昔のように〝さかしま〟と〝うつしよ〟は重なるだろう」

「それって、困ること？」

「困るとも。我々以上に、お前たちが」

艶々《つやつや》とした唇から溜息を零しながら、大蛇が言った。大仰に首を振りながら、呆れているらしい。苛立ちの浮かぶ赤い目は、当たり前のことを訊くなと言っているようにも見えた。

そんな彼に、舞子は首を傾げる。

「でも、昔は共存していたんでしょ？」

少なくとも、彼らの存在が認められていた時代は――当たり前のように鬼や物の怪が信じられていた時代は、そうだった……はずだ。昔、老人から聞いた昔話を思い出しながら、大蛇の目を見る。どうして人がそれを知っているのかと、昊は一瞬だけ訝ったようだった。が、そんな疑問などすぐにどうでもよくなったのだろう。フンと面白くもなさそうに鼻を鳴らして、大蛇が答えてくる。

「では訊くが。お前は千年も前と同じ生活ができるのか？　今あって当たり前のものが、なにもない。そんな生活に戻れるか？　我々にとっては微々たる時間ではあるが、人にとってはそうではあるまい。〝うつしよ〟の者が時間をかけて架空《かくう》の存在に置き換えてきたものが、ある日を境に現実となる。昔に戻すということは、つまりそういうことだ。さぞ混乱するであろうな、人の世は」

吐き捨てるように言った美男子《びなんし》の顔が、大きく崩れた。裂けた唇からは、二股に分かれた細い舌が覗いている。ちろちろと揺れるその赤は、彼の白い肌によく映えた。硝子《ガラス》玉のような瞳の中では炎が躍り狂っている。冷たく激しい大蛇の美貌だった。彼は美しい。人であっても、なくても。

けれど異貌《いぼう》の美には、相反《あいはん》する醜《みにく》さが同居してもいた。人と蛇の入り交じったその姿には、生理的嫌忌《けんき》を抱かせる醜怪さもあった。反射的に目を逸らしかけて――彼の脅しに気付いた舞子は、きっと眦《まなじり》をつり上げた。大蛇は敢えて、その醜さを見せたのだ。

「お前でさえ、そうだ」

大蛇が冷たく告げてくる。

「分かっているつもりで、分かっていない。自分では受け入れているつもりだったのだろう？　だが、そうではないのだ。お前が我々の本質を受け入れていたのではない。現実に目を向けろ、小娘」

「昊……」

大蛇の顔はもう大分崩れて、人の形を留めてはいなかった。白く滑らかだった肌には、今やびっしりと鱗が並んでいる。てらてらと光る白銀の鱗は、彼が体を揺らすたびに優雅に波打つのだった。炎を閉じ込めた目の中で、瞳孔が細く収縮していく。

「時間をかけて世界が変貌したことには理由がある。世界は進む。後戻りすることなど、できるはずがない。必ず破綻《はたん》する。そうなったときに〝さかしま〟と〝うつしよ〟がどうなるのか――それは、わたしにも分からない」

「…………」

「しばらく大人しくしていた玉響姫が〝うつしよ〟への執着《しゅうちゃく》を取り戻し、独往派《どくおうは》に押されつつあった懐古派を勢い付かせた。連中はお前を帰すために御苑の門を開けるのなら、自分たちにも開放しろとも言っている。玉響姫からは、まだ人間を飼っているのかと責められる始末。その上、元凶であるお前に危機感と自覚がないときている」

燃える目が、きつく睨み返してくる。

「……だったら、どうしてわたしを庇ったの？」

顔を蒼白にしながら、舞子は言い返した。ほんの少しの恐ろしさと、自己嫌悪に声が震える。問いかけは口にしてみれば、酷く八つ当たりめいているようにも思えた。

「危機感なんて、あるはずないよ。だって、昊も応声虫も……みんな、優しいじゃない」

情けないような、惨《みじ》めな心地で続ける。

「困るんだったら、最初から助けてくれなければよかった。気に掛けてくれなければよかった。その姿を怖がったことは謝るけど、でもそれだって最初から慣れさせてくれればこんなに驚かなかった……と、思う。卑怯《ひきょう》だよ、昊も。矛盾《むじゅん》してるよ」

「それは――」

大蛇にしても、痛いところではあったのだろう。彼は答えに詰まって、ふっと語尾を弱めた。言葉が口の中に消える。大きく裂けた口が、返事を拒むようにまた人ほどの大きさに戻った。

唇を固く引き結んだ大蛇は、答えない。舞子はじっと彼の目を見つめた。

「それは、なに？　言ってよ。わたし、鈍いし馬鹿だから。言ってくれないと分からない」

今度ははっきりと言って、

(絶対に、泣かないんだから。絶対に)

視線を少しだけ上に向ける。涙の一つでも見せれば、大蛇はすぐにいつも通り——優しく振る舞ってくれるのかもしれない。彼らに、少なくとも大蛇とその眷属たちに悪い者がいないことは、分かっていた。大蛇が言うように、たとえ彼らが舞子に合わせていたのであろうとも。閉じた場所での二年という歳月は、決して短いものではなかった。

(泣いちゃ駄目!)

相手の良心に訴えるのは、脅すのと同じくらい卑怯だ。舞子は口の中で叱咤《しった》した。唇を噛みしめて顔を険しくすれば、異形は少しだけ鼻白んだようだった。その拍子に、また少し彼の姿が人に戻る。目の中の火焔《かえん》は静まって、垂直な瞳孔がゆるゆると大きくなる。皮膚を覆っていた鱗が皺の少ない人の肌に戻り、そぎ落とされたようだった鼻が再び形を取り戻した。

「理由なんか、知らん。そういうふうにできている、と言うほかない。昔から、そうだった」

昊はふっと目を逸らしながら、そう言った。乱暴で無責任な言葉の中には、困惑がある。

「そういうふうにできている?」

それは、どういう意味なのだろう?

舞子は眉をひそめて、大蛇の顔を見返した。

——また、違和感。

応声虫と話していたときにも、それを感じたが。すっかり萎《な》えた悲しみにとって代わったのは、大蛇や応声虫への興味だった。いや、と舞子は小さく首を振る。

彼らのことだけではない。〝さかしま〟という世界そのものが、謎に包まれている。目の前で機嫌を損ねている大蛇をはじめとして、部屋を訪れる彼の眷属たちから〝さかしま〟の歴史を教えられたのは、もう随分と前の話になる。が――

（そういえば、誰も〝始まり日〟の話はしてくれなかった。みんな、知らないって言ってた）

それはよく考えるまでもなく、不思議なことではないのだろうか？

（〝さかしま〟では、知らなくてもいいようなこと？　不思議に思うまでもないことなの？）

自問してみても分かるはずがない。

「ねえ、昊。それって、どういう意味？　なにが、そういうふうにできているの？」

素直に訊いてみる。しかし、昊の返事は短かった。

「言ったままの意味だ」

「分からないよ」

「分かれ。さもなくば、諦めろ」

素っ気なく言って、ふいとそっぽを向く。舞子はむっとして、思わず声を大きくした。

「諦められないよ！」

大声に驚いたのだろう。大蛇の目が大きくなる。床の上では応声虫が、きゅっと目を瞑って怖がっているようにも見えた。舞子は構わずに続ける。

「前にさ、言ってたよね。始まりの日のことを覚えている者はいないって。どうして？　〝さかしま〟には寿命がないんだよね？　だったら、最初に生まれた住人はどこに行ったの？　昊の前に昊天の主《あるじ》をしていたのは？」

短い沈黙。ややあって、昊が答えた。

「昊天の主が代わったことはない。常に、わたしだった」

今度の返事は投げ遣りではなかった。けれど、舞子が望んだものでもなかった。

「えっ」

困惑して、訊き返す。何故か、大蛇の目にも困惑があった。赤い虹彩《こうさい》がどろりと溶け出して、眼球の白い部分を覆っていく。異変に気付いたのだろう、大蛇は掌で軽く目元を押さえて言い直した。

「昊天の主は、ずっとわたしだったと言っているのだ。わたしは、最も古い〝さかしま〟の者の一人でもある。言うなれば、わたしが昊天の親だ。昊天に棲む同胞の誕生は、すべてこの目で見てきた。御苑の主として」

「それなのに、始まりの日のことは分からないの？　自分が生まれたときのことは？」

大蛇は答えない。目を押さえたまま、じっと黙考《もっこう》している。舞子はさらに続ける。

「それって、おかしくない？」

ややあって、大蛇が答えた。

「では訊くが。お前は生まれたときのことを覚えているのか？　記録ではなく、記憶として」

「そりゃあ、覚えてないけど……」

「だろう？」

昊が、あっさりと言ってくる。

「本人でさえ、それが始まりであったことに気付かない。すでに存在している者が立ち会うことで、後からそうと知らされる。始まりというのは、そういうものだ。わたしの始まりに立ち会った者がいないのだから、わたしがその日のことを説明できるはずもない」

小さく首を振って嘆息する彼は、本当に始まりの日のことを覚えていないらしかった。覚えていないことを不自然に思ったこともなかったのだろう。そのことを自覚して少しだけ驚いたようでもあったが、それだけだった。

「お前が妙なことを言うから、話が大分逸れてしまった。わたしは、こんな話をするために来たのではなかったのだが――」

どこかぼんやりとしたふうに言って、

「まあ、いい。用事を思い出したら、また来る。邪魔したな」

大蛇はくるりと踵《きびす》を返した。

「待って、昊」

「まだなにかあるのか？」

顔だけで振り返ってくる彼に、舞子は言葉を詰まらせる。

「いや、なにかあるっていうか……」

「ないのなら引き留めるな。わたしは、忙しい」

素っ気なく言って、昊は片手で扉を押した。

ぽっかりと黒い穴が口を開く。巨大な怪物の口に自ら呑まれていくように、大蛇は足を踏み出した。その姿は、すぐに地下宮の闇に消える。扉が閉まるのを見届けると、舞子はまた仰向けに寝転んだ。部屋が暗い。もう慣れていたはずの暗闇がふいに怖くなって、舞子は息をひそめた。

投げられたまま床の上でじっとしていた応声虫が、また腹の上へよじ登ってくる。

「舞子、悲しい？」

問いかけてきたのは、寂しげな少女の声だった。

「悲しくないよ」

舞子は答える。応声虫の顔を見ることはできなかった。

「悲しくない、けど……」

眉間に皺ができるまで力を込めて、深く息を吐く。

――けど、なんだと言うのだろう。

「分からないや。昊の言うことは分かるし、悪いことをしたっていうのも分かるんだよ。でもね」

舞子は軽く目を閉じた。

（わたしが来てから面倒なことが増えた、か……）

これは声には出さずに、口の中でのみ呟く。

確かに、そうなのだろう。それだけのことをした。九天島に近付いてはいけないという禁を破っては幼馴染みを傷付けて、今また〝さかしま〟への好奇心に疑問をぶつけて大蛇を戸惑わせてしまった。無遠慮が過ぎると、気付いたときにはいつだって遅いのだ。

(京介、かぁ)

少しだけ落ち込みながら、舞子は幼馴染みのことを思い出していた。

彼と喧嘩別れしてしまったことも、ずっと気に掛かっていることの一つだった。あの幼馴染みは〝さかしま〟の存在に気付いているだろうか？　いいや。幼い頃から頑なにこちら側のことを信じたがらなかった彼のことだ。この失踪も、誘拐か家出と信じて疑っていないのかもしれない。

(でも、責任は感じてるんだろうな)

呆れるほどに生真面目《きまじめ》で、すぐに自分を責めるようなところがある。それが、あの幼馴染み。有栖川京介である。

(なんで、あのときもっと冷静になれなかったんだろう)

自問するまでもない。答えは明白だった。自分ばかりが傷付いていると、そう思い込んでいたのだ。仕事で忙しい両親に、部屋にこもっていることの多い兄。家族はいつだって自分には無関心だと——舞子はそうも思っていた。多くの昔話や不可思議な体験談を聞かせてくれる、有栖川家の老爺だけが別だった。そんな祖父を持つ京介のことを羨む一方で、信頼していたことも確かだった。多くの思い出を共有する幼馴染みは、家族より身近で特別な存在でもあった。

彼との思い出の一部と〝さかしま〟にまつわる話だけは、親友の一二三にさえ話したことがなかった。京一郎と、京介と、自分だけの秘密なのだと──密かにそう決めていた。恋愛感情こそなかったものの、その秘密は舞子にとって心の拠り所でもあった。京介なら、いつか一緒に〝さかしま〟の存在を証明してくれるだろう、と信じてもいた。

だからこそ、あの日、あの瞬間、幼馴染みの言葉を裏切りのように感じてしまったのだ。カッとなってしまった。懐中時計を処分するようにと老爺は遺言していたらしいというのに、耳を貸さなかった──それこそ彼らに対する裏切りであると、あのときは気付かなかった。

（一二三が上手くフォローしてくれてたら……って、そう考えるのも勝手すぎるか）

うつら、うつら、うつらと。

考えるうちに、急に眠気が襲ってきた。眠りの淵に沈みながら、なおも〝うつしよ〟に思いを馳せる。幼馴染み。友人たち。そして、家族。舞子はぼんやりと記憶を探って、彼らの顔を思い出そうとした。目蓋の裏に、うっすらとした輪郭が浮かぶ。けれどそれらははっきりとした像を結ぶことなく、いつまでも意識の中で揺らめいているのだった。

「眠たいせいだよ、舞子。みんなのこと、思い出せないのは」

どこからか、応声虫の呟きが聞こえてくる。大丈夫だよ。と、言い聞かせるように。いや。もしかしたら、それは彼ではなく、内なる自分の声なのかもしれない。

「本当に？」

舞子は我知らず、問いかけていた。

本当に？　本当に、大丈夫なのだろうか？　眠気のせいにしてしまって、いいのだろうか？

自分がそう信じたいだけなのではないだろうか？

疑問は胸の内に暗い影を落とした。傷付くことを恐れた意識は、いっそう深くに沈んでいく。答えを求めようとする舞子の意思とは裏腹に。深く、深くへ。逃げていく。


葛藤の末に、舞子は意識を手放した。応声虫はしばらく少女の顔を見守っていたが、やがて牀台からひょいと飛び降りた。静かな寝息を立てる彼女を起こさないように、足音をひそめて入り口の方へと歩いていく。そっと触れれば、それだけで扉は音もなく開いた。

単純な造りの扉。見た目だけは物々しいその扉は、部屋の内と外とを隔てるものでしかない。大蛇の宮は〝うつしよ〟で九天島と呼ばれている土地の地下深くまで広がっている。その造りは複雑で、〝さかしま〟の者でさえ抜け方を知らなければ迷うほどである。まして暗闇では目の利かない〝うつしよ〟の者に、この地下宮を歩けるはずもない。仮に試したとして——もしも地上に辿り着いてしまったら、それはもう人とは言えない。

昊天の御苑で最も安全な、昊の領域。

しかし安全と引き替えに、そこはとてつもなく孤独な場所でもあった。

（仕方ないって言ってもさ。昊は鈍いからなぁ。でりかしーがないって言うんだっけ？）

応声虫は口の中で呟いた。あたたかな暗闇に足を踏み出そうとして、もう一度だけ後ろを振り返る。こちらの世界に来てから一度も涙を見せたことのない気丈な少女が、今は口を噤み、目を瞑って眠りに就いている。眉間に少しだけ皺を寄せて眠る、その姿は酷く頼りなく見えた。もう長いこと陽に当たっていないせいか、舞子の肌は日に日に白さを増しているようにも思える。昊にも似た、透明な白。皮膚の下を流れる血管が、うっすらと透けている。美しいが、人としては病的だった。

病《やまい》のない〝さかしま〟で体調を崩すことはない、が……。

(可哀想な舞子)

また、声には出さずに呟く。緑色の目を瞬かせながら扉を閉めると、応声虫は溜めていた息を吐き出した。そのまま、明かりのない入り組んだ通路をぐるりと見回す。

常に静まりかえった、照らされることのない無限の闇。目を開けていても、瞑っているのと大差ない。大蛇の眷属にとっては居心地のいいその場所で、応声虫は少しだけ顎を持ち上げた。緑の目を上に向けて、地上を仰ぐ。〝さかしま〟の空は、そろそろ白んできている頃合いだった。

人は、その時間を逢魔ヶ時《おうまがどき》と名付けた。〝うつしよ〟の空は、今頃赤く染まっているのだろう。魔と行き逢《あ》う時間――そうも言われているのだと教えてくれたのは、昊だった。昊天に棲まう〝さかしま〟の者の中でも一番古いあの大蛇は〝うつしよ〟の事情にも明るい。

(誰がいつ名付けたのかは知らないけどさ。逢魔ヶ時、なんて。ちょっと感心しちゃうな)

応声虫は、キシシと笑った。

〝さかしま〟の暁。そして〝うつしよ〟の宵《よい》。夜明けと夕暮れの重なる時間は、確かに特別である。昼でもなく、夜でもない。忍び寄る夜が、行き逢う相手の顔を朧気《おぼろげ》にする。昼の名残《なごり》で美しく染まる空の色は、ものの半時と経たないうちに変わってしまうのだ。そんな不安定さのせいだろう。〝さかしま〟と〝うつしよ〟が、ふとした弾みに交わってしまうのだ。まうこともある。

(うん。すごく不安定な時間。昊が一番嫌いな時間)

何気なく頷いて、応声虫はふと思いついてしまった。

(僕でも〝うつしよ〟に行けるかな?)

不可能ではない、はずだ。御苑の者が〝うつしよ〟へ行くことは、昊に禁じられているが。誰にも見つからないよう、気をつければいい。少し行って、帰ってくる。御前の探している「我が君」を探して、連れて来る。それだけのことだ。鳴き龍の力を借りれば、難しいことではない。「我が君」さえ見つかれば、御前も無理に〝さかしま〟と〝うつしよ〟を繋げたいとは言わなくなるだろう。彼女は〝うつしよ〟の男と添い遂げたいだけなのだ。過去に何度も失敗しているというのに、人間の男ばかりを愛する——昊の言葉を借りるのなら、御前もそういうふうにできている。

御前が〝うつしよ〟への興味を失えば、懐古派の連中も今よりはもう少し大人しくなるはずだった。煽動者《せんどうしゃ》が消えると、今度は誰が集団を率いるかで内輪揉《うちわも》めを始める。そういった意味では〝さかしま〟の者も〝うつしよ〟の者も、少しだけ似ている——ように、応声虫には思えた。或いは、やはり〝さかしま〟が、どこまでも〝うつしよ〟の影響を受けているという話なのかもしれないが。

なんにせよ、そうなることは昊にとっても悪い話ではない。

（終わりよければすべてよしとも言うしね。うん。〝うつしよ〟へ行こう）

応声虫は上機嫌に、口の中で呟いた。

（何百年ぶりになるかな。二百年？　ううん。三百年かも）

〝うつしよ〟のことを思い出すと、自然と心が浮き立った。あの頃に――人と共存していた頃に戻りたいと思う気持ちは、応声虫にも否定のできないものだった。

（昊は無理だって言うけど。そのときになってしまえば〝うつしよ〟の人だって意外と受け入れてくれるんじゃないかって思うんだよね。舞子だけが特別ってわけでもないんだろうし。なにより、昔は一つだったんだから。そりゃあ、少しは混乱するかもしれないけど。なんで、昊はあんなに頑固なんだろ。〝うつしよ〟のことが好きじゃないのかな？）

そうかもしれない。昊は〝うつしよ〟のことが嫌いなのかもしれない。長虫《ながむし》は〝うつしよ〟の女に優しいが、〝うつしよ〟の女は長虫の正体を知ると拒絶する。だから上手くやらなければ駄目だ――と、鳴き龍が偉そうに話していたのを聞いたことがある。

（僕も、上手くやらないとね）

一つ頷いて、応声虫は地上へ向かう足を速めた。〝うつしよ〟へ行って、どうすればいいかを彼は知っていた。そう、鳴き龍だ。鳴き龍に〝門〟の鍵を借りればいい。

舞子を帰すためにも、「我が君」を連れて来るにも、まずは門を開けなければならない。日頃、固く閉ざされている御苑の門。境界の制約を受けることのない自由な門。これは、大蛇の眷属の中でもごく一部の者だけが開けることを許されている。〝さかしま〟にはこれを身贔屓《みびいき》だと言う者もいるが、仕方のないことではあった。〝さかしま〟と〝うつしよ〟が分かれてなお、彼らは人から存在することを望まれている。

人から望まれるがゆえに強大な力を持つ彼らは傲慢《ごうまん》ではあるが、一方で〝うつしよ〟に友好的だった。中でも鳴き龍の人間贔屓は有名である。

(鳴き龍なら、力を貸してくれる)

彼に力を借りるというのは、我ながら妙案のように思えた。鳴き龍は力を持っている。〝さかしま〟と〝うつしよ〟が分かれて、昊の九天島神社でさえ寂れた今となっては、〝さかしま〟の者の多くがかつてほどの力を発揮できずにいるが――どうしたことか、彼の力が衰えることはなかった。だから、だろうか。昊も、鳴き龍のすることには口を出しにくいような様子がある。

そんなことを考えていれば、やがて視界が開けた。白々と染まる空に、応声虫は目を細める。〝うつしよ〟よりは控えめではあるが、やはり陽光は目に馴染まない。日輪《にちりん》は緩やかに、けれど確実に高い位置へと昇っていく。急がなければ。御苑の庭から外へ出て、あたりを見回す。

(さすがに御苑の近くじゃあ、向こうと交わってるような場所もない……かな?)

それでも諦めずに探していると、やがて古びた地蔵の隅に小さな歪みを見つけた。と――

「何処へ行くつもりだ。応声虫」

彼を呼び止めたのは、酷く無機的な声だった。恐る恐る、振り返る。

（嫌なやつに見つかった）

応声虫は密かに毒づいた。熱を帯びることのない陽射しに輪郭を淡く溶かしているのは、最も会いたくない相手であった。背丈はそれほど高くない。逆三角形をした小さな顔の中で、相手はすうっと目を細めた。三日月よりも鋭く、凍て付いた瞳が睨んでくる。

御苑の刑吏。断罪者。両手の代わりに、鎌が鈍く光っている。彼らはかつて〝うつしよ〟の人に鎌鼬《かまいたち》と名付けられた存在だった。

「不正に境界を抜けることは、禁じられているはずだが」

いっさいの言い訳を禁じる重たい声は、少し気の弱い者なら聞くだけで卒倒してしまうほどである。応声虫は口を固く閉じたまま、瞬きすらすることなく、無慈悲《むじひ》な刑吏を見据えていた。冷たい問いかけに、どうにかして答える術を探す。少しでも動けば、反逆と見なされそうな雰囲気があった。それから、十数秒。刑吏は気付いたように両腕を下ろした。

「そうか」

納得したふうに頷いて、

「お前は、一人ではこちらの問いかけに答えることもできないのだったな」

言ってくる。

「来い。どういう事情かは知らないが、お前のことなら具も悪いようにはしないだろう」

素直に付いて来る――とでも思ったのだろう。厳格な鎌鼬が珍しく、背を向けた。その隙に、裂けた空間へと飛び込む。瞬間、体が激しくねじれる痛みに襲われて、応声虫はきりきりと歯を食いしばった。どこか遠くで驚いている鎌鼬の声が聞こえたが、それもう、あちらの世界へ抜けてしまえば関係のないことではあった。

忌まわしい制約が、体から自由を奪う。手から、足から。

「愚か者が……」

意識が途切れる瞬間に聞いた断罪者の声は、なにを意味していたのだろうか。罪人を責めるのとまた違う、哀れむ声が妙に耳に残った。けれど、そのことを不安がる時間もなかった。鎌鼬の言葉に含まれた意味を考える機会も、二度と廻ってはこなかった。

覚えているのは歪みを抜けたときの痛みと、なにかに追われていた恐怖。そして、目的の失われた使命感。目の前に現れたのはやけに白い部屋だった。寒気を覚えるほどに、眩しい。回転する灰色の丸椅子に、人が座っている。〝さかしま〟を思わせる黒髪を、肩のあたりで切り揃えた女だった。

本能の求めるままに、応声虫は彼女の腹へ潜り込んだ。そのまま、胎児のように丸くなる。

「平安時代は、人と〝さかしま〟にとって蜜月の時代だった。陰陽寮《おんみょうりょう》の存在に、修験者《しゅげんじゃ》や僧侶《そうりょ》なんかの力も大きかった。〝さかしま〟に対抗する一方で、彼らが〝さかしま〟の存在を証明していたんだ。ところが、時代が下るにつれて人は〝さかしま〟と距離を置くようになった。理由は簡単だ」

淡々と話しながら、京介は視線を上げる。

「学問の発展によって、大抵のことは説明できるようになってしまったんだよ。完全に解明できないことも、仮定さえ立てておけば問題ない。人はそれだけで安心する。そうなると、今度は学問で説明することのできない〝さかしま〟の存在が、人にとっては邪魔になった」

目の前には、禿げた朱塗りの鳥居が立っていた。九天島の小さな山中にあるこの神社は、昔こそ参拝客でそこそこの賑《にぎ》わいを見せていたらしいが、今となっては詣《もう》でる人もほとんどない。

寂れた境内に人の姿がないことを確認して、振り返る。

背後には一二三の姿があった。眉根を寄せながらも話を理解しようとしている彼女に、続ける。

「人と〝さかしま〟の間には深い溝ができた。人は〝さかしま〟を非現実的な、実在しないものとして扱うようになっていった。今の〝さかしま〟は人の手を離れて、まったく別の世界として存在している。多分、やつらはそのことが気に入らないんだと思う」

そこまで話して、京介は深く溜息を吐いた。

旧鼠の一件は予想通り、幼児性愛者の凶行として処理されていた。狭い田舎で起きた異様な犯罪ということで多少はメディアを賑わせたが、それだけだった。件の幼稚園教諭は鼠の化け物の存在を主張したようだが、取り合う者などいるはずもなかった。

（舞子と同じだ。きっと、それらしい要因をいくつも挙げられて、常識で理解できる範囲内のこととして片付けられてしまうんだ）

可哀想だが、今はどうしようもないことでもある。これまでも——舞子の安否を追う過程で、同じことは何度となく起こった。その結末を見届けるたびに、京介はやはり〝うつしよ〟と〝さかしま〟の共存は不可能だと思うのだった。

かつて、人は説明できないことの原因を〝さかしま〟に求めてきた。今は〝さかしま〟の者が引き金となった事件に、無理やり説明をつけている。それは、正しい形ではない。

（だからかな。どうしてか、すごく嫌な感じがするのは）

説明のつかない悪寒に、軽く腕を擦る。何度も溜息を吐きたくなる理由は、もう一つあった。

「京介くんは、どうしてそんなことを知っているの？」

顔を上げて訊いてくる一二三に、京介は密かに顔をしかめる。彼女を巻き込んでしまったこともまた、不可抗力ではあったが——

（それにしたって……俺はこうして約束通り、五十嵐にすべてを説明してるってわけだ）

馬鹿正直に答える必要はない。一二三も、知る必要がない。舞子がいなくなったのは彼女の責任ではないのだから。苦い思いで呻いて、一二三に視線を戻す。

「なあ、五十嵐。俺はお前の知りたいことを話したよな。もう、いいだろ？」

「よくないよ。だって、まだ全部聞いてない」

返ってきたのは、責める瞳だった。

「言いたくないんだ」

京介は陰鬱な顔で、ただそれだけを呟いた。口の中で生まれた言い訳は、すべて喉の奥へと消えてしまった。どんな言葉を選ぼうと、一二三が納得してくれるような理由になりはしない。

案《あん》の定《じょう》、一二三は——彼女にしてはきっぱりと、言い返してきた。

「京介くんが言いたくないなら、それでもいいよ」

妥協ではなく、続けてくる。意思の強い言葉で。

「でも、わたしは知らないままにはしないから。無理やり聞こうとは思わないけど、知るための努力はするから。それだけは、言っておきたいの」

視線が交錯した。見つめ合って、数秒。先に目を逸らしたのは、京介の方だった。

「俺が話さないなら勝手に調べるって、そう言うのか。五十嵐は」

声を絞れば、一二三は申し訳なさそうに顎を引いて肯定《こうてい》した。

「わたしにとっても、舞子は大事な親友なんだよ」

「それは……」

「舞子にとっても同じだったと思う。家出だったら、きっと相談してくれたんだろうとも思うよ。だから、納得できない。本当の理由が知りたい」

「五十嵐の気持ちは分かる。けど……」

その先の言葉を見つけることができずに、京介は沈黙した。一二三が納得しないと言っている以上、説得を重ねたところで意味がないことは分かっていた。かといって、このまま会話を打ち切ってしまう気にもなれなかった。

（このままだと、駄目だ。このままだと——）

一二三までいなくなってしまうかもしれない。あの幼馴染みのように。

ふと思い浮かべてしまった可能性は、京介の肝を冷やした。なにかを掴みたがって落ち着きなく震える掌を、握りしめる。視線の先では、一二三が口を噤んでこちらの反応を窺っていた。風が止んで、不意に木の葉のざわめきも途切れる。耳の奥が痛くなるほどの静寂に、京介はいつしか呼吸を止めていた。頭がぼんやりとしてきた頃に、ようやく息苦しさを覚えて、口を開く。

「脅しだ。それは」

空気を求めて喘ぐように言えば、視界の中で一二三の顔が歪んだ。

「そんなこと……」

「そんなこと、ある。少なくとも、俺にとっては」

なにより有効な脅しだった。脅迫以外のなにものでもなかった。

「話す、から。全部。だから、勝手なことはしないでくれ」

肺の中に溜まった空気をすべて吐き出して、京介は哀願した。その言葉がなんの拘束力も持たないことを知りながらも、口に出さずにはいられなかった。一二三は、驚いているのだろう。目を丸くして――もしかしたら、謝ろうとしていたのかもしれない。眉尻を下げておずおずと口を開こうとした彼女を、遮る。

「絶対に勝手なことはしないと……一人でどこかへ行かないと、約束してくれ」

もう一度、念を押せば一二三は小さく頷いた。彼女の返事に安堵したわけではないが、京介はやっと深く息を吸い込んだ。きりきりと痛む胃のあたりを撫でながら、続ける。

「俺は、茶々に。茶々に、聞いたんだ」

すぐには言葉の意味を理解できなかったのだろう。一二三はきょとんと目を瞬かせて、茶々に視線を投じた。少し離れた岩の上でくつろぐ三毛猫の姿を認めながら、訊き返してくる。

「茶々に？」

なにを、と疑問の形で口の動きが止まった。

――京介くんは、どうしてそんなことを知っているの？

先にそう訊いてきたのは、一二三だった。そのことを思い出したのだろう。

「ええと。でも、茶々って？」

困惑を浮かべて、茶々とこちらを見比べている。

「茶々も……その、妖怪、なの？」

一二三が自信なさそうに訊いてくる。京介は苦笑した。

「〝さかしま〟の者、な。まあ、俺たちに言わせてみればどっちでも変わらないか――」

にゃあ、と抗議の声。視線の先では、三毛猫がぶすっと顔に皺を寄せている。それに気付いて、一二三が慌てて言い直した。

「〝さかしま〟の者ね。それで、その、でも……普通の猫と、どう違うの？」

疑わしげな目で三毛猫を眺めてそう言ったのは、旧鼠と玉兎を思い出したからなのだろう。

「ああ、ここからはまた複雑な話になるんだけど」

「うん」

「茶々みたいな存在はさ、少し特殊なんだ」

「特殊？」

どういうふうに？　と首を傾げて、一二三。京介は答える。

「〝うつしよ〟で生まれて、後から〝さかしま〟の者になった存在。さっき五十嵐が言ったように、妖怪——化け猫と表現すれば分かりやすいかな。何十年も生きた猫は、猫又になるって言うだろう？　普通の猫として〝うつしよ〟に生まれたけど、生きていく過程で〝うつしよ〟の理から外れた。つまり長く生きすぎて、こちら側の存在ではなくなってしまったってわけだ。けど、肉体そのものは〝うつしよ〟で得たものだから、こちら側でも境界の影響を受けずにいられる」

とはいえ、まったく影響を受けていないというわけでもなかった。〝うつしよ〟の者として存在する代わりに、茶々は〝さかしま〟へ行くことができない。猫又と名付けられた姿に戻るのも、鏡の力によって〝さかしま〟が現れている間のみである。

一二三が顔を上げた。

「ごめん。ちょっと混乱しちゃって……。言ってることは、なんとなく分かるんだけど」

「いや。こっちこそ、一度に話しすぎた」

それに、理解できたからといってすぐに受け入れることのできるものでもないだろう、と京介は思った。非現実的すぎる。実際に体験したのでなければ——体験したとしても、信じ難い話だ。

こちらの話を聞いているのか、いないのか。或いは興味もないのか。話題の主役である三毛猫は、我関せずといったふうに伸びをしている。その金色の瞳をぼんやりと眺めながら、京介は思い出していた。初めて〝さかしま〟を知った夜。空には茶々の目と同じ色をした月が出ていた、気がする。

（初めて知ったって言うのは、少し違うかな。〝さかしま〟を信じるようになった日……）

いや、いや、いや。

そうではない。京介は密かに首を振って、否定した。信じるという言葉を使うのは、正確ではない。当時は、舞子がいなくなってなお〝さかしま〟の存在を信じてはいなかった。口論の末に一人で九天島神社へ向かった幼馴染みが、なにか現実的なトラブルに巻き込まれたのだと——警察や周囲の大人たちと、考えていることは同じだった。

（目の前に突き付けられた、というのが正しいのかもしれない）

そうだ。否定しようのない現実として、その世界を突き付けられた。京介は一人、頷く。

幼馴染みが行方不明になってから四日ほど経った日のことだった。

家出か誘拐か。どちらとも判断がつかないということで、すぐには公にされなかったが。事件のことはなんとなく噂になっていた。警察や近所の大人たちが、協力して舞子の捜索を始めていたというのもある。その頃の京介は一人、家で塞ぎ込んでいた。進展を待つしかない無力感。焦燥感《しょうそう》。幼馴染みと最後に交わしたやり取りを思い出すたびに、取り返しのできないことをしてしまったと自分を責めずにはいられなかった。

（後悔もしてたし、不安でもあった。でも俺にはできることなんてなくて、そのことがどうしようもなく悲しかったし、腹立たしくもあった……）

捜索に加わることができれば、少しは気分も違ったのかもしれない。けれど、大人たちがそれを許すはずもなかった。進展を待つしかない時間は、まるで深い水の底で息を止めているようでもあった。苦しくて、身動きもできない。慰めてくれる人の声にも耳を塞いで、悲嘆に暮れていたのだ。舞子が見つかるまで、永遠に自分はそうして過ごさなければならないのかと。

そんなときだった。茶々が現れたのは。

最初は微かな音だった。木の葉が硝子の表面を撫でるような――遠慮がちな音は、気にも留めずにいると次第に大きくなった。苛立ちの交じり始めた音の乱暴さに、京介は初めて窓辺へと視線を向けた。窓硝子の向こう。月明かりを背負った夜の下に姿を浮かび上がらせているのは、見覚えのある三毛猫だった。

金色の瞳に何故か不吉なものを感じて、開けるのを躊躇ったことを覚えている。じっと見つめ合う。そうしている間にも、三毛猫は窓を引っ掻き続けていた。かりかり、かりかり、と。音に急かされて、京介はついに降参した。立ち上がり、窓を開ける。細い隙間から器用に体を滑り込ませた茶々は、その瞬間にこちらを見上げてにんまりと笑ったようにも見えた。

「夢だと、思ったんだ」

ぽつりと呟けば、一二三が訊き返してきた。

「夢？」

「ああ。舞子が好きだった昔話と同じさ。途方に暮れる俺の許に茶々がやってきて、舞子の居場所を教えてくれる……そんな夢だと思ったんだ。我ながら都合のいい夢を見たものだと思ったよ」

「…………」

彼女は、黙って聞いている。京介は自嘲《じちょう》気味に続けた。

「でも、現実はもっと都合がよかった」

なにもかも、都合がよかった。

「俺を見つめた茶々は、すぐにまた窓の外へ出て、じっと庭を見下ろした。すぐにぴんと来たよ。ああ、こいつは庭へ下りろと言っているんだって」

そうして、京介は素直に外へ出た。いつもの自分だったら、茶々の意図など理解しようともしなかっただろう。しかし、そのときは違った。そのときだけは——馬鹿げたことだと思いつつも、直感に従ってみようという気になった。

——庭になにがあるかは、分かっていた。

石造りの立派な祠《ほこら》。それは一見すると石灯籠《いしどうろう》のようにも思えた。雨風に晒《さら》されて、ディテールが多少曖昧になってはいるものの、意匠の凝らされた造りになっている。柱を支えるのは宝玉を咥えた唐獅子《からじし》で、ごく普通の一軒家には大仰すぎるほどだった。そんなちぐはぐさが生まれてしまったのは、古い家を建て替えたせいでもあろうが。

祠の扉を開ければ、その中には紫色の布に包まれた銅鏡が安置されている。有栖川家は、昔から〈鏡守《かがみもり》〉――それがいつの時代に作られたのか、京介は知らないが。〈鏡守の家〉とも呼ばれてきた。これには勿論、由来がある。

有栖川家のある犬飼の地を中心とした一帯では、祭祀《さいし》に鏡を用いることが普通である。吉凶を占うにも、五穀豊穣《ごこくほうじょう》を祈るにも、邪を払うにも。神職者の傍らには常に銅鏡があった。このことは、それほど珍しくはない。古来より、鏡は祭器の一種として重用《ちょうよう》されていた。

神社が神事を執り行い、有栖川家で鏡を管理する――

もうずっと、その状態が続いてきたのだという。初めは〈鏡守〉の役職名にちなんで〈神守《かみもり》〉の姓を与えられたともいうが、それでは大仰だというので、姓を返し代わりに鏡を音読した〈キョウ〉の字を名に含めるようになったという話もある。

近年になると地域の祭祀が極端に減り、祠から鏡を出すことも年に三度あるかないかとなってしまった。それでも祖父母が生きていた頃は、定期的に神主《かんぬし》を呼んで祝詞《のりと》を捧げていたようではあるが。京介の父親が後を継いでからは、そうすることすらしなくなってしまった。特に信心深いわけでもない両親は〈鏡守〉を続けていくことすら渋っているようではある。

祖父母は亡くなり、共ばたらきの自分たちだけでは鏡の管理も心許《こころもと》ない。神事の折に手間を省くためにも、鏡は神社で預かってもらえないか――と。以前伺いを立てて、神主から叱られている。

（まあ、父さんたちの気持ちも分からないではないけど）

思い出しながら、京介は胸の内で呟いた。

然程広くない敷地の中に、見た目だけは立派な祠が一つ、どんと構えているというのは、想像以上に奇妙な光景だった。そしてなにより、邪魔でもあった。家を建て替えるときに庭の隅へ移そうと言ったのも父だったが、祖父母はその提案をやはり「罰当《ばち》たりだ」と叱ったのだった。

——祠の前にあらためて立つというのは、何故だか不思議な感じがした。

祠の屋根には、いつの間にか茶々が座っていた。頭を少し傾げて、足元を覗き込む——その仕草は、祠の扉を開けろと促しているようにも見えた。

記憶の中で扉が開く。ズッと鈍い音を立てて。

狭い空間に銀色の平たい器が収まっている。薄い蓋を開けると、中には紫色の布が何重かに折られ、敷き詰められていた。神事のたびに取り替えられてはいるのだろう。しっとりと冷たくはあるが、汚れてはいない。その上に重しのように載せられているのが、件の銅鏡だった。

躊躇いもせずに手に取って、京介はまじまじと銅鏡を眺めた。ずっしりとした感触。予想したより少しだけ重い。鏡の背には複雑な紋様《もんよう》が刻まれていた。球体状に膨《ふく》らんだ円形の周囲を、耳の長い獣が跳ねている。兎だろうか。三本脚の奇妙な姿だった。他には、月と雲、そして人
——

それはなにを表しているのだろう？

京介がふと思い浮かべたのは、月夜に襲われる人の姿だった。そう思いながら眺めてみると、

確かに人の顔は兎を恐れている。或いは、人が鏡を用いて三本脚の兎を撃退する物語か。鏡の役割を思えば、的外れな読みではないはずだった。

三津脚玉兎反転鏡《みつあしぎょくとはんてんきょう》。それが銅鏡の名前である。

丸く厚みのある縁に沿って、漢字が彫り込まれていた。頼りない月明かりの下で、その文字がはっきりと読み取れるというのは不思議なようにも思えたが。

漢　雲　邈　期　相
遊　情　無　結　永
散　分　各　後　酔
歓　交　同　時　醒
乱　凌　影　舞　我
徊　徘　月　歌　我

始まりと思《おぼ》しき場所から時計回りに読むと、そういうことになる。

——いいや。違う。

京介はわけも分からないまま、首を横に振っていた。なにが違うのかも分からない。けれど、確かに違うということだけははっきりとしていた。指先で一つずつ、文字をなぞる。「漢」ではなく、その左隣に置かれた「我」から——反時計回りに。

そうしてみたのは、まったくの無意識だった。

「我、歌えば月徘徊し……」

なにか、別の力がはたらいていたとしか思えない。唇は、見たこともない漢字の羅列を文章として淀みなく紡《つむ》いでいく。京介は驚愕に言葉を切って、細く息を吸い込んだ。騒ぐ鼓動を沈めるために、ゆっくりと吐き出す。と、

「我、舞えば影凌乱す」

吐き出した息が、そのまま言葉に変わる。どうやっても止めようがない。

「醒時は同に交歓し、酔後は各々分散す」

一呼吸ごとに、読み上げるごとに、

「永く無情の遊を結び」

空気が変わるのを、京介は肌で感じていた。普通ではない。普通では有り得ない。

月明かりが、夜を皎々《こうこう》と照らし出している――にもかかわらず、周囲の闇がいっそう濃くなったようにも感じられた。いや。それは本当に、月の輝きだったのだろうか？

鏡面が仄白い光を放っているように見えるのは、目の錯覚か？

助けを求めようにも、体は自由にならなかった。鏡面に釘付けの視線。読み上げる文字をなぞる指先。視界の端から感じる視線は、恐らく茶々のものなのだろうが、それすら確認できないまま、京介は声を紡ぎ続けた。続けさせられていた。そうして、最後の一節。

「相期して雲漢邈かなり……」

それを喉の奥から絞り出したとき、体がふっと軽くなった。水中から顔を出したような解放感。と、酸欠。肺が求めるままに息を吸い込み、そして盛大に咽《む》せた。しばらく咳込んだ後で

ようやく顔を上げれば、そこには――

（あのときの俺も、あんな顔をしていたんだろうか）

銅鏡の縁をなぞりながら、京介は文字を読み上げる。あの日以来、何度となく繰り返してきた儀式だ。今はもう息苦しさを感じることもない。無感動に文字を読み上げては、その世界を現出させるだけだった。目の前には、何度現したところで変わることのない、不気味で静かな裏側の世界が広がっている。

「う、嘘……」

驚愕に顔を引き攣らせている一二三を見つめながら、京介はぼんやりと独りごちた。

形のよい唇から、驚嘆が漏れる。

「な……なに……なにしたの!?　京介くんっ」

なにをしたのかと訊かれれば、〝さかしま〟を現したと言うほかない。

銅鏡の縁にぐるりと刻まれた散らし文字は、李白の漢詩『月下独酌』の一部である。

――わたしが歌えば月もそわそわと彷徨《さまよ》い歩き、わたしが舞えば影も踊る。醒めているときはこうして喜びを分かち合うこともできるが、酔いに眠った後には別れなければならない。わたしは君たちと永久に楽しみをともにするために、約束しよう、遥か彼方《かなた》の天の川でまた会うことを。

詩そのものには、そんな意味がある……とは、渉が教えてくれたことだった。

「どうして『月下独酌』が使われたのかは分からない」

意味はあるのだろうが。特に気に留めるでもなく、京介は続ける。

「でも分かっていることもある。鏡守にはもう一つの役割があったってことだ」

「役割……？」

体を凍らせたまま、一二三が反射的に訊いてくる。京介は短く頷いた。

「ああ」

鏡を管理する以外の重要な役割。

「本来、鏡守には〝うつしよ〟と〝さかしま〟の境界を守る役割があった——」

「境界を守る？」

「ああ。この間の……見ただろ？　玉兎を使役して〝うつしよ〟を脅《おびや》かす〝さかしま〟の者を狩る。さっきも言った通り、陰陽師《おんみようじ》や僧侶なんかもいたけど〝うつしよ〟と〝さかしま〟が繋がっていた昔は、そういう特別な力を持っている人に頼るしか〝さかしま〟の者に対抗する術がなかった」

「うん」

「〝さかしま〟の者が存在することには確かに意味があったけど、いつまでも共存できる存在ではないとは昔の人も感じていたんだろう。だから〝さかしま〟から離れるために、少しずつ条件を整えていたんだと思う」

風水《ふうすい》に基づいた都市造り。鬼門《きもん》を守る寺社。各地に祀られた道祖神。各地に霊場《れいじよう》を作ることで、来《きた》るべき日——〝さかしま〟との決別の日に向けて、備えていた。

「というのは、渉さんの推測なんだけど。人が予想した通りに〝うつしよ〟と〝さかしま〟が分かたれた後、なにかあったときのために鏡守という役職が作られたんじゃないかという話だ」

「なにかあったときのために……」

「今までなにもなかったから、その役割も忘れられてしまったんだろうな」

そこまで話して、京介は少しだけ目線を上げた。

九天島神社へ続く鳥居の建っていたその場所に、今は朱塗りの門がある。

「そして、これが御苑の門。このあたりは〝さかしま〟でも昊天と呼ばれている、らしい。その昊天を統括しているのが、昊天の御苑ってわけだ」

目の前の扉を手で押す。扉は固く閉ざされて、押しても引いても開きそうにない。

「舞子は、この門から御苑に足を踏み入れた」

京介は呟いて、熱っぽく扉を見つめた。

「分かっているのは、それだけだ」

溜息を吐く。と――

「それと、一応は無事らしいってこともね」

付け加えてくる者があった。その声は、一二三のものではない。京介が振り返ると、視線の先で茶々がにたりと笑った。岩の上からひょいと飛び降りて、体をしならせながら優雅に歩いてくる。

「旧鼠が言っていたじゃない。舞子は罪人として捕まった。そうして、今は——とも言いかけた。つまりは〝今〟のある状態ってわけよ。過去の人にはなっていないんだから」

「縁起でもないことを言うなよ、茶々」

半歩だけ一二三の方へ寄りながら、京介は茶々を睨んだ。三毛猫が、また笑う。

「ほんっとうに、悲観的で暗いわね。そして強情。苦労してるでしょう？　一二三ちゃん」

「えっ、わたし？　わたしは——」

「相手をしなくていいぞ、五十嵐。こいつ、すぐになんでも分かっているようなことを言うんだ」

京介は目を白黒させている一二三に言って、鏡の表面を撫でた。〝さかしま〟の白い月明かりと薄闇は銅鏡にするすると吸い込まれて、代わりに〝うつしよ〟の空が広がる。腹立たしくなるほどの青だった。京介がそっと目を伏せたとき、

「京介くん」

見計らったように一二三が声をかけてきた。

「ん？」

視線だけで問いかける。彼女は続けた。

「あの……話してくれてありがとう。脅す形になっちゃったけど、嬉しかった」

複雑な——少なくとも感謝をしているようには見えない顔だったが。嬉しいという言葉の意味が分からずに、京介は眉をひそめた。理由を訊く間もなく、一二三が言ってくる。

「でも、でもね？」

こちらの反応を窺うように語尾を少しだけ跳ね上げて、

「二年前から、ずっと舞子を探してたんでしょ？」

「ああ」

「一人だけで」

責める言葉には聞き覚えがあった。

一人で舞子を助けられると思っているのか——それは先日、茶々に言われたことでもある。

「一人じゃない。この通り茶々もいるし」

足元の猫を指しながら、京介は言い返した。茶々が不機嫌そうに唸って、ふいとそっぽを向く。一二三と話をさせなかったから怒っているのかもしれない。苦笑しながら、京介はまた彼女の方へ顔を向けた。

「渉さんだって協力してくれる。俺の知らないことをいろいろと教えてくれるから、頼もしいよ」

それも事実だった。舞子とのことで関係はぎこちなくなっているものの、上手くいっていないわけではない。が、一二三はかぶりを振った。

「そういうことじゃなくて……」

「うん？」

「茶々と渉さんがいたんだとしても、その鏡を使って〝さかしま〟の者を退治していたのは京介くんだけなんだよね？　わたし、今まで気付かなかった」

肩を落としている。彼女の落ち込む理由に気付いて、京介は慌てた。

「気付いて欲しくなかったから隠していたんだ、俺が。打ち明けるつもりなんてなかった」

「でも、友達なのに。舞子のことも京介くんのことも、大切な友達だって……ずっと思ってたのに。わたしだけ舞子がいなくなったことを受け入れていたみたいで、悔しいよ」

「そうは思ってない。俺は」

「京介くんのことだって、そう。この間みたいなことがなかったら、ずっと訊けずにいたんだと思う。おかしいなって感じながら、そのままにしてたんだと思う。今は思い詰めてるだけで、いつか舞子が帰ってきたら……元通りになるんじゃないかって。避けてたんだ。なかなか事情を話してもらえなかった理由も、今なら分かるよ。わたし、すごく頼りない」

「違う――そうじゃない」

遮る、と。その場の空気を破って、電子音が鳴り響いた。

「五十嵐、俺は」

携帯に手を伸ばそうか躊躇しながらも、言葉を探す。数秒。見つめ合った末に、一二三はふいと視線を逸らした。

「電話、先に取った方がいいよ。京介くん」

言って、口を噤む。スカートの裾を握る手が少しだけ震えていた。

――なにか。なにか、言わなければならない。

けれど、なにを言えばいいのかも分からない。電話が鳴り止む気配もない。茶々が溜息交じりに一二三の足元へすり寄っていくのを見て、ようやく京介は動きを取り戻した。着信を確認する。

「渉さん……」

よりにもよってこのタイミングで――と思わないこともなかった。一二三から離れて、呼び出しに応じる。通話が繋がると、相手はなにを前置きするでもなく、不躾《ぶしつけ》に用件だけを告げてきた。いつも通りの平淡な声で、

「今から、来られるか？」

「え？　今からですか？」

「ああ。〝さかしま〟のことで話がある。俺の知り合いが、どうやら怪異に遭っているようでな」

電話口からは、かたかたとキーボードを叩く音が聞こえてくる。

「分かりました。今、九天島なんで。寄るところがあるので、少し遅くなりますけど」

こちらも、いつも通り簡単に答えて電話を切る。

そうして一二三を見れば――彼女は少し離れた場所で、ぎこちなく茶々をかまっていた。もう、話題を戻すような雰囲気ではない。京介は密かに嘆息した。

自分はまた、彼女のことを傷付けたのだろう。唇を軽く噛んで、

「帰ろう。送るから、家まで」

一二三の方へ踏み出しながら、呟く。彼女が顔を上げた。

「嫌」

「五十嵐──」

「わたしも一緒に行きたい」

切実な目で訴えてくる。

「事情を知ってからも無関係でいて欲しいなんて、嫌だよ。無理だよ」

じっと見つめてくる瞳に堪《こら》えきれなくなって、京介は何度か目を瞬かせた。それでも視線を逸らそうと思わなかったのは、舞子のことを思い出したからなのかもしれない。目を背けてはいけない瞬間というのは、確かに存在する。今がそのときだと自覚をしながら、それでも気付かないふりをしようとすれば、取り返しのつかないことになる──と、今の京介は知っている。

入れ替わりに、彼女の足元で尾を揺らしていた三毛猫が、ゆっくりと立ち上がって傍を離れていった。

「……分かってる」

(分かってるんだ。そんなことは)

肯定も否定もせずに、ただそれだけ。他には、なにも言えなかった。

「で──、京介」

彼の目は冷ややかだった。

「何故、五十嵐さんが一緒なんだ？」

眉間にいっそうの皺を寄せて、訊いてくる。威嚇しているというわけではなく、彼の場合は単純に目が悪いからそう見えるというだけの話なのかもしれないが。そうだと分かっていても、正面から射竦《いすく》められると、なんとなく体を縮こまらせたくなってしまう。

「これには、いろいろと事情があるんです。渉さん」

答えてから、その言葉が酷く言い訳じみていることに気付いて、京介は顔をしかめた。

(今日は言い訳ばかりだ。五十嵐にも、渉さんにも)

内心で溜息を吐きながら、続ける。

「この間の……新田町の一件で、五十嵐も偶然その場に居合わせて」

「あんな場所で、偶然？」

「行方不明になっていた子供の一人が、友人の身内だったんです」

「それにしたって――」

どうにか誤魔化しようはあっただろう。と、そう言いたかったのだろうが。本人の存在を思い出して口を噤むと、渉は冷たい吐息を吐き出した。

「……彼女のことも巻き込むつもりか、京介。舞子のように」

「…………」

「いや、舞子のことでお前だけを責めるつもりはない。あいつ自身も悪い。それは分かっている。考えなしで、自分勝手な妹だ。だけど、そんなあいつだって五十嵐さんを危険な目に遭わせることは望まないはずだ」

「はい。俺も、渉さんの言う通りだと思います」

京介は苦く頷く。彼の言葉はいちいち辛辣《しんらつ》で耳に痛いが、いつだって正しい。胸が痛いような、安堵したような——複雑な心持ちで、京介は一二三を振り返った。

「こういうことなんだ、五十嵐。俺だけじゃなくて、渉さんも危ないって言ってる。お前が舞子のことを心配する気持ちは分かるけど、それでお前になにかあったら本末転倒《ほんまつてんとう》じゃないか」

「それは京介くんも同じなんじゃないの？」

いつも気弱なはずの彼女が、間髪《かんぱつ》容れずに言ってくる。

「渉さん。わたし、巻き込まれたわけじゃないです」

今度は渉に向き直って、

「京介くんに事情を説明してもらったのも、ここまで付いて来たのも、わたしが自分で決めたんです。舞子や京介くんのことが心配だったから。なにかあったときに、人のせいにするつもりもありません。舞子のことも、そんなふうに言うのはあんまりじゃないですか」

「俺は事実を言っているだけだ。実際、舞子がいなくなってからの両親は見られたものではないからな。二人とも、あいつの失踪を家出だと思っているわけだが——そのことでお互いを責めないようにと、仕事に逃げ続けている。その原因を作ったのはこいつと、こいつの家だ」

「京介くんの家が変わっているって話は聞きました。でも、それは京介くんが悪いわけじゃないと思うんです。巻き込まれたって言うなら、京介くんだって巻き込まれた側で……」

詰め寄る一二三に、渉は椅子の上で仰《の》け反った。両手で壁を作りながら必死に顔を背けようとしているが、必死な一二三はそんな彼の様子に気付いていないらしい。

「と、とにかく。京介くんのこと、悪く言わないで――」

「分かった。分かったから、少し離れてくれ」

顔を引き攣らせて悲鳴を上げる彼を見かねて、京介は一二三の腕を引いた。

「五十嵐、渉さんが困ってる」

「あっ」

気付いた一二三が、慌てて離れる。彼女との距離が開くと、渉は肺に溜めていた息を吐き出すように長嘆した。椅子の上で、触れられてもいないシャツの襟元を直しながら悪態を吐いている。

「くそっ。これだから、三次元の女性は苦手だって言うんだ」

と。その言葉の意味は、京介には分かりかねたが。

「忠告はしたからな、俺は。後はお前に任せる」

「そんな、渉さん……！」

「友人のお前でも無理なんだ。俺に説得できるはずがない。そもそも、ヘマをしたのはお前だ」

投げ遣りに言って、渉はくるりと椅子を回転させた。背を向けて――一二三に関してはそれで終わりということなのだろう。「それで、本題だが」とＰＣのキーボードを叩き始めている。

「渉さんの知り合いが事件に巻き込まれたって話でしたよね？」

「事件とは言ってない。怪異に遭っている、と言ったんだ」

「どう違うんですか？」

と、これは一二三が。渉に気を遣っているのか、こちらの後ろに隠れて言ってくる。渉はちらりと視線を寄越《よこ》すと、小さく溜息を吐いてみせた。どうにも慣れないといったふうに軽く首を振って、

「世間を騒がしているわけではないからな。今はまだ、彼女の個人的な問題に過ぎない」

「彼女？　女性なんですか？」

意外に思いながら訊き返す。と、引っかかったのだろう。渉は少しだけ眉をひそめた。

「悪いか？」

「いえ。ただ、さっき女性は苦手だと言っていたので」

「モニター越しなら問題はない」

どう問題がないというのか、彼は軽く肩を竦めると開いていたウィンドウの一つをカーソルで示した。見慣れた――ANYWHERE　OUT　OF　THE　WORLD．の文字が消えて、代わりに写真付きのシンプルなページへと変わる。モニターを覗き込んで、京介は目に入ってきた文字を読み上げた。

「白河《しらかわ》メンタルクリニック……？」

白い背景に、緑色のフォントが躍っている。

「ああ。知人というのは、ここのセラピストのことだ」

インフォメーションには、まだ若い女性の写真が貼り付けられていた。

——白河悠里《ゆうり》
それが彼女の名前なのだろう。

「彼女はネット上でも、よく未成年者を相手にカウンセリングしている。〝いざない〟に限らず、いろいろなSNSに出入りしているんだ。俺も以前、世話になったことがある」

「へえ……」

「最近は〝いざない〟にログインしていないようだから、気になってメールを送ってみたわけだが。すると、心の病気にかかっているからしばらく休業するという返事が返ってきた」

「心の病気？」

「ああ」

軽く頷いた渉が、またカーソルで別のページを示す。

「応声虫って、知っているか？」

「いいえ」

短く答える。視線だけで一二三に訊くと、彼女も首を横に振った。

その答えは彼も予想していたのだろう。椅子ごとこちらに向き直って、話し始める。

「心理学用語で応声虫と呼ばれる現象がある」

「現象なんですか？　虫ではなくて？」

訊いたのは一二三だ。渉は少し顎を引いて、続ける。

「昔は虫の仕業だと思われていたんだ。虫といっても、今で言う昆虫だけを指すわけじゃない。かつての本草書《ほんぞうしょ》では、人・鳥・獣・魚以外の生きものはおおよそ虫として分類されていた。姿は蜥蜴のようなものだったと伝えられている。憑《つ》かれた人は腹に顔ができたと錯覚して、それと応答しているような気になるんだ。今では統合失調症による幻覚や幻聴の一種ではないかと考えられている。もっとも、分かっていることが少ないほど稀《まれ》な症状ではあるらしいが」

一度言葉を切って、視線を寄越してくる。こちらの質問を待っている目だった。

「あの、一ついいですか？」

彼の目に促されるようにして、京介は戸惑いがちに訊き返した。

「話の流れからすると、その白河さんが応声虫に憑かれているって話なんですよね？」

「ああ」

「でも、応声虫という現象は病気の症状として実際に存在している……と」

「そうだな」

渉が頷く。京介は納得のいかない心地で少しだけ眉を跳ね上げた。

「それって、ただの病気の可能性もあるんじゃないんですか？」

「この話だけなら、そうかもしれないが」

「どういうことです？」

含みのある言い方が気になって、また訊く。その言葉を待っていたように、渉は続けてきた。

「応声虫がどんな話をするのか訊ねてみたんだ。かつて怪異と見なされていたものは、すべて〝さかしま〟に繋がる可能性があるからな。詳しく事情を聞くべきだと判断した」

「それで？」

「応声虫は『舞子を、舞子を……』と、しきりに繰り返して、まったく会話にならないんだと。彼女も戸惑っていたよ。腹から声が聞こえるなんてどう考えても正常じゃないのに、その声を聞きながら戸惑う自分のことを異常とも思えない――と」

涉が真面目な面持ちで、呟く。京介は雷に打たれたように体を固くして、ごくりと唾《つば》を呑んだ。

「どうだ？　彼女と接触してみる価値はあるだろう？　ちなみに、彼女に舞子という名の知人はいないらしい。心当たりのある名前が出てきたのなら、確かに心の病気である可能性が高いんだろうさ。でも、そうではないとすれば――」

そうではないとすれば、なにかがあるということだ。

京介は大きく目を見開いて、涉の顔を見つめた。彼が頷く。

「応声虫が〝さかしま〟の存在で、〝舞子〟が妹のことである可能性も出てくるというわけだ」

「舞子の手掛かりになる」

「ああ」

「涉さん……！　俺、すぐに行ってきます」

居ても立ってもいられずに、部屋を飛び出す。後ろから引き留める涉の声が聞こえたような気もしたが、京介は振り返らなかった。爪先に靴を引っかけて、玄関のドアを押す。

「待って、京介くん！」

一二三の声が追ってくる。それも無視して外へ出たとき、目の前を三毛猫が横切った。驚いて、思わず足を止める。茶々はすぐにひょいと塀の上へ飛びのって、金色の瞳で見下ろしてきた。器用に眉間へ皺を寄せて、こちらを窘めているようにも見える。と——

「待ってってば！」

そう言って後ろから腕を掴んできたのは、一二三だった。

「いきなり走り出したりして……クリニックの場所、知ってるの？」

「携帯で調べれば出てくるだろ、そんなの」

「でも、今から行っても開いてないよ」

「休業中だって話じゃないか。どうせ、いつ行ったって開いてない。いつにしたって同じだ」

「落ち着いてよ！　相手にだって迷惑だよ。渉さんに、ちゃんとアポ取ってもらわないと」

声には微かに非難の色が含まれていた。そのことに気付いて、京介はカッとなって振り返った。腕を掴んだままの一二三の手を逆に掴み返して、叫ぶ。

「なんで、そんなに悠長《ゆうちょう》なことを言えるんだ！」

「京介くん？」

「舞子の名前が出てるっていうのに。渉さんも五十嵐も、気にしてるんだろ？　舞子のこと。どうして、相手の都合を考えて——なんて言えるんだよ。なんで、そんなこと……。俺は」

頭の中は真っ白に染まっていた。自分でもなにを言っているのか分からない。ただ、どうにもならないことを、どうしようもなく身勝手に叫んでいるのだという自覚はあった。

「俺は、待てない。他人の都合なんて、考えられない。考えられなかった……」

絞るように息を吐き出す。吐ききってしまえば、残ったのは泣きたくなるほどの悲愴《ひそう》感だった。いっそのこと我に返ってしまわなければ楽だと思うのに、興奮は容赦なく冷えていく。掌の下で一二三の手が小さく震えていることに気付いて、京介はおずおずと指を解《ほど》いた。

「ごめん、俺――」

俯く。一二三の指先は、まだこちらの腕を摑んでいる。爪を立てるでもなく、そっと添えてくるような優しさに、京介は項垂《うなだ》れることしかできなかった。

（どうして、俺は）

答えの出ない自問。

（どうして、こうなんだ。じいちゃんのことを信じられなくて、舞子のことも、渉さんのことも傷付けて、こうしてまた五十嵐に八つ当たりして。自分のことばかりで、なにもできない）

そうした雰囲気は伝わったのだろう。一二三は強張った顔を、少しだけ和らげた。

「焦っても仕方ないことって、あるよ」

「…………」

一二三の言いたいことは分かる。けれど割り切れないことでもある。沈黙すれば、彼女はゆっくりと続けてきた。

「相手がいることなら尚更だよ。焦って聞き出そうとしても、白河さんが不審に思うかもしれない。京介くん、言ってたじゃない。〝さかしま〟のこと、自分の目で見るまで信じられなかったって。白河さんに説明したとしても、信じてもらえない。説明する気もないんでしょう？」

「そう、だけど」

「本当の事情を話せないんだから、別のところで誠意を見せないと。渉さんも、わたしたちにはお見舞いを口実に行ってもらいたいって言ってた」

そう言って、顔を覗き込んでくる。見つめてくるのは、信頼と不安の入り交じった瞳だった。

「……分かった。渉さんが相手に連絡取ってくれるの、待つから」

呻くように呟いて、京介は顔を背ける。

「よかった」

視界の端で、一二三の顔が綻ぶのが見えた。

「分かってくれるとは思ったけど、不安だったんだ。京介くんがそんなふうに必死になるところ、初めて見たから。止められないんじゃないかとも思った」

「悪かった。本当に、いつも――」

ごめん。

なにがどうしてそうなったのかとは言わずに、ただ謝罪だけを繰り返す。そうすれば許されると思ったわけではないが、他に思いつく言葉もない。

黙っていると、一二三がふと思い出したように訊ねてきた。

「そういえば、舞子はどうしてあの門の向こう側に行ったの？」

疑問に、京介はぎくりと口元を引き攣らせた。いつの間にか握りしめていた手をゆるゆると解きながら、裏返りそうになる声をどうにか抑えて答える。

「遅いから、また今度話す。とにかく今日は送っていくよ」

解いた手を一二三の背中に回して、促す——この二年間、訊かれたくない質問はそうやって先送りにしてきた。先送りにしたまま答えようとはしなかった。一二三も、無理に聞こうとはしなかった。しかし、この日はいつもと違った。彼女は手を振り払うようにして、京介に向き直った。

「絶対に話してくれる？」

誤魔化すことを許さない瞳が、約束を求めている。らしくない。

（強引なのは、いつだって舞子の役目だったはずだ）

その隣で困ったように笑っているのが一二三だった。記憶が正しければ、そうだったはずだ。自分はいつも、幼馴染みを窘めたり文句を言ったり、苦笑いをしていたような気もする。そうして、取るに足らない喧嘩をするたびに自分たちの間へ入っていたのも——一二三だ。それがこうして、彼女まで幼馴染みと同じように振る舞い出すというのは、ぞっとすることでもある。

「……ああ、話すから。約束する。絶対に、破ったりしないから」

弱みを握られた心地で、京介は思わず告げていた。一二三の目が、驚いたように大きくなる。

そんな彼女の背中を今度こそ押しながら、京介は胸中で自嘲した。

（話さずに済まそうなんて、そんな都合のいいことが許されるはずがないんだ）


結局——二人が白河クリニックへ向かったのは、それから二日後のことだった。

よく待ったものだ、と京介はそのことを自分でも意外に思った。もっとも、一二三が四六時中傍にいたのでなければ一日目で痺《しび》れを切らしていたのかもしれないが。

〝さかしま〟の者と対峙《たいじ》するかもしれないというのに、こうして菓子折を持って訪ねていくというのは奇妙な気分でもある。扉に「休業中」の札がかかっているのを確認して、京介は裏口へ回った。自宅の一部を診療所として使用しているらしい。一二三が手を伸ばしてインターホンを鳴らした。返事を待ちながら、ぐるりとあたりを見回す。向かいの道に古い地蔵を見つけて、なんとなくそちらへ意識を傾けている、と——

「はい。どちらさまでしょうか？」

ぷつっとノイズの入り交じった後に、声が続いた。

「あの、連絡させていただいた五十嵐と有栖川です」

「ああ——〝白兎《はくと》〟くんのお友達ね？」

玄関を開けて顔を覗かせたのは、まだ若い女だった。渉とは、そう年が離れていないように見える。もしかしたら、ただ童顔というだけのことかもしれないが。

「〝白兎〟——？」

困惑気味に、一二三が訊き返している。女は軽く微笑んだ。

「ああ、因幡くんのＨＮ《ハンドルネーム》なの。彼、〝いざない〟ではそう名乗っているから、つい」

「へえ……。〝白兎〟なんて、なんだか意外ですね。可愛い感じ」

「因幡の白兎、からじゃない？　神話にそういう話があったでしょう？　あ、どうぞ。中へ」

彼女が促す。軽く会釈を返して、二人は女の後に続いた。そのまま診察室へ通される。

「ごめんなさいね。ここが一番、片付いている部屋だから」

「いいえ。こちらこそ、休業中に押し掛けてしまってすみません」

言いながら——京介は申し訳なさそうにしている彼女に手土産を渡した。受け取りながら、女が小さく苦笑を零す。

「因幡くんから？」

「はい」

「彼、相変わらず外に出ないの？」

「そうですね……。あまり、部屋から出るのを見たことがないです」

「大学は？　まだ学生でしょう？」

「今は休学中だと、そんなことを言っていました」

「もう……」

唇から、溜息が零れる。そうして、すぐに困惑しているこちらの視線に気付いたのだろう。

彼女は一度大きく目を瞬かせて、困ったように微笑んでみせた。

「彼、わたしの患者さんなの。わたしが初めて〝いざない〟にログインしたときに出会ったのが渉くんでね。そのときは彼からネットマナーを教えてもらう側だったんだけど、それから親しくなるにつれて、逆に相談なんかも持ちかけられるようになったのよ。その頃はまだ駆け出しで患者さんも少なかったから、頼ってもらえるのが嬉しくて――」

「渉さんが相談を？」

俄《にわか》に信じられず、京介は思わず訊き返した。女が軽く頷く。

「相談、というか議論ね。彼、落ち着いているようでいて感情の起伏が激しい面もあるのよ。多くの人が割り切っていることを、同じように割り切ることができない」

彼女の話は突拍子《とっぴょうし》もなく、意外すぎた。

「そう、なんですか？　感情の起伏が激しい？　俺にはちょっと分からないし、渉さんが議論をするだなんて想像もつかないんですけど……」

むしろ、そうした他人とのやり取りを嫌うからこその、引きこもりではないのだろうか。困惑しながら視線でそれを問えば、セラピストは苦笑交じりにまた口を開いた。

「例えば学校でいじめがあったとするでしょう？　そういうのを許せなくて、大人に相談しつつどうにか解決へ導こうとするタイプの子というのは一定数存在するわ。でも、本来子供の規範となるべき教師がまったく頼りにならない。のみならず、被害者の子や問題を表面化させようとする子供たちの方を責めたりもする。それで正しい方が孤立してしまうことも……こういう言い方をするのはよくないのだけれど、珍しいことではないの」

彼女はそこで一度言葉を切って、小さく嘆息した。

「普通の子は、周囲を恨みつつも仕方なく適応しようとする。自分が折れてしまうのよ。それができなければ新たないじめや最悪のケースも招き得る。でも、因幡くんの場合……いえ。因幡くんのようなタイプの場合は少し違って、保身に走る教師も、糾弾の過程で折れてしまった友人たちや被害者の子のことも、すべてが許せなくなってしまう。正義感が強すぎるのね。けれど一人で立ち向かうほど無謀にもなれなくて、結果として自分が閉め出されるより先に周りの方を彼の世界から閉め出してしまうというわけ」

そのまま事実を打ち明けるには抵抗があるのか、セラピストの話はどこか茫洋としている。相槌の代わりに目線だけを上下に動かしながら、京介は青年の顔を思い浮かべた。いつでも言葉少なで不機嫌な彼が、そんな憤りを胸の内に抱えているとは。

(二年も一緒に舞子を探してきたのに、気付かなかった)

いや、気付かなかったのではなく知ろうともしなかったのか。

セラピストの話は続いている。

「インターネットっていうのはね。自由な交流の場でもあるけれど、渉くんのように現実に行き場のない子たちが多く彷徨っている場所でもあるの。——ANYWHERE OUT OF THE WORLD.〝何処なりともこの世の外へ〟——まったく、皮肉な名前を付けたものだわ」

と溜息を零しつつも、それについてはもう話すつもりもないらしい。或いは守秘義務を思い出したのか、彼女はおもむろに話題を変えてきた。

「まあ、そんなことを言っているわたし自身がこうして病気になっちゃったわけだけどね」

「応声虫、ですか。その、本当にお腹のあたりに顔が？」

思考を中断して、僅かに体を乗り出す。が、

「京介くん！」

その瞬間、一二三の肘が脇腹に突き刺さった。咎める声も一緒に。

「いっ」

悲鳴すら上げることができずに、京介はその場に蹲った。なにかが気に入らないらしい一二三が、けれどなにを言うでもなく、じっとりと半眼で見下ろしてくる。脇腹を押さえて立ち上がりながら、京介は眉をひそめた。

「なんだよ、五十嵐」

「女の人の体をじろじろ見るなんて、失礼だよ」

「じろじろって――そんなつもりじゃ……」

「そんなつもりじゃなくても、いやらしいよ」

「いやらしい!?」

地味に傷付いて後退る。が、一二三は追い打ちをかけてくるように大きく頷いた。

「京介くんは、そこから動かないで」

「いや、動かないでって。俺、本当にそういうことを考えてるわけじゃないんだけど」

小声で抗議すれば、

「見たいの？」

泣きそうな顔で、一二三。

「そうじゃなくて。落ち着けよ、五十嵐」

まったく会話にならない。

（女の子って難しいな。別に腹ぐらいなんともないと思うんだけど……）

少なくとも彼女たちにとっては、そういうものではないということなのだろう。多分。助けを求めて女へ視線を向ければ、彼女はこちらの様子を眺めながら微苦笑を漏らしている。

「わたしは、特に気にしないけど。でも、見えないんじゃないかしら？　幻覚だもの」

「本当に、幻覚だって言えますか？　他の人に見せたことは？」

「ないけど。幻覚じゃなかったら気味が悪いわ。お腹に顔があるなんて。しかも、喋るのよ」

呟いて、不安そうに腹のあたりを撫でる。その言葉に、京介と一二三は視線を交わして――

「見せてもらっていいですか？　失礼なこと言って、すみません。でも、もしわたしたちにも見えるような他の病気だったらいけないので。渉さんも、すごく気にしていましたし。ええと、なんていうか。その、普段から他の患者さんの相談ばかり聞いていてストレスも溜まっているだろうから、思わぬ病気だったりするかもしれない。自分で病気を判断しちゃうのは危険だって。いつもお世話になってばかりなのに、力になれないから悔しい。心配だって」

実際に渉がそう言ったというわけではなく、嘘も方便というやつなのだろう。本人が知ったら憤慨しそうな台詞である。そう言われれば、女にもなにか思うところがあったらしい。

「そうね……。因幡くんには相談してしまったし。心配させたままじゃ、いけないものね」

ふっと表情を緩めて、一二三に向き直った。女の前に立った一二三が思い出したように振り返って、釘を刺してくる。

「京介くんは後ろを向いててね。絶対に、見たら駄目だからね」

とりつく島もない。もしも〝さかしま〟が関わっていたら――そう考えると彼女だけに任せることは不安だったが、京介は仕方なく二人に背を向けた。

「なにかあったら、すぐに言えよ」

「大げさだよ。同じ部屋にいるのに」

「そうだけどさ」

視線だけは目の前のドアに留めながら、次の事態に備えてバッグの中へ手を突っ込む。上質な布の上から触れた硬い鏡の感触に安堵しながら耳をそばだてていると、シャツのボタンを外すような音が聞こえてきた。と――

「ひっ」

息を呑む声は、どちらのものだったのか。京介は反射的に振り返った。

下から中ほどまでボタンを外したシャツの隙間から、女の白い肌が覗いている。腹の上には、宝石にも似た緑色の目が二つ。きらりと光っていた。それは突然起こされたことに驚いているような顔でもあった。臍《へそ》の下には歪《いびつ》な線が一本、横に伸びて奇妙な皺を作っている。

「応声虫……」

思わず零せば、女がぱっと顔を上げた。

「えっ、あなたたちにも見えるの？」

驚いたのだろう。彼女が体をくの字に折り曲げて、自らの腹を覗き込んだ。爬虫類のように離れた緑色の目が眼球をぐるりと上に動かして、覗き込む女の目を見つめ返す。視線が交わった瞬間に、女の顔からさっと血の気が引いていった。ふらりと、その体がよろめく――

「白河さんっ！」

叫んで駆け寄ろうとした一二三の肩を、京介は慌てて摑んだ。

「近付いちゃ駄目だ、五十嵐」

なにか得体《えたい》の知れない気配のようなものを感じて、一二三を羽交《はが》い締《じ》めにしたまま後退した。

とはいえ、後ろはすぐにドアだったが。

(ここじゃ狭すぎる、けど……出すわけにはいかないんだろうな。事件になってしまう)

精神を患《わずら》ったセラピストが見舞いに来た高校生を襲った――という話になれば、たとえ応声虫を引き剝がしたとしても、彼女が診療所を続けていくことは難しくなる。

不意に、甘い声が響いた。

「匂い……」

女の口元は固く引き結ばれている。

「匂い……舞子の、匂い……！」

代わりに、腹に浮かんだ口が大きく裂けて幼馴染みの名前を叫んだ。女は気味が悪いくらいしゃんと背筋を伸ばして、机の上のペン立てから銀色の鋏《はさみ》を取り上げた。そのまま腕を振りかぶって——勢いよく下ろしてくる。

「五十嵐っ……！」

咄嗟《とっさ》に一二三の体と自分の体とを入れ替えて、庇う。二の腕が熱い。一二三を抱えたまま視線だけを廻らせれば、制服の布地が切れて血が滲《にじ》んでいる。切《き》っ先《さき》が軽く掠《かす》めただけだろう。大した怪我ではない。痛がるほどの怪我ではない、が。腕から離れたスクールバッグが床へ落ちて、中から銅鏡が飛び出した。

「あっ」

短く叫んで手を伸ばそうとした一二三を、どうにか腕の中へ押し込める。

「危ないから！」

「でも、鏡……」

紫色の布に包まれたままの鏡を慎重に拾い上げたのは、応声虫に憑かれた女だった。彼女は指先で軽く布を捲ると、恐ろしげに喉を引き攣らせた。その顔はついさっきまで柔らかに微笑んでいたとは思えないほど、しわくちゃに歪んでいた。

「おぞましい。ああ、おぞましい」

そう言ったのは、やはり口を結んだ女ではなかった。緑色の目が、かっと恐怖に燃える。大きく裂けた腹の口が、しきりに鏡を捨てろと叫んでいる。女はその声に促されて、よろよろと窓際へ歩いて行った。

「おい、やめ――」

京介が悲鳴を上げるより早く、その手が鏡を放り投げる。窓の外へと。

（くそ、鏡が……）

鏡がなければ、女と応声虫を引き離すこともできない。〝さかしま〟を現すことも、玉兎を喚《よ》び出すことも、できない。なにもできない。

舌打ちをする。毒づいてみたところで、状況が変わるというわけでもなかったが。一つだけ優先すべきことは、思いついていた。

「五十嵐、逃げろ」

ドアノブに手をかけながら、腕の中に囁《ささや》く。

「え？」

「あの人を外に出すわけにもいかない。でも、このまま五十嵐を庇い続けるのも難しい。俺一人なら、どうにでもなるから。部屋の外へ逃げてくれ」

「で、でも」

このままこうしていても仕方がないことは分かっているであろうに。逃げる――それも、彼女だけ――という響きに後ろめたさを覚えるのだろう。一二三は躊躇っているようである。

「京介くんが……」

「外へ出て、鏡を部屋の中に投げ込んでもらえれば助かる。俺も、あの人も。茶々はいないし、お前だけが頼りなんだ。頼むよ」

逡巡《しゅんじゅん》した末に言い直せば、一二三は驚いたようだった。大きく目を開いて、

「分かった」

彼女が頷いたのを確認して、その体を部屋の外へ押し出す。なにか悲鳴が聞こえたような気もしたが、大丈夫だろう——と思うことにして、京介は女に向き直った。

（さて、どうするかな）

女の手には、まだ鋏が握られている。銀色の刃を染める薄い赤色に気付いて、背筋が粟立《あわだ》つ。思えばこうして凶器を持った人間と対峙するのは初めてかもしれない。痛みと恐怖に疼《うず》く腕を押さえて、京介は奥歯を嚙みしめた。

（怖がってる場合じゃないって。しっかりしろよ、まったく）

再度振り下ろしてくる手を、傍らにあった丸椅子を掲げて受け止める。がつっと鈍い音がして、女が小さく呻いた。刃先が椅子の表面を滑る。落ちた腕をすかさず摑んで、京介は彼女の手から鋏を取り上げようとした。細い指は吸い付くように鋏の胴を握りしめていたが。力ずくで指を開いて凶器を奪うと、それを取り返そうというのだろう、彼女は猛然と襲いかかってきた。女の手が京介の胸元を摑み、床へ引きずり倒す。さらにその上へとのしかかってきた女は、両手を喉へぴたりと押しつけてきた。京介ははっとして、鋏を背中と床の間へ押し込んだ。自由になった手で、慌てて彼女の手首を摑む——が。

（くそっ）

女の手が異様な力で、ぎりぎりとこちらの首を絞め上げてくる。

「やめ……白河さんっ」

潰れた喉で訴えるも、女の意識には届いていないのだろう。シャツから覗く白い腹の上で、応声虫がけたけたと狂ったような笑い声を上げているのが見えた。

(馬鹿にしやがって……)

女の手首から指をほどいて、緑の目へと手を伸ばす。しかし、いつまで経ってもそこへは到達せずに、指先は五センチほど離れたところで震えているだけだった。酸欠に、目の前が白くなってくる。死ぬときというのは、驚くほど呆気《あっけ》ないものだ。走馬灯など見えはしないし、気の利いた遺言を思い浮かべているような余裕もない。――薄れていく意識の中で、京介はそんなことを思った。

(死ぬときって、猫の鳴き声が聞こえるのか。俺、別に猫好きではないんだけどな)

その声は、甘えるというより激しく威嚇をしているようでもあったが。

(って、茶々?)

京介は気付いて、大きく目を見開いた。視界に小さな塊が飛び込んでくる。鋭く鳴いて女の手へと噛み付いたのは、見覚えのある三毛猫だった。

「ちゃ、茶々?」

どうしてここに、と問うより先に――

「京介くん、拾ってきたよ! 鏡!」

まるで正義の味方のようなタイミングで、一二三が部屋のドアが開いた。

「五十嵐……。ナイス、タイミング」

軽く咳込みながら立ち上がって、彼女に寄りかかる。

「京介くん!?」

「悪い。肩、貸りる。どうにでもなるとか言っておいて、恰好悪いんだけど」

苦く呟いて——京介は素早く鏡の縁をなぞった。

「我、歌えば月徘徊し——」

掠れる声を張り上げて、言の葉を紡ぐ。

「我、舞えば影凌乱す」

指先に触れる硬い感触と、膨れあがる異質な空気に胸が震えた。

「醒時は同に交歓し、酔後は各々分散す」

それは恐怖ではなく。

「永く無情の遊を結び」

がたがたと震える女の腹で、緑の目が怯えている。応声虫と視線を絡ませて、京介は唇を歪めた。その瞬間——最後の詞《ことば》を紡ぐ瞬間。自分ははっきりと笑っていたのだろう。

「相期して雲漢邈かなり」

鏡が暗く輝く。〝うつしよ〟を覆って、部屋の中が〝さかしま〟の空気で満たされる。

女が膝から崩れ落ちた。腹のあたりから漏れ出た黒い靄が、次第にその形を整えていく。ぺたりと床に落ちたのは、三十センチメートルほどの黒い蜥蜴に似た生きものだった。額には、小さな角が生えている。鮮やかな緑色の目が、苦悶に瞬いていた。それが顔を上げるよりも早く、京介は指先で、文字を逆からなぞり上げる——

「来い、玉兎」

地を這う声に応じて現れたのは、真っ白な影だった。

鋭い体毛を逆立てて、三つ脚の兎は口の隙間からぎりぎりと甲高い音を鳴らしている。玉兎の姿を見上げると、応声虫はぎくりと体を強張らせたようにも見えた。

「俺はいつでも、こいつをけしかけることができる」

ゆっくりと息を吐き出して、京介は続ける。

「さあ、舞子のことを教えてくれ。お前はなにを知っている？　なんのために白河さんに憑いたんだ？　お前が人に危害を加えるつもりがないのなら、このまま〝さかしま〟に帰してやる。だから」

教えてくれ。

じっと見つめれば、応声虫も顔を上げてきた。焦点の合わない瞳をぐるぐると動かして、なにかを考えているようにも見える。そうして、応声虫はおもむろに玉兎の腹へ飛び込んだ。鋼のような兎の腹に、緑の目と裂けた口が浮かぶ。

「妙泉《みょうせん》、妙泉。門の鍵を、舞子のために——」

「妙泉？　門？　それは、御苑の門のことか？」

はっとして、訊き返す。が、応声虫はこちらの話など聞いていないふうだった。口を歪な形にして、何度も何度も――妙泉という名の相手を呼んでいる。あれは駄目ね。と、傍らで茶々が呟いた。

「こっちへ来るときに、無理をしたんでしょうよ。正気を失っているわ」

「そんな……」

絶句する、と。腹の上で喚かれるのに、耐えかねたのだろう。玉兎が大きく体を捩《よじ》った。

「駄目だ、玉兎――」

片手を振り上げる〝さかしま〟の兎は、自らの腹ごとそれを裂こうとしているらしかった。余程鬱陶しいのか、歯の隙間からギィギィと耳障りな音を響かせて、

「やめろ！」

もう一度鏡の表面を――今度は逆から撫で上げて、兎を鏡の中へ戻す。兎が消えた跡には、くたりと黒い塊が横たわっている。ひょいと一足飛びで近寄って、茶々は応声虫の隣に寄り添った。よろよろと立ち上がった〝さかしま〟の蜥蜴が、今度は茶々に乗り移る。

「言いたいこと、全部言ってしまいなさいな」

三毛猫は母親のような声で、応声虫に促した。

「舞子……舞子……」

声は次第にか細くなっていく。堪《たま》らなくなって、京介は声を上げた。

「舞子のことを知ってるのか？　舞子は、今どうしているんだ！」

「舞子？　舞子は……」

「門の鍵ってなんなんだ？　舞子になんの関係があるんだ？　妙泉っていうのは――」

――何者なんだ。

膝をついて詰め寄ろうとすれば、一二三の手が後ろからそっと引き留めてきた。

「五十嵐」

「問い詰めたら駄目だよ。応声虫も、一生懸命話そうとしてるんだから」

優しく諭《さと》してくる言葉に、京介はきつく唇を噛んだ。歯の隙間から息を吐き出して、体を引く。圧迫感が消えたことに安堵したのか、応声虫がまた口を開いた。

「鍵を。鍵を、貸して。助けて、妙泉……。舞子を、助けて……」

意味の取れない言葉だけを残して、声が消える。茶々の腹に浮かんでいた緑色の目が、ふっと色を失った。そのまま、最初に裂けた口が。次に光を失った目が。三毛猫の腹から消えていく。

京介は愕然《がくぜん》とした。

「どういうことだよ。なんで、消えるんだよ」

縋るように茶々を見れば、彼女はピンク色の鼻から小さく息を吐き出した。

「耐えられなかったのよ」

「なにに」

「〝うつしよ〟で存在することに。一先《ひとま》ず人に憑いて落ち着いていたみたいだけど、この場を

〝さかしま〟に戻されたことで、また存在が不安定になってしまったんでしょうね」

「俺のせいなのか……」

がくりと肩が落ちて、銅鏡が床にぶつかる。

「そういうわけでもないわよ。どっちにしたって、正気じゃなかったんだから。あのままじゃ、あんただって死んでただろうし。優先順位って大事よ？」

どういう風の吹き回しか、気遣う声で茶々が言ってくる。

「…………」

「まあ、そう落ち込みなさんな。応声虫のおかげで、分かったこともあるでしょ？」

今度は発破《はっぱ》をかけるように――

「……ああ」

そんな三毛猫の声に頷いて、京介はよろよろと立ち上がった。

（そうだ。落ち込んでたって仕方ないんだ。分かったことも、あるんだから。次へ行かないと）

妙泉と呼ばれる存在が、門の鍵を持っている。

それは恐らく、舞子を助けるために必要なものなのだ。舞子は、生きている。旧鼠の残した言葉と照らし合わせて考えれば――罪人として、今も囚《とら》われ続けている。応声虫が、どうして彼女を助けようとしていたのかは不明だが。

「気を遣わせて悪かったよ、茶々」

きまり悪く呟いて、京介は鏡の表面を掌で撫でた。茶々が返事を寄越す前に〝さかしま〟の空が収束して、鏡の中へと吸い込まれていく。〝うつしよ〟の昼に残されたのは、いつもと同じ、言葉を遮られた不満げな三毛猫の姿だけだった。苦笑を零しながら、京介は後ろを振り返る。

「五十嵐も、怖い目に遭わせてごめんな。怪我は……ないみたいだな。よかった」

一二三の無事を確認してから、倒れたままのセラピストに近付く。華奢《きゃしゃ》な女の体を抱えて仰向けに起こせば、その唇からは小さく呻き声が零れた。目に見える怪我もない。

「白河さんも大丈夫みたいだ。目が覚めたら、幻覚に錯乱して倒れたんだって説明しよう。少し申し訳ないような気もするけど、こればっかりはな……」

京介はふうっと溜息を吐いた。一二三はなにか言いたげに口を開いたが、なにも思いつかなかったのだろう。何故か悲しそうな顔をして、小さく首を振ったのだった。

三章　災厄は龍とともに

「でもさ、一二三は羨ましいわ。愛されてるもんね」

女の子同士で集まれば、話題が色恋に及ぶことは珍しくなかった。その会話の流れで、冷やかされることもまあ、よくあることではあった。それでも――よくあることと慣れてしまうことはイコールではない。友人の美夏《みか》が発した言葉に、五十嵐一二三は口に含んでいたイチゴオレをぷっと噴き出した。

「へっ?」

タオルで口元を拭って、訊き返す。そんなこちらの反応に対して、ばしばしと肩を叩いてきたのはもう一人の友人、沙由《さゆ》だ。彼女はついさっきまで、自分の彼氏と別れた話を涙ながらに語っていたような気もするが――

「京介のことだよ!」

そのことなどもう忘れてしまったふうに、にやにやと笑いながら言ってくる。

「最初はさ、五十嵐ちゃんがなんであんな無愛想なやつと付き合ってるのか謎だったけど」

「でも有栖川って一二三にはべったりなんだよねぇ。いいなぁ」

わたしも彼氏欲しい、と美夏。一二三は慌てて、顔の前で手を振った。

「いや、だから、前にも言ったけど違うから。京介くんはただの友達で――」

「いやあ、友達って言うけどさ。明らかにうちらに対するのとは違わない?」

「うんうん。ていうか、あれだけ露骨なのに五十嵐ちゃんにその気がないとか。京介が不憫《ふびん》だよ」

そのわりに同情とは程遠い声で、沙由が呟く。実際、彼女たちにとっては面白そうな話題でしかないのだろう。この場にいない京介に申し訳ない気持ちで、一二三は反論を試みる。

「それは……小学校からの付き合いだし。京介くん、心配なんだよ。舞子がいなくなっちゃったから。だから、神経質になってるんだと思う。舞子がいた頃は、こんなことなかったよ」

これは、声をひそめて——周囲に彼がいないことを確認してから言えば、友人たちは「あぁ」と神妙な顔で頷いた。

「因幡さん、有栖川の幼馴染みだっけ？　そういえば、一二三とも仲よかったもんね」

「まあ、だから心配ってのもあるかもしれないけど。でも、それだけじゃなくない？　だって、あいつ小学生のときだって……」

「え、なになに？　有栖川、なにやらかしたの？」

興味津々に、美夏が身を乗り出す。こうなってしまったら、もう駄目だ。止めることはできない。一二三は閉口して、二人の間で小さく体を縮こまらせた。

（そんなんじゃないんだけどな）

少なくとも、京介にそういうつもりがないことは明らかだった。彼の切実な言葉が脳裏に蘇《よみがえ》る。

——「絶対に勝手なことはしないと……一人でどこかへ行かないと、約束してくれ」

それは舞子に向けられた言葉ではなかったか？

彼女はいつも自由だった。誰に遠慮するでもなく、自分の言いたいことを我慢してまで他人に合わせることを嫌った。歯に衣着《きぬ》せぬ言い方をする舞子のことを快く思っていなかった女子たちもいるが、一二三は舞子のことが好きだった。いや、好ましいというよりは、憧《あこが》れのようなものなのかもしれない。

沙由の声は続いている。

「ほら、五十嵐ちゃんてさ。この髪の色だから小学生の頃は散々からかわれたわけよ」

「そうなの?」

意外そうに、美夏が語尾を跳ね上げる。小学生の頃は同じクラスになったことがなかったから、知らなかったとしても仕方のないことではある。一二三は曖昧に笑った。

「うん」

「確かに、五十嵐ちゃんて少し日本人っぽくないもんね。髪の色もそうだけど、顔立ちも。身内にいないの? ハーフとか、クォーターとか」

「さあ。聞いたこと、ないけど」

答える声が少しだけぎこちなくなってしまう。幼い頃からよく言われることではあったが、やはり慣れるものではない。今となっては、そのことを面と向かって言う人も少ないが、幼い頃は沙由の言う通り散々にからかわれたものだった。いじめと言うほど陰湿《いんしつ》なものではない。こうして本人を目の前にして話題にしてしまえるほど、取るに足らないことではあったのだろう。それでもなんとなく——過去の笑い話にしてしまう気にはなれずに、一二三は二人から僅かに顔を背けた。

（舞子だったらこんなとき、なんて言うかな？）

彼女なら、こんなことをいちいち根に持ったりしないのかもしれない。或いは、正直に今でも気にしていることを言ってしまうのかもしれない。一二三は、そんな親友のことが好ましくもあり、また羨ましくもある。そう。昔から、舞子のことが羨ましかったのだ。どうしたって、彼女のようにはなれない。言いたいことをすぐに呑み込んでしまう、自分は。

（だって、わたしだったらさ。やっぱり舞子みたいに、過去のわたしに声をかけることなんてできないよ）

あの親友と出会ったのも、やはり小学生の頃だった。いつものようにからかわれて泣いていたところを、助けられたのだろうと記憶している。思えば、舞子はあの頃からそうだった。そして、京介も――

友人たちの会話は、まだ続いている。

「でね、京介のやつ。五年の頃にね、急に髪を染めてきたりして。『恰好いいから真似してみた』だったかな？　馬鹿じゃん？　先生には怒られるし、男子にはしばらくからかわれるし、いいとこないじゃん。五十嵐ちゃんのは地毛《じげ》だから！　お前馬鹿じゃねーの！　みたいな話になってさ」

「うわぁ、なにそれ？　どういうこと？」

「五十嵐ちゃんがからかわれてたから、自分も同じようにしたんでしょ」

「へー……。なんか意外だなぁ。有栖川って、そういうことするやつだっけ？」

不思議そうに呟いている美夏を横目で見ながら、一二三は少しだけ眉尻を下げた。いったい、彼女たちは京介のことをなんだと思っているのか——彼をフォローすべきか悩んで、小さく首を振る。それを口にすれば、友人たちはますます誤解するにちがいない。

(それに、あまり教えたいことでもない。かな?)

口の中で呟いて、ゆっくりと立ち上がる。

「そろそろ帰るね」

告げれば、二人は意外そうにあたりを見回して——

「有栖川は?」

「図書室にいるって」

何気なく答えると、彼女たちはにやりと笑った。

「把握しちゃってるんだ。なんだ、やっぱり仲いいんじゃん」

「京介にもよろしく言っておいてね」

おどけた調子で、沙由が言う。それを伝えれば、京介は露骨に嫌な顔をするだろうなと一二三は思った。この場にはいない彼の代わりに顔を引き攣らせながら、机の横の鞄を掴む。

「じゃ、じゃあね。美夏ちゃんと沙由ちゃんも、早く帰った方がいいよ」

そう友人たちに別れを告げて、一二三は教室から逃げるように飛び出した。

(京介くんは〝そういうことをするやつ〟なんだよ)

指先に癖の強い髪を絡める。薄すぎる栗色。好きではない色。何度となく舞子のような黒髪に憧れて、自分には似合わないと諦めてきた。友人たちには分からないと言ってはみたものの、両親のどちらかに日本人とはまた違う血が混ざっていることは確かなのだろう。周囲とは明らかに違う――どことなくくすんだ目の色も、顔の造りも、好きではない。

（だったらなにが好きなのかって言われても、困るけど）

髪に絡めていた指先を解いて、溜息を吐く。そしてまたなにかを考えようとして、思い出したのは友人たちが話題にしていた幼い頃の情景だった。首を少し廻らせて――窓の外へと視線を投じながら、記憶をなぞる。視界には、夕日に赤く照りつけられた校庭が広がっている。

――記憶の中にある小学校のグラウンドも、あの頃は広いように感じたものだった。

親友に連れられて来た少年を見たとき、一二三は酷く困惑した。

「こいつ、幼馴染みの有栖川京介。仲よくしてやってね、一二三」

昔の舞子はぞんざいに、彼女のことを紹介してきた。そんな彼女の横で、京介がどんな顔をしていたのかは分からない。自分はよろしくと小声で言いながら、彼の顔を見ることもできずに俯いて、じっと地面ばかりを見つめていた。あの頃は今よりももっと異性が苦手だった。親友がどうして男の子なんかを連れて来たのかも分からずに、悲しいとさえ思っていたような気もする。京介はそんなこちらの様子を気にしたふうもなく「よろしく、五十嵐さん」と同じ年頃の子供たちより少しだけ落ち着いた声で言ったのだった。思えば彼は幼い頃から落ち着いていた。いや、落ち着いていたというより、なにかを抑えたふうだった――と言うのが正しいのかもしれない。けれど、そのときの自分はそんなことにも気付かずに、ただ彼のことを恐れていたのだ。

記憶の中で、あの頃の舞子が朗らかに笑う。

「五十嵐〝さん〟？　なんか変なの」

「うるせえよ」

今よりももう少し高い少年の声が、むっとしたように言い返す。その声音だけを聞いて、一二三はますます顔を上げることができなくなってしまった。怖い子だ、と彼のなにを知るわけでもないのにそう思った。

覚えているのは幼稚なデザインの靴を履いた自分の爪先と、耳に響いていた会話だけ。

「五十嵐さんてさ。髪の毛の色、変わってるな」

「…………」

「前に見たときにも、そう思ったんだ。ええと。あれに似てる。な、舞子」

「あれってなに？　分からないわよ」

「ほら、舞子が昔持ってた人形。あったろ？」

「ああ。京介の方が気に入ってた、あの人形。お兄ちゃんが壊しちゃったんだっけ」

「馬鹿。そういうのは言うなよ。恰好悪いだろ、俺が」

「言わなくたって、恰好よくはないでしょ。京介は」

くすくすと笑う舞子と、ふて腐れたような京介の声。今思えば——思い出せば——彼なりに仲よくなろうとしてくれていたのだろう。あれはそういう会話だった。初めて遊ぶ女の子を前にした、緊張感があった。けれど、やはり自分はそれを分かろうとはしなかった。

——髪の毛の色、変わってるな。

二人の会話をぼんやりと聞きながら、その言葉に傷付いていた。だから男の子は嫌いだと、彼も他の子たちと同じだと、そう決めつけてしまっていた。

舞子は、そんなこちらの胸の内に気付いていたのだろう。後から何度も謝って、

「あいつ、悪いやつじゃないけどバカなんだ。一二三があういうこと言われるの嫌だって、気付かなかっただけだから。わたしもちゃんと言ってなくて……嫌な思いさせてごめんね」

それだけでもう溜飲《りゅういん》が下がった気分ではあったが——それから、数日後。

京介の姿を見たのは、放課後だったはずだ。声をかけられても、すぐに誰なのか分からなかった。顔よりも先に、視線はその頭に吸い寄せられてしまった。子供らしくない不自然な色の髪。

「五十嵐さん——」

呼ぶ声を怖いと思わなかったのは、驚きが勝っていたせいなのかもしれない。

「えっと、京介くん？」

そのときの自分は余程変な顔をしていたのだろう。京介は難しい顔をして、ふいと視線を逸らした。そんな彼に疑問をぶつけることができたのは、我ながら不思議だった。

「なんで髪の毛、茶色いの」

「染めた」

短く、無愛想に、彼が言い返してくる。過去の自分も、めげずに問いを重ねる。

「どうやって」

「じいちゃんに頼んだんだ」

「どうして」

「この方が恰好いいから」

嘘だ。と——その言葉を声に出した記憶はなかったが。彼の反応を思い出すに、無意識で零してしまってはいたのだろう。京介は逸らした視線を少しだけこちらへ戻して、

「……五十嵐さん、嫌だったんだろ。髪のこと言われるの」

「えっ」

「舞子から聞いた。馬鹿って怒られた。じいちゃんにも、人の気持ちを考えなきゃ駄目だって言われた。でも俺、なにが嫌なのかよく分からなかったから。同じにしてみようと思ったんだけど」

ぶっきらぼうに、そう言った。きまりの悪そうな少年の声は、今も耳にこびり付いている。

「あまり、同じじゃないよな」

「…………」

「俺のは、おかしいけど。五十嵐さんは別におかしくないよ。嫌だっていう気持ちは、なんとなく分かったけど。うるさいよな、みんな。じろじろ見てくるし」

「う、うん」

頷きながら、恐る恐る――初めて見上げた京介の顔は、拍子抜けしてしまうほどに優しかった。眉間に皺を寄せて困ったように笑う。今ではあまり見なくなった不器用な笑顔を思い出すと、口元が綻んだ。

(京介くん、あの後も舞子に怒られてたんだっけ。馬鹿じゃないのって)

思い出し笑いをしながら、図書室のドアを開ける。

人の姿がそれなりにある図書室の中で、京介の居場所はすぐに分かった。陽当たりのいい窓際の席。勉強のしづらそうな低い机の上に、分厚い本が何冊も積まれている。そのうちの一冊にじっと見入っているのが彼だった。二年前からいっそう笑うことの少なくなった顔を眺めていると、なんとなく切なくなってくる。

胸が苦しい。息ができない。多分それが友人と親友の違いなのだろうと、一二三は思う。京介は、自分のことをそうは思っていないのかもしれないが。

(いなくなったのがわたしだったら、京介くんはあんなに辛い思いをしなくて済んだのかな)

ふっとそんなことを考えてしまって、自己嫌悪する。訊けば、京介は否定するだろう。馬鹿なことを言うなと怒るだろう。

そうと分かっているのに、どうして無意味なことばかり考えてしまうのか――

「京介くん」

「ああ、五十嵐か」

思考に蓋をして横からそっと声をかければ、京介はそこで初めてこちらの存在に気付いたらしかった。読んでいたページにメモを挟んで、顔を上げてくる。

「妙泉ってさ、どこかで聞いたことがあると思って」

「うん」

「怪談とか、昔話を調べてたんだ」

視線だけで傍らの本を示して——目が痛いのか、何度か瞬きを繰り返している。

「ごめんね。遅くなって……。わたしも手伝うから」

申し訳ないような心地で言えば、彼は軽く首を振った。

「いや。帰りが遅くなるから、また明日にしよう」

本を閉じて、棚に戻す。

そんな京介を見て、一二三は少しだけ肩を落とした。気を遣ってくれているらしいことは分かる。しかし、腑《ふ》に落ちないことがあるのも事実だった。

(どうして一人で気負っちゃうんだろう。舞子のことも……どうしてこういうことになったのか、なかなか話してくれないし。渉さんの言ってたことを気にしてるみたいだけど)

考えても分かるはずはない。彼が話してくれない限りは——なにを考えてみたところで、推測にしかならない。一二三は少しだけ視線を移動させて、京介の顔を覗き見た。禁帯本《きんたいぼん》とそうでないものを分けているらしい。何冊かを腕に抱えると、

「どうした？　五十嵐。深刻そうな顔して」

「ううん。なんでもない」

きょとんと見返してくる彼に、一二三は慌てて誤魔化した。そっか、と呟いてカウンターへ向かう京介の背中を見つめる。

(二人のためにできることはしたい。京介くんのこと、手伝いたい。けど、わたしになにができるんだろう。渉さんみたいに、ネットに詳しいわけでもないし。京介くんに付いて行ったところで、庇ってもらうばっかりだし……)

どうにもならない思いだけが、ぐるぐると頭の中を回っている。どうにもならない。どの可能性を考えてみたところで、辿り着く結論は同じだった。できることがない。京介が望む通り、なにも聞かなかったふりをすれば——邪魔にならないことだけはできるのだろう。

肺に溜まった陰鬱な空気を追い出すように、一二三は長い息を吐いた。

本の貸し出し手続きを終えた京介が戻ってくる。片方に本を抱え、もう片方の手でスクールバッグを摑む。その手がまだぎこちない動きをしていることに気付いて、一二三は彼の手から本を取り上げた。

「持つよ。腕の怪我、まだ痛むんでしょ?」

「いや、大丈夫だって。大した怪我じゃなかったから。本くらい、自分で持てる」

苦く笑った京介の手が、本をさらっていく。

あっという間に空になった自分の手を見て、一二三は泣きそうな面持ちで呻いた。

「うう……。本くらいだから、持たせてもらいたかったのにな」

「持ちたいのか？　なんで？」

「だって、他にできることないもの。なにも教えてくれないって京介くんのことを責めたのに――それで無理やり聞き出したのに、結局なにも変わらないって、最低だよ」

「気にすることじゃないだろ。むしろ、なにもしないでいてくれた方がいい。怪我されたら、嫌だ」

今度は眉間に皺を寄せて言ってくる。拒絶に、一二三は思わず言い返していた。

「怪我したのは京介くんの方じゃない」

恨めしげに言ってしまってから、しまったとも思ったが――言葉にしてしまったことを後悔してみたところで、なかったことになどできるはずもない。京介は口を噤んでふっと目を伏せた。機嫌を損ねたという顔ではないが、彼にとって痛い指摘ではあったのだろう。

「ああ。目の前で怪我したら、気になるよな。悪い。今度からは気をつけるよ」

苦く謝る彼に、一二三は力なく首を振った。どちらともなく視線を逸らして、歩き出す。図書室を出てからも、沈黙が途切れることはなかった。会話もなく、並んで廊下を歩く。こんなときに限って、他の生徒の姿もない。真っ直ぐに伸びた白い廊下は、長く、どこまでも続くように思われた。実際は、そんなことがあるはずはないのだが。

昇降口に差し掛かると、ようやく日常の音が戻ってきた。人の声に緊張が解ける。隣で、京介が呟いた。

「〝妙泉〟を早く見つけないとな」

「うん」

息を吐きながら――一二三は、こんなとき舞子ならどうするだろうかと思わずにはいられなかった。また、沈黙。〝さかしま〟の話題は続かない、が――気まずさを誤魔化すためだけに別の話題を探したくはなかった。

（話を逸らしちゃえば、京介くんは安心してくれるんだろうけど……）

それでは意味がない。それでは――舞子の事件とも、京介の本心とも向き合うことができない。

会話がないまま通い慣れた道を歩き続けることは苦痛だったが。家からそう遠くないバス停に差し掛かったとき、一二三はふと足を止めた。

「あっ」

思い出して、鞄の中を探る。隣を歩いていた京介も、足を止めて覗き込んでくる。

「どうした？」

「お父さんから用事を頼まれてたの。忘れてた」

「用事って、仕事の？」

「うん。知り合いが家を新築してね。庭石のことを相談されたんだって」

手の中の資料に視線を落とす。そこには、いくつかのサンプル写真が添付されていた。一二三の家は昔から石材店を営んでいる。墓石、庭石、少し変わったところでは神社の神使《しんし》――狛犬などを作って奉納することもあった。

「隣町だからバスで行かないといけないんだ。通り過ぎる前に気付いてよかった」

時刻表を確認する。バスが来るまで、あと十分ほどといったところか。

「そういうわけだから、今日はここでさよならだね。京介くん」

告げれば——まるでその言葉が予想外だったとでもいうふうに、京介は眉をひそめた。

「俺も行こうか？」

困惑した顔で、言ってくる。一二三は思わず苦笑した。

「ううん。一人で大丈夫。悪い人じゃないんだけど……すぐに彼氏はできたか、なんて訊いてくるし。誤解されちゃったら、恥ずかしいから。その、京介くんにとっても迷惑だと思うし」

これは、小声で。

呆れられるかとも思ったが、意外にも京介はあっさり頷いた。

「そっか。場所は？」

「水神原《すいじんばら》」

「少し遠いな。なんなら近くまで一緒に行って、用事が済むまで待ってるけど」

「大丈夫だよ。暗くならないうちに帰ってくるし。歩いて行くわけじゃないから」

「……そうだな。バスなら平気か」

ようやく納得してくれたらしい。とはいえ、それでも彼はせめてバスが来るまで一緒にいると言いはったが——その背中を両手で押して無理やり帰すと、一二三は小さく溜息を吐いた。

――結局、遅くなってしまった。

知人の家を出ると、外はもう薄暗くなり始めていた。資料を渡してすぐに帰るつもりだったが、引き留められてしまえば無下《むげ》にはできなかった。

(こういうところが、よくないんだろうなぁ)

胸の内で呟きながら、バス停への道を急ぐ。と――

ふっと背後に人の気配を感じた。振り返る。三メートルほど後ろに、男の姿があった。目深《まぶか》に帽子をかぶっているため、顔は見えない。しかし、なんとなく嫌な予感はした。

(バス停まで行けば、他に人がいるはず……!)

騒ぎ立つ胸を押さえて、更に歩みを速める。と、同時に――背後の足音が、明らかに変わった。

追われている。

杞憂ではない。後ろの人物は、確かにこちらの後をつけている。そうして今、なんらかの行動に出ようとしている。そのことに気付いたときにはもう、一二三は駆け出していた。

乱暴な足音に、また心臓が跳ねる。バス停まではそう遠くないが、住宅地からは少しだけ離れてしまっているため、周囲に駆け込めるような建物もない。運の悪いことに、人の姿さえ見えない。

(どうしてこういうときに限って!)

嘆いてみたところでどうにもならないことは分かっていた。奇妙な息遣いが聞こえるほど間近まで、男の気配は迫ってきている。不意に、男の手が一二三の髪を掴んだ。髪ごと後方へ思いきり引かれて、一二三は思わず振り返った。緩くウエーブのかかった薄い色の髪を五指に絡めて、男が不気味に笑っている。

——逃げられない。

一二三は顔からサァッと血の気が引いていくのを感じた。泣こうが喚こうが、男はその手を放してくれないだろう——そういう目をしている。普通ではない。正気ではない形相だった。

(いたっ……)

少しでも距離を開けようとすれば、冗談ではなく本当に髪が千切れてしまいそうだった。もう数本は抜けているのかもしれない。根元のあたりがずきずきと鈍く痛む。あまりの痛さに——一二三が頭を反らせたのと、男が肩を掴んできたのとは同時だった。

「……の匂いだ」

聞き取れない。が、その声に懐かしむような色が含まれていることだけは分かった。男はいっそううっとりとした声で、繰り返してくる。

「〝さかしま〟の匂いだ」

今度は、さっきよりはっきりと。

(この人も〝さかしま〟の者に憑かれてる?)

そうとしか考えられない。

ふと思い出したのは、応声虫の事件だった。この男もまた、こちらの世界へ出てきたことで正気を失ってしまった〝さかしま〟の者に憑かれている。

（どうしよう）

考えたところで、どうにかなるはずもなかった。彼もまた、自分がどうすればいいのかを分かっていないのだろう。ただ懐かしい〝さかしま〟の匂いに惹《ひ》かれて、求めてきている。そんな様子だった。

こちらの髪を摑んだまま、男が顔を近付けてくる。すぐ目の前にある瞳は、あらぬ方を向いていた。焦点が定まっていない虚《うつ》ろな瞳で、男はただただ繰り返す。

「〝さかしま〟の匂い……」

すんすんと鼻をひくつかせて匂いを嗅ぐさまは、まるで動物のようだった。生あたたかい吐息が首筋に触れる。一二三は必死に体を捩った。気持ちが悪い。

（どうすれば――）

京介の名前は呼べなかった。呼んだところで意味がないことは分かっていたし、彼の名前を呼べば、自分は足手まといでしかないと認めることになる。

（だって認めちゃったら、一緒に舞子を探したいなんて言えなくなっちゃう）

けれど、どれだけ足掻《あが》いてみたところで男の腕が外れる気配もない。それどころか、相手は決して逃さぬようにとますます体を密着させてくる。一二三は覚悟を決めて、震える手を握りしめた。人を殴ったことなどない。が、自分でやらなければならない――と。

刹那《せつな》。

あたりに爆音が響いた。酷く場違いな音だ。思わず両手で耳を塞ぎたくなるようなバイクのマフラー音に、背後で男の体が強張る。一瞬の隙に、一二三は肘を思いきり後ろへ突き出した。ふっと体が自由になる。転げるようにして数歩、その場から離れて爆音の聞こえてくる方向へ視線を投じる。

(誰……?)

耳障りな余韻《よいん》を残して、音が止んだ。

このあたりでは見たこともないような大型のバイクから降りた青年が、こちらに歩いてくる。硬い足音は威嚇、或いは警告音のようにも聞こえた。というのは、彼の特異な容貌がそう感じさせているのかもしれないが。

白いメッシュの入った黒髪を、後ろへ撫でつけた男だった。中途半端に伸びた髪は、風に靡《なび》いて鬣《たてがみ》のようにも見える。彼は不気味なほどの静寂と獰猛《どうもう》さを纏っていた。コンタクトレンズでも入れているのだろうか。真っ白な目の中で瞳孔だけが細く浮き上がっている。顔立ちは不自然なまでに整っているが、どこか人間的ではない。その雰囲気も、鱗を連想させる黒のライダースジャケットも。まるで漫画の世界から切り取ってきたような人物である。

「おい、お前。人サマの縄張りで女を襲うとは、いい度胸じゃねえか」

とは、男に対して言ったのだろうが……。虚ろな目をした男は答えずに、ただがたがたと体を震わせている。異様に思えるほどの怯えようである。青年の容貌は整っているが、助けられた一二三でさえ少し不安になってしまうほど恐ろしい――

口を利かない相手を見て、青年は忌々しげに舌打ちをした。

「馬鹿か、まったく。正気も保てないような小物が、向こう側から出てくンじゃねえよ」

吐き捨てる。と同時に、瞳孔が不自然に収縮する。爬虫類のような鋭い瞳で相手を睨み据えるが早いか、彼の手は男の喉を絞め上げていた。ぴったりとしたレザーグローブをはめた細い指先が、喉に深くめり込む。思わず悲鳴を上げる一二三のことなど視界にも入っていないふうに、彼はもう片方の手を男の口に突っ込んだ。粘膜を引っ掻き回しているような、そんな不快な音が響いている。

「あ、あ――」

助けられたことさえ忘れる恐怖の時間は、唐突に終わった。

おもむろに、青年の手が男の口腔《こうこう》から引き抜かれる。その手にはなにもない。けれど、確かになにかが握られている。相手の喉の奥から引きずり出したなにかを、彼は躊躇なく、仕草だけで握りつぶした。力の抜けた男の体が、ずるずると地面に崩れ落ちる。が、青年が慌てる様子はない――というよりは、もう相手に興味がないのだろう。顔をしかめて唾液まみれのレザーグローブを外すと、そのあたりへ適当に投げ捨てた。露《あらわ》になった左手の甲に、タトゥーが覗いている。

「気になるのか？」

彼はこちらの視線に気付くと、女好きのする顔でにんまりと笑った。ジャケットの袖を捲《まく》って、それを見せつけてくる。思わず見入ってしまうほどに優美な曲線だった。彼の手の甲から肘のあたりにかけて我がもの顔で泳ぐ、龍。

一二三がほうっと溜息を吐くと、青年はますます気をよくしたらしい。

「おっと。先にあんたの心配をすべきだったな。怪我はないか？」

猫撫で声で訊いてくる。一二三は声を上擦《うわず》らせながらもどうにか答えた。

「あっ、は、はい……。大丈夫です」

「そうか。このあたりは物騒だからな。今度からは、男でも連れて来た方がいいぜ。できれば俺が付き合ってやりたいところだが、今の時代は未成年連れだとうるさいんだ。青少年の保護云々《うんぬん》ってやつで」

昔はもう少しやりやすかったのに、と――ぼやいている彼は、せいぜい二十代後半程度にしか見えないが。そうではないのだろうか？

いや。そんなことよりも、気になることは他にあった。

「物騒、ですか」

そんな話は聞いたことがない。このあたりは――女子大が近いこともあって、警察の巡回も多かったはずだ。訝りながら呟けば、彼は大仰に肩を竦めてみせた。

「そ。物騒。イカれたやつが多い。いや、多くなると思う」

それは予言めいた言葉だった。ますますわけの分からない心地で、一二三は訊き返すしかない。

「どうして、そんなことが分かるんですか？」

「さて、どうしてだろうな。説明しても理解できんだろうぜ。まあ、普通じゃないって話さ。俺の目の黒いうちは好き勝手させせないが――」

ぎらりと白い目を光らせながら言う。そんな彼の声を遮るようにして、電子音が鳴り響いた。一二三の携帯ではない。ということは、彼のものか。それは流れからすると少し奇妙に思えてしまうほど、なんの変哲もない――誰でも使っているような、普通の着信メロディだった。極端に短い眉を跳ね上げて、青年が唸る。

「あーやべえな。待ち合わせしてたんだった。完全に遅刻だ、これは」

と。そう言いつつ、然程気にしていないふうにも見えたが。

「そういうわけで、俺は行くぜ。まだこのあたりをうろつくようなら、気をつけろよ」

そのまま名前も告げずに行ってしまおうとする彼を、一二三は呼び止めた。

「待ってください！　あなたは……？」

そのときにはもう彼が普通の人ではないことに、なんとなく気付いていた。京介と同じように〝さかしま〟と関わる力を持っているのか、或いは彼も〝さかしま〟の者に憑かれた人なのか――

何者なのかと訊いたつもりだったが、彼はバイクの巨体を起こしながら素っ気なく言ってきた。

「名乗るほどの者じゃない。というか、名前を呼ばれても応えることができない。俺に用事があるときは、手を叩くことだ。じゃあな、お嬢ちゃん」

ふっと――本人はニヒルに笑ったつもりだったのだろうが――どうしたところで大型の爬虫類を想像させる獰猛な笑みを湛《たた》えて、彼はバイクに跨《また》がった。エンジンをかけて、アクセルを開く。空気を震わす爆音に、一二三ははっと我に返った。

「あ、ありがとうございました!」

当然、声は音に掻き消されてしまったように思えた。しかし、謎めいた青年は確かに聞こえたとでもいうふうに片腕を上げて応えたのだった。

「ないな……」

本のページを捲りながら、京介は溜息を吐き出した。最後の一ページ――学校の図書室から借りてきた本は、これですべてになるが。〝妙泉〟という怪異の名前はどこにも見当たらなかった。

(もっと専門的な本じゃないと載ってないのかもしれないな)

そう考えて、しかし京介はすぐに首を振った。

違う。恐らく、自分はなにか思い違いをしている。その怪異が専門書にしか載っていないようなものだとすれば、

「俺が知っているはずがないんだ」

そのことがずっと、微かな違和感として頭の隅に引っかかっている。舞子のように伝承が好きなわけでもない自分にも聞き覚えのある単語……となると、限られている。

或いは〝妙泉〟は怪異を示す単語ではないのかもしれない。いや、正気を失った応声虫の言葉をそのままの意味で捉えてしまったことが間違いだったのだろうか？　そもそも、自分はどこでその単語を聞いたのか——肝心なことはなにも思い出せないまま、思考の迷路をぐるぐると廻る。

そうして——なんの役にも立たなかった、ただ分厚いだけの本を抱えながら、どれだけの時間をそうしていただろうか。ふっと我に返ったのは、携帯の着信に気付いたからだった。机の上で細かい振動を繰り返しているそれに手を伸ばして、相手の名前を確認する。渉だ。

「渉さん、なにか分かったんですか？」

開口一番に訊く。渉の用件は、分かっていた。というよりは、それしかなかったと言う方が正しいのかもしれない。思い返してみても——不思議なことに、彼とは〝さかしま〟と舞子に関連する以外の会話を交わしたことがなかった。それ以前のことを思い出そうとすることも、難しい。もっと、ずっと幼い頃には遊んだこともあるのかもしれないが。

(気付いたときには、ああだったからな。渉さん。白河さんの話を聞いた感じ、引きこもりっていうのとは違う気もするけど)

考えながら渉の言葉を待つ。彼は「ああ」と軽く頷いて、

「日蓮宗龍泉寺《りゅうせんじ》……これは水神原にある寺の名なんだが」

唐突に、そう切り出した。

「はい？　龍泉寺ですか？」

わけが分からないまま、繰り返す。その寺のことなら、京介も知っていた。小学生の頃に課外授業で見学に行ったことがある。江戸時代に建てられた寺で、胡散臭い伝説が残っていたような気もする。狭い敷地には不相応なほどに豪華な仏殿があって、天井に巨大な龍が描かれていた――はずだ、と。思い出して、京介はあっと声を上げた。

「妙泉って……」

日蓮宗妙泉寺。

龍泉寺は、昔そう呼ばれていたことがある――と、年を取った住職が説明していた。確かに、そんな記憶がある。怪異ではなく寺のことだったのか、と思わず口に出すと、渉がそれを肯定した。

「慶長十七年に建てられ、文政元年に改められるまでの約二百年間。龍泉寺は妙泉寺と呼ばれていた」

「どうして改名されたんですか？」

「そもそも――あのあたりは昔、中新田《なかしんでん》と呼ばれていたんだ。丁度、新田と下新田《しもしんでん》の間にあるからな。ところが、江戸時代後期に中新田で大火があった。原因は放火だったとされている」

息も継がずに、渉が続ける。

「季節は冬。乾燥した時期だ。当時は木造の建造物が多かったから、あっという間に火の手が回って人も随分死んだらしい。消火活動も間に合わなかった。龍泉寺も炎に巻かれたそうだが、住職は仏殿に一人こもって経を唱え続けた――」

そこから先は、なんとなく覚えている。思い出しながら、京介は渉の言葉を引き継いだ。

「仏殿に火が移りそうになったときに雨が降ったんでしたっけ？」

「ああ。突然の豪雨が激しく燃える火を消した。記録としてそう残っている。火が消えた後、すぐに雨も止んだそうだ。人々はそれを水神《すいじん》の加護だと信じた。あのあたりは昔から近くを流れる川の恩恵を受けていたから水神信仰も盛んだったし、妙泉寺では龍の鱗と呼ばれるものを寺宝《じほう》として保存していたくらいだ」

「龍の鱗？　そんなもの、あるんですか？」

信じられない心地で訊けば、渉は面白くもなさそうに答えた。

「実際は蛇の鱗かなにかだったんだろうさ。だが、大火の一件で当時の人々はますます水神をありがたがるようになった」

それで寺の名前を妙泉寺から龍泉寺に、町の名前を中新田から水神原に変えた。そういう話なのだろう。

「ここは水神さまの御座《おわ》しますところ、と明確にすることで守りを強化したんだな。龍泉寺の仏殿だけがやたらと立派なのも、そういうことだ。龍泉寺縁起に寄れば、神の御使《みつか》いと名乗る男が現れて、仏殿を造り直すよう言ったそうだ。その際、水神図の描かれた天井だけは壊さずにそのまま使うよう忠告した。忠告を聞かずに水神図を新しく描き直そうとしたところ、川に雷が落ちた……ともある」

後半の部分は、普通なら後世の創作だと言いたくなってしまうところだが。京介は呻いた。

「作り話、ではないんでしょうね」

「ああ」

相槌を打つ渉の声にも、苦い響きがある。

「応声虫の言っていた〝妙泉〟は水神かもしれない、と。そういうことですか？」

訊く声が微かに上擦るのが自分でも分かる。これまで、それなりに〝さかしま〟の者を見てきてはいるが、さすがに水神――龍まで存在するとは想像したこともなかった。

(玉兎でどうにかなる……か？)

いや。舞子を逃がす手助けをしてくれるというのなら、味方なのかもしれない。大火の話が本当なら、人に対して友好的だということは十分に考えられることではある。気付かないうちに、掌はじっとりと汗ばんでいた。滑り落ちそうになる携帯を握り直して、京介は渉の返事を待つ。

「そうかもしれないが、断定はできない」

彼は慎重に、答えてくる。

「言っただろう？　龍泉寺の寺宝が、本当に龍のものかも分からない。あの寺になにかがあるのは確かだが、相手が水神というのはどうにも現実的じゃない」

と言ってから〝さかしま〟の存在そのものが現実的ではないことに気付いたのだろう。携帯の向こうからは苛立ちを含んだ溜息が聞こえた。

「現実的じゃない、という言い方はおかしいな。違和感を覚えると言った方が正しいかもしれない。御苑のある九天島神社の祭神は大蛇の姿をしていると言われている。こっちの話はもう少しだけ現実的でな。昔、ある女が弟の病気を治すために九天島神社に通った。十日目に、白い大蛇が現れ、自分の鱗を一枚剝がして女に与えたそうだ。大蛇を神の御使いと信じた女は、与えられた鱗を水に浸して弟の口に含ませた。すると弟の病は快癒《かいゆ》したらしい。それから九天島神社には病気平癒と健康祈願を願う参拝客で賑わうようになった──と書かれている」

いつものようにパソコンで調べているのだろう。時折、マウスをクリックする音が聞こえてくる。

「どちらの話もよくある寺社縁起には違いないが、二つの話を比べると龍泉寺の話はどうにも〝さかしま〟らしくない」

「〝さかしま〟らしくない、ですか？」

困惑しながら、京介は訊き返した。渉の話を聞いていても、おかしなところなどなかったように思える。確かに、水神を猫又や旧鼠、応声虫といった化け物じみたものと一緒にしてしまうのは罰当たりのような気もするが。彼の言う違和感というのは、そういうことではないのだろう。

渉が答える。

「ああ。茶々の話を信じるなら〝さかしま〟は本来、人が理解のできない現象や事件に対して名付けを行い、現実の或いは架空の生物を当てはめたことで作られた世界だ。だが龍泉寺の一件に関して言えば、話そのものには理解できないところなんかない。水神原の災害年表を調べたところ、文政の大火も、その際の豪雨も実在している。川に雷が落ちたという件も、壊れた橋を修理した記録が残されていた。それに比べて水神の方は——ずっと信仰されているわりに、これといった伝説もない。逸話《いつわ》を探せば結局のところ、文政の大火に行き着いてしまう。妙な話だと思わないか？」

と訊かれても、京介にはいまいち理解ができなかった。が、分からないとは言いにくい。

「ええ、まあ。そうかもしれませんね」

曖昧に答えれば、それでこちらが納得したものと思ったのだろう。

「龍泉寺には、俺が連絡を入れておく。学校の課題だということにすれば話も聞きやすいだろう。さすがに寺宝までは見せてもらえないとは思うが、いざとなったら反転鏡を使って〝妙泉〟そのものを呼んでしまえばいい。名前からして、龍泉寺にいるには違いないからな」

他人事《ひとごと》のように、あっさりと言ってくる。

京介はさすがに言い返そうとして——けれど、なにを言えばよいのか分からずにぐっと言葉を詰まらせた。そんなこちらの様子を見透かしたように、渉はきっぱりと告げた。

「用件はそれだけだ。龍泉寺の住職に連絡が取れたら、またメールで伝える」

それで終わりにしたつもりだったのだろう。通話の始まりと同様に、その終了も唐突だった。

「分かりました」

もう相手と繋がっていない携帯を耳に押し当てたまま、京介は虚しく答えた。答えるしかなかった。そのまま俯《うつぶ》せに転がって、枕に顔を押しつける。唇からは溜息も零れない。

件の仏殿には思いの外、あっさりと通された。

近隣の小中学生が課外授業で足を運ぶのは、今も同じらしい。年を取った住職はまだ健在で、ぼんやりと記憶していた姿とそれほど変わってはいないように見えた。彼は――渉が話した通りの――水神原と龍泉寺の歴史を語り、二人に小冊子《しょうさつし》を渡すと、すぐに出て行ってしまったのだった。後は帰るときに声をかけてくれればいい、とそういうことらしい。寺宝のこともさりげなく訊いてはみたものの、今は一般公開していないという答えで済まされてしまった。

反転鏡を使うしかないのかもしれない。そんなことを思いながら、京介はちらりと隣を窺った。一二三は、懐かしいと声を上げながら広い仏殿を見回している。今日こそ巻き込みたくはなかったのだが、先日からどうにも様子のおかしい彼女を放っておくことも不安だった。気弱に見えるのはいつものことだが。あれだけなにもできないことを嘆いていたというのに、今はどこか遠慮がちで距離を置かれているような気さえする。

(なんて言って……結局、一人が怖いだけなんじゃないのか？　俺は)

一二三に倣って天井を見上げる。そこには雲間《くもま》から顔を覗かせる巨大な龍が描かれていた。龍泉寺の水神図。傲慢な巨眼が妙に鼻につく。そんな感じの絵だ。

「こういうの、八方睨《はっぽうにら》みの龍っていうんだっけ？　京都のお寺なんかにもあるよな」

呟く。と、一二三が不意を突かれたような顔で見つめてきた。

「え?」

なにがそんなに意外だったのか、大きく開いた目をゆっくりと瞬かせて——次の瞬間、弾かれたようにまた天井を見上げる。顔には閃《ひらめ》きがあった。

「ち、違うよ！　京介くん！」

「なにが?」

なにが違うのか分からずに、京介が首を傾げる。と——彼女は忙しなく視線をこちらへ戻して、

「〝さかしま〟！　〝さかしま〟出してっ！」

そう、興奮気味に詰め寄ってきた。

「うおっ!?」

思わず後退りしながら、京介は首を振る。

「あ、ああ」

どちらにせよ、反転鏡は使わなければならないのだ。彼女がなにかを思いついたというなら、それを試してみるのもいい。いつものスクールバッグから鏡を取り出して、縁に散らされた文字をなぞる。世界を反転させる言の葉を紡げば、仏殿は瞬く間に〝さかしま〟へと変貌する。

白い月の輝く世界。視界を遮るものがほとんどないせいか、空は〝うつしよ〟とは比べものにならないくらい広く、どこまでも続いているように見える。薄くかかった灰色の雲間からは、仏殿の天井に描かれていた龍が、蛇によく似た腹をうねらせながら眠りこけているようだった。

いや。水神図よりも遥かに生きものめいている。

生きているのだから、それも当然なのかもしれないが。てらてらと濡れたような光沢を帯びた黒の鱗が、呼吸のたびに細かく震える。蛇のように長い胴を持ち、鋭い爪は鷲《わし》、鬣は獅子《しし》、口吻《こうふん》は鰐《わに》を思わせる――昔から畏敬《いけい》の念を抱かれてきた動物の恐ろしい部分のみ集めたようなその姿は、まさに人が水神と崇《あが》めるに相応《ふさわ》しいように思えた。

「水神図が……。そうか、だから神の御使いを名乗る男は〝天井だけは壊さずに――〟と忠告したわけか」

水神ではなく水神図が〝さかしま〟の者であるというのなら、江戸時代以前に水神の逸話が残されていなかったことも納得できる。

しかし、どうやって彼を起こせばいいのか――

途方に暮れながら空を見つめていると、一二三がぽそっと呟いた。

「龍泉寺の水神図は、八方睨みじゃないんだよ」

「そうなのか？」

それを今言うことになんの意味があるのかは分からなかったが。訊き返せば、一二三が頷いて続けてくる。

「うん。鳴き龍って言ってね。手を叩くと天井に音が反響して、龍が応えてくれるように聞こえるの。だから呼ぶときには手を叩かないと駄目だって」

そう言うと、彼女は両手を目の前で合わせて大きく打ち鳴らした。乾いた音が静寂に満たされた〝さかしま〟の空に、大きく響く。反響した音がどこまでも響き、そして再び静寂を取り戻そうとした、刹那。

龍が閉じた口元を大きく引き攣らせた。捲れ上がった口の端からは巨大な歯牙《しが》が覗いている。鼻の頭に皺を寄せて、鳴き龍は不機嫌そうに歯を軋らせた。金属を擦り合わせた音を何倍も不快にした歯軋りに、二人は両手で耳を塞ぐ。それから十数秒。鼓膜を破りかねなかった騒音は徐々に小さくなっていき、やがてぴたりと止まった。鳴き龍は口元を大きく引き攣らせて——これは欠伸《あくび》を噛み殺したのだろう。眉間に深く皺を寄せると、ようやく目蓋を持ち上げた。

瞳孔の細い巨大な目が、傲慢に地上を見下ろす。

「……誰だ？」

たっぷりと間を置いて、大きく裂けた口から零れた声は予想外に若かった。

ぼんやりとした視線が、こちらの上でぴたりと止まる。眠たげな龍はゆったりと空を漂い続けながら、しばらく考え込む素振りを見せていたが、やがて何事かを思い出したように目を見開いた。

「ああ、お嬢ちゃんか」

「は？」

まるで以前会っているかのような言葉だ。京介は思わず訊き返し——すぐにその視線が一二三へと向けられていることに気付いて、眉をひそめた。考えてみれば、一二三が龍の起こし方を知っていたことも不思議ではある。水神図が鳴き龍であったことを知っていたにしても、

〝さかしま〟の空に浮かぶ龍を同じ方法で呼ぼうなどとは考えつかないだろう、普通であれば。視線だけで事情を問えば、彼女は誤魔化すように笑った。

「ちょっと、ね」

訊かれたくない事情があったらしい、が――

「手を叩いて呼べとは言ったが……。さすがに、この姿のときに呼ばれるとは思わなかったな」

そんな一二三の様子などまったく気に留めたふうもなく、鳴き龍が大笑《たいしょう》した。

「お、今日はちゃんと男連れか。素直な女は嫌いじゃないぜ」

妙に色気のある声で言って、ようやくこちらに視線を向けてくる。

「で、そっちが護衛か。なんだ、やけに思い詰めた顔したガキだな。って――お前、鏡守か？」

気付くなり、彼は鼻の頭に皺を寄せて唸った。

「なるほど、てめえらが俺の目の前にいる理由がよく分かった。おかしいと思ったんだ。いくら境界が妙なことになってるっつっても、〝うつしよ〟と〝さかしま〟を人が行き来するには、まだ早い」

ぼそぼそと――独り言というには大きすぎる声ではあったが――本人は呟いているつもりなのだろう。そんな鳴き龍の姿を眺めながら、京介はなんとなく安堵していた。彼は他の〝さかしま〟の者とは違う。話が通じる。鏡守のことも知っている。それだけで、いくらか気分が楽にはなった。彼の言葉に頷きながら、

「そうだ。あんたの言う通り、俺の家は代々鏡守をしている。とはいえ鏡の力のことを知っているのは、家族でも俺だけだけど」

言えば、彼は「ほう」と頷いた。その短い相槌に促されるようにして、京介は続ける。

「どこから話せばいいのか——最初から説明させてもらっていいかな」

「ああ。言ってみろ」

顎を引く代わりに軽く視線を下げて、鳴き龍。

京介はあらためて話し出した。

「二年前に、幼馴染みが〝さかしま〟を訪ねて行ったんだ。多分、本人はそんなことになるなんて思っていなかったんだろうけど……」

鳴き龍はどう見ても気が長いようには見えなかった。彼の様子を窺いながら、なるべく話が長くならないよう、事の発端を説明する。渉や一二三に話したときより、いくらか気分が楽なように思えたのは、彼が舞子になんの感情も抱いていない〝さかしま〟の者だからか。或いは、慣れか。

話を終えると、鳴き龍は「ふむ」と唸った。

「その女の話なら聞いたことがある。御前の時計を持ってきたやつだな？　人にしちゃァ面白いって、うちの一族では評判だぜ。昊や応声虫のやつが随分と気に入ってる様子だったのを覚えてる」

どうやら幼馴染みは予想していたより悪い状況にはないらしい。

鳴き龍の話しぶりに、京介は一先ず安堵の息を吐いた。昊というのが何者なのかは分からないが、やはり応声虫は舞子のことを助けようとしていた——それを知ると同時に、少しだけ胸が痛くなる。

「応声虫のことを知ってるってことは、やっぱりあんたが〝妙泉〟なのか」

申し訳なさに、声が小さくなる。

それを聞くと、鳴き龍——妙泉は大仰なほどに眉を寄せた。

「応声虫から訊いたのか？」

「ああ」

「あの馬鹿とは、どこで会った？」

「〝うつしよ〟で。知り合いに憑いてたんだ。幼馴染みの名前を、譫言《うわごと》のように言っていた。お前のことも。それで……」

京介は続く言葉を濁した。鳴き龍が応声虫と親しくしていたというのなら、すぐに知られることだろうとは思ったが。それでもその最期を告げてしまうのは躊躇われた。

そんなこちらの様子を見て、応声虫の身に起こったことを理解したのだろう。鳴き龍は顔をしかめたまま、また「あの馬鹿」と、今度は溜息交じりに呟いた。

「気に入った女を助けようとして〝うつしよ〟に来たのはいいが、正気じゃなくなっちまったってところか」

「……ああ」

首を縦に振りながら――京介はふと違和感を覚えて、口の中で彼の言葉を反復した。〝うつしよ〟に来た。酷く不自然な言葉だ。こちらが訝っているのにも気付かずに、鳴き龍は続けている。

「俺の名前を出したってことは、御苑の門を開けようとしていたってことだな。なるほど、いかにもあいつの考えそうなことだ」

うんざりとした口調には、どことなく棘《とげ》があるようにも聞こえる。

「本当に、底抜けに馬鹿なやつだな。いや、底が浅いのか」

「え？」

「底が浅いと言ったんだ。大した力もねえやつが、思い付きだけで〝うつしよ〟に出て来ようとするからこうなる。同族だから仲よくしてやってたっつうのに、やることは馬鹿なやつらと変わらない。嫌になるな、まったく」

不機嫌そうに言って、巨眼を細める。白い目の中で収縮した瞳孔は、どこにもいない応声虫の姿を睨んでいるのだろう。身も蓋もない彼の言葉に、それまで息をひそめるようにしていた一二三が悲痛な声を漏らした。

「馬鹿って……。そんな、酷い」

それは然程大きな声ではなかったものの、妙泉の耳にも届いたのだろう。彼は再び大きく見開いた瞳で、ぎろりと一二三を見下ろした。親しみの消えた冷たい顔には、酷薄さが滲んでいる。

「酷い？　酷いって言ったのか？　それこそ正気とは思えないな。お嬢ちゃん、あんただって馬鹿な輩《やから》のせいで危ない目に遭ったばかりだろうが」

嘲笑《ちょうしょう》。

「それとも、実はあの状況を楽しんでたのか？　恐ろしいね、人間の女ってやつは」

にんまりと口を歪める彼に、一二三がかぁっと顔を赤くして俯く。

「そういうわけじゃ……」

泣きそうな顔で呟く彼女を庇うようにして、京介は鳴き龍を睨み付けた。どうして突然、彼の態度が豹変《ひょうへん》したのか——なにが彼の気に障ったのか。分からないまま、

「どういう意味だ？　五十嵐のなにを知ってるって言うんだ、妙泉」

問い詰める。妙泉の無遠慮な視線が、また一二三の上に下りた。

「なんだ、言ってないのか。彼氏には心配かけたくないって？　健気《けなげ》だが、感心はしないぜ。秘密を積み重ねて壁を作ったところで、誰も幸せにはなれないからな」

意味ありげに言って——仕方がない、俺が説明してやろう——と。

「待って！」

そんな一二三の制止が聞こえていないわけでもないだろうに。いや、聞こえていたからこそ、敢えて止めなかったのかもしれない。爬虫類によく似た顔を歪めて、妙泉が冷ややかに言った。

「うちの近所で雑魚《ざこ》に絡まれてたところを、俺が助けてやったんだ」

言葉にしてみれば、たったそれだけのことに過ぎない。勿体《もったい》付けるようなことでもない。

が、京介はひやりとして一二三を振り返った。

「この間の、水神原へ行くって言った日のことだよな？　どうして、なにも言わなかったんだ」

肩を摑んで、彼女の顔を覗き込む。一二三は俯いたまま答えない。

「おいおい、大袈裟なやつだな。まあ、俺が言うのもなんだが。なにもされなかったから、なにも話さなかったんだろ。それか、あれだな。てめえがそうして過保護だから、なにも言えなかったか」

「お前は黙っててくれ！」

一二三の代わりに口を挟んでくる鳴き龍に怒鳴り返して、唇を噛む。

過保護。言われてみればその通りなのかもしれない。

（自分は言わないことばかりだっていうのに）

一二三にばかりなんでも話せというのは、勝手なことなのだろう。京介は一度目を瞑って、息を吸った。胸に溜まった空気を吐き出して、一二三の肩から手を離す。今は問い詰めている場合ではない。彼女と言い争いをして、鳴き龍を面白がらせてやる必要もない。

「このことは、また後で話そう。五十嵐」

「うん……」

耳元で囁けば、一二三は小さく頷いた。このことは一先ず後回しでいい。問題は――頭上の鳴き龍を仰いで、京介は唇をきゅっと引き結んだ。硝子玉のように冷えた巨眼が見下ろしてくる。それが文政の大火で人を助けた存在だとは、信じられない。信じたくない。彼は短気で、気紛《きまぐ》れで、驕《おご》った存在だ。この短時間でも、それだけのことが知れた。

片手に提げていた鏡を両手で握り直して、慎重に口を開く。

「話を戻すけど……妙泉は、御苑の鍵を持っているんだな？」

「ああ。持っているさ」

鳴き龍は得意気に鼻を鳴らした。

「なにせ、俺は〝さかしま〟と〝うつしよ〟を行き来することができる。特別なんだ。ふとした折に境界が歪むっていっても、人の世に出てくることは簡単じゃあない。〝さかしま〟の中でも力の弱い連中は、実体のまま境界を越えることができない」

「だから人に憑く。それは、俺も知ってる」

「だったら、俺がどれだけすごいか分かるだろう？　人に憑く必要がない。俺はいつだって、自由だ。好きなときに門を出て、自分の力で人の形を取って、好きなように遊ぶ。誰を頼ることもなく」

朗々《ろうろう》と語る彼の姿が、不意にぐらりと歪んだ。灰色の雲をなぎ払った長い胴体が、暗い空に溶ける。いくら目を凝らしたところで〝さかしま〟の空に鳴き龍の姿はない。隠れるような場所もないのに、いったいどこへ行ってしまったのか。唖然《あぜん》と空を見上げる京介の耳に、かつかつと乾いた足音が聞こえた。この場にいる人間は、自分と一二三だけのはずだが——

一二三は隣にいる。身動ぎもせずに、体を小さくして寄り添っている。そんな彼女が、遠慮がちに腕を引いてきた。

「京介くん、上じゃなくて……」

上ではないのなら、どこだというのだろう？

ゆっくりと視線を落とす。真正面に、妙泉の姿はあった。彼の言う人の形――かなり派手な部類に入る姿ではあるが、確かにそれは人だった。白いメッシュの入った髪が、鬣のように揺れている。風もないのにどうしてかと思えば、彼が声を押し殺して笑っているのだった。

「随分な間抜け面だ。有栖川京介」

喉元に牙《きば》を突き付けられているような冷たい恐怖に、一歩足を引く。引いたところで視界に入ってきた一二三の姿に、京介はその場で踏みとどまった。青年に助けられたからだろうか、一二三は思ったより驚いていないようだが、それでも一歩も動けずに体を強張らせている。

妙泉はこちらの沈黙に気付くとようやく笑いを止めた。

「条件次第では、てめえらの頼み事を聞いてやってもいい」

「……何故だ？」

予想外の言葉に、困惑する。彼は当然のように続けた。

「俺が特別でいたいからさ」

そこには、たっぷりと甘やかされて育った子供のような傲慢さがあった。

「今の〝さかしま〟には二つの派閥がある。懐古派と独往派……懐古派というのは文字通り、昔を懐かしんでいるやつらだな。存在意義を失ったことを嘆いているやつもいれば、〝さかしま〟のことを忘れた人間に恨みを抱いているやつもいる。口を開けば恨み言と、古きよき時代の話ばかりする黴の生えた連中さ。やつら、総じて〝うつしよ〟と〝さかしま〟の関係を昔のように戻したがっていてな。最近じゃァ過激派に転じつつある」

彼は唐突に声をひそめたが、それも誰かに聞かれるのを恐れているというよりは、やはり質の悪い悪戯《いたずら》を企んでいるような雰囲気があった。

罠《わな》か。或いは、なにかとんでもない悪事の片棒を担がされそうになっているのではないか――と戸惑いながら、一二三と視線を交わす。妙泉から鍵を借りるには、話を聞くしかない。聞くしかないが……本当にその選択が間違っていないのか、分からない。自信がない。

(だって、裏目に出てばかりだ。俺が選ぶと)

舞子のことも。一二三のことも。

視線を交えていたのはほんの二、三秒に過ぎなかったが、こちらの瞳を真っ直ぐに見つめ返して、一二三は首を縦に振った。唇が小さく動く。「聞こう。京介くん」と、そう言ったようだった。彼女の決断に救われた気持ちで、京介はまた鳴き龍に向き直る。

「独往派っていうのは?」

訊けば、妙泉は何事もなかったかのように答えた。

「読んで字のごとくだ。今のまま〝うつしよ〟とは距離を置こうって主張する輩はそう呼ばれる。たとえば、俺とか」

「妙泉は、昔に戻したいとは思わないのか?」

「思わないな。というか……てめえらも知っての通り、俺は江戸時代の生まれでね。古きよき時代なんてのは知らないのさ。噂だけは聞いちゃいるが、それほどいいとも思えない」

「どうして、そう思うんだ？」

「さっきも言っただろう。俺だけ特別ってのが楽しいからだ」

言って、鳴き龍はくっくっと喉を鳴らした。

「上から下までみんな一緒くたにされて獲物の取り合い、なんて御免《ごめん》だぜ。実際、昔はそういうこともあったと聞いている。なんせ、人間と遊ぶのは面白い。特に俺たち長虫にとっちゃ〝うつしよ〟の女は最高の嗜好品だ。だから、他のやつはお呼びじゃないのさ。〝うつしよ〟は俺だけの遊び場でいい」

「そんな理由で？」

眉をひそめる。その問いかけは、鳴き龍にとっては心外だったらしい。彼は、眉をぴくりと動かして不機嫌そうに鼻を鳴らした。

「そんな理由とは言ってくれる。てめえらだって、親や教師のいない場所で息抜きをしたいと思うことくらいあるだろうが」

「そりゃあ、まあ」

「同じだよ。それと同じ。さっきも言ったが、俺は〝さかしま〟ではまだまだ若い存在でね。それでも一応は昊──御苑の統治者のことさ。やつの眷属として認めてもらっちゃァいるんだが、実をいえばその集まりも気にくわない。古くて口うるさい連中ばかりだ。あいつらときたら少し早く生まれたってだけで、なにかといえば説教、説教、説教……」

うんざりと。自分で言っておきながら、我慢できなくなったのだろう。妙泉は癇癪《かんしゃく》を起こしたように、足元の地面を蹴り上げた。人の形からほんの少し崩れた——裂けた唇が、熱を含んだ毒を吐く。

「昊のやつにしたってそうさ。九天島神社なんて冴えない場所の祭神だと。笑えるぜ、本当に。人間からはもうすっかり相手にされていないくせに。まだ昊天の主気取りときたもんだ」

「仲間のこと、嫌いなのか？」

京介は、怪訝そうに顔を歪めた。酷く爬虫類じみた顔で、妙泉がせせら笑う。

「仲間？　あいつらのことを仲間だなんて思ったことはないね」

吐き捨てたところで、自分の顔が崩れてしまっていることに気付いたのだろう。唇の隙間からしゅっときまりの悪そうな息を吐いて、手で顔を押さえる——すると、裂けた唇はすぐに元に戻った。極限まで収縮していた瞳孔を緩めて、妙泉は声のトーンを落とした。

「話を戻すぞ」

「ああ」

「この通り、俺は懐古派連中を快く思っていない。やつら、馬鹿な妄想《もうそう》で常に不安を抱えてやがる。やたらと攻撃的になるのも、そのせいだ」

ちっと舌打ちをして。本当に馬鹿げた妄想だ、と妙泉はその部分を繰り返した。

「懐古派……つまり古参気取りの年寄りどもは、俺たちがてめえらから生み出された存在だと言っている。そうして、てめえらに忘れ去られることを恐れている」

彼の話を聞きながら京介が思い出したのは、旧鼠の——あのときには不可解だと思った言葉だった。

死に様が奇妙であるほど、人間の記憶に残る。人はすぐに忘れるから、仕方がないんだ。たまに、思い出させてやらないと……俺たちも、困る。

(でもどうして、俺たちに忘れられることを怖がる必要があるんだ?)

沈黙で続きを促せば、妙泉はくっと喉を鳴らして続けた。

「やつら、てめえらに忘れ去られたら自分たちは消えちまうものだと思っているのさ」

大仰に両手を広げ、短い眉を寄せて不機嫌な笑みを作っている彼に、京介は眉をひそめる。

「消える?」

「夢みたいにな。くだらない話さ。そんなこと、あるはずがない。というか、そもそも俺たちがてめえらに作られたって話だって胡散臭いんだ」

消えるという言葉の意味は、よく分からなかった。夢みたいに消える。彼らは自分たちのことを、人の夢だと思っている。消えることを恐れて、人から忘れ去られてしまわないために〝うつしよ〟に干渉してくる。と——そういうことなのだろうが。何故、彼らがそんな突拍子もないことを考えているのか……考えながらも、京介はなんとなく言い返していた。

「名付けをしたのは〝うつしよ〟の人間だ。昔の文献に、それが残っている」

妙泉はまた機嫌を損ねるかと思いきや、そこはあっさりと肯定して逆に訊き返してくる。

「名付けに関しては否定しないさ。だが名付けたやつが創造主ってんなら、この世界のすべてを人間サマが生み出したことになっちまう。違うか？」

「それは……」

彼の主張はどこか論点がずれているようにも思えた。しかし、反論の言葉も見つけられずに、京介は結局口を噤んだ。こちらが押し黙ったことに気をよくしてか、妙泉は喋り続ける。

「人間ってやつはどうしようもなく短命で、おまけに自分たちに都合のいいものしか見ないときている。怒るなよ？　なにも、馬鹿にしてるわけじゃない。俺はそういう生き方が嫌いじゃないし〝うつしよ〟は最高の遊び場だと思っている。ただ、だからこそこうも思うわけだ。妄想よりも儚《はかな》くて愚かな創造主サマがいったいどこの世界にいるんだってな」

瞳孔の小さな白い目が〝さかしま〟の高い空を見上げる。なにかを思い出しているのだろう。その「なにか」が過去であることは、続く言葉で知れた。

「文政の大火のときだってそうだ。あれで人が随分と死んだ。逃げれば間に合うってのに、うちの住職は俺の描かれた部屋にこもって、ひたすら経を唱えていた。呆れるだろ？　だから俺は見るに見かねて、あいつらを助けてやったんだ。俺が、助けた。じゃなきゃ、みんな死んでいた」

彼の顔に浮かぶのは、苦笑か？　自負か？　両方が入り交じった顔で言って、目を瞑る。龍の瞳が目蓋の下に隠れてしまうと、彼の顔はいっそう若く見えた。

「俺と年が近くて、そこそこ力のあるやつは、みんな疑問に思ってるぜ。もしかしたら、てめえらが俺たちの夢なんじゃないかってな。俺たちは完璧すぎるんだ。終わりのない世界で、なにを恐怖することもなく悠久にも近い時を過ごしている。だからこそ、夢の中で名付け親を求め、創造主を求め、自分たちの中になにかしら不完全な部分を探そうとしている」

京介は黙ったまま、鳴き龍の独白にも似た言葉を聞いていた。

持論を展開し終えた彼が、ふっと口を閉じる。余韻に浸るように、静寂に身を任せる。そして、

「他のやつらのことまで喋りすぎたな」

一方的に、そう締めくくった。

「まあ、俺に関していえば最初に言ったことがすべてだ。遊び場をやつらと共有したくないから、昔のようには戻したくない。なのに最近はやたらと境界が不安定で、しかも懐古派——過激派の中でも厄介な御前がこっちへ出てくる機会を狙ってやがる。他のやつらは気に留める必要のない雑魚ばかりだが、あいつだけはどうにかしておきたい」

つまり妙泉は自分に、玉兎の力で彼女を斃《たお》させようというのだろう。

「御前……」

祖父と出会った〝さかしま〟の少女。祖父に懐中時計を渡した〝さかしま〟の者。傲慢な鳴き龍が警戒するほどの力を持った、化け物。得体の知れない存在への恐怖に、鼓動が早くなる。

龍の瞳は値踏みするように、こちらをじっと見つめていた。京介は苦い唾を呑み込んで、答える。

「鏡守の力で協力できることなら、力を貸す。だから、御苑の門を開けてくれ。まずは幼馴染みを助けたい」

「そう焦るなよ。俺は確実に事を運びたいんだ。もしてめえらが失敗したら、俺だって説教程度じゃ済まされない」

「怖いのか？」

挑発しようと思ったわけではなかった。ただ、鳴き龍の傲慢さが酷く鼻についたのだ。彼を怒らせるべきではないと、頭では分かっていたが。苛ついて言えば、妙泉は呵々《かか》と笑った。

「怖い？　馬鹿を言うな。俺には怖いものなんかない。ただ、笑い者にはなりたくないだけさ。手を組む相手の実力も計れない愚か者――だなんて言われるのは御免だからな」

「…………」

「気に入らないなら、他に方法を探せよ。俺も、そうする」

あっさりと言って、こちらに背を向ける。それは脅しというわけではないのだろう。無言のまま、一二三が横から腕を引いてくる。負けた心地で、京介は拳を握った。掌に爪が食い込む痛みでどうにか感情を抑えながら、肺から息を絞り出す。

「……どうすればいい」

低い声で訊けば、妙泉は背を向けたときと同じように、軽く振り返ってきた。

「てめえに御前を黙らせるほどの力があるのか、試させてもらう。四ノ尾《よつのお》に一匹、厄介なやつが来ていてな。そいつをどうにかしてきたら、すぐにでも鍵を貸してやるよ」

つり上がった眉の下には、挑む瞳がある。その目を睨み返しながら、京介は頷いた。

「分かった」

「交渉成立、だな」

妙泉は獰猛に笑うと、ジャケットの袖を捲り上げた。右手が、左腕を飾る龍のタトゥーに触れる。と、人の形をしていた輪郭が次第に背景へ溶け込んで消えた。空を見上げれば、そこには最初と同じように巨大な龍が漂っている。〝うつしよ〟に戻そうと反転鏡の表面に触れた京介は、なんとなくそれを言わずにはいられなくなって、空を見上げた。

「大火を鎮めて水神原の人を助けたって聞いたから、もっと善《い》いやつなのかと思ってたよ」

妙泉のにやついた顔を見つめながら、呟く。と、彼は一瞬きょとんとした顔をして、

「俺はいいやつだぜ？　俺を崇めてくれる人間に対してはな」

おかしそうに、そう言い返してきたのだった。

四章　葛の葉狐と双子の唐獅子

むかし、むかし。平安時代の末期、鳥羽院《とば》の御代《みよ》。ある日、一人の童女が鳥羽院に見初《みそ》められ、上童《しょうとう》として宮中に召し使われるようになった。彼女は美しく成長し、やがて玉藻前《たまものまえ》と呼ばれ院の寵愛《ちょうあい》を一身に受けるようになっていく。ところが、その頃から宮中ではさまざまな怪異が起こるようになり、ついに院が病に倒れた。そこで陰陽師安倍泰成《あべやすなり》に占わせたところ「玉藻前の仕業である」と言うので、祈禱《きとう》によりその正体を暴《あば》いたのである。

玉藻前の正体は九尾《きゅうび》と呼ばれる狐のあやかしであったと言われている。かつてインドにおいては班足太子《はんぞくたいし》が崇めた塚の神であり、中国では褒姒《ほうじ》として幽王《ゆうおう》の寵愛を受けた。国を傾ける災《さい》厄《やく》。或いは悪女として歴史にも名を残すその存在は、しかし日本で斃れることとなる。

正体を暴かれ九尾の姿に戻った彼女は、犬に追われて那須《なす》野まで逃げた。しかし、そこで三《み》浦介《うらのすけ》と上総介《かずさのすけ》によって討たれ、石化したとされている。これが栃木県那須野原《なすのがはら》に伝わる伝説である。

が、水神原の隣町――四ノ尾に伝わる九尾の伝説は、これとは多少異なっている。那須野で討たれた九尾の狐は、しかし死んではいなかった。犬に食い千切られた三本の尾だけが伝承通りに毒を放つ石となった。三本の尾を失い深手を負いつつも、九尾は西へ西へと逃げたのである。

逃げ続けた九尾がどうにか水神原を越え、とある式外社《しきがいしゃ》で休んでいるときに、ついに四本目の尾が落ちた。尾は那須野に置いてきた三本と同様に、石となり毒を放った。そこで人々は自分たちに害の及ぶことがないようにと、残された尾を祀った――と。伝説の狐、九尾の尾は石となった今も魔性の力を放ち続けているとも言われている。

「その力にあやかろうと、このあたりの狐は一生に一度、四ノ尾の神社を詣でるという話も伝わっているらしい。とにかく狐にまつわる伝承には事欠かない町だ」

渉から渡された資料――と言っても、彼が集めた伝承の類を印刷しただけのものだが――をスクールバッグにしまって、京介はぐるりとあたりを見回した。マンホールの蓋や電柱にはデフォルメした狐のイラストが描かれている。残された伝承と関連づけて、町のイメージキャラクターとして用いているのだろう。

町中には、心なしか人の姿が少ないように思えた。妙泉の言っていた〝厄介なやつ〟が関係しているのかもしれない。なにが起こっているのかは分からないまでも、四ノ尾町の人々も異変を感じ取っているのだ。空が茜色に染まり始める頃に、商店街に建ち並んだ店の多くがそそくさとシャッターを下ろしてしまうというのがその証拠だった。

彼らはなにかを恐れている。その〝なにか〟を聞き出すには、少々骨が折れたが。

「通り魔か」

退屈そうにしていた文具店の店主から聞いたその単語を繰り返しながら、ちらっと一二三の様子を窺う。彼女は隣でなにか言いたげにしていたが、遠慮しているのだろう。何度か口を開こうとしては、俯いてしまった。途中になってしまった舞子の話に触れたがっているのか、或いは妙泉に助けられた日のことを打ち明けようとしているのか――

（妙泉、か）

不意に傲慢な鳴き龍の顔を思い浮かべて、京介は少し顔をしかめた。

彼に指示された通り動くことに、まったく抵抗がないと言えば嘘になる。あの横暴で子供じみた〝さかしま〟の者の本音ときたら最低だった。人を助けることに、縄張りを守る以上の意味はない――〝うつしよ〟の者ではない彼らに期待をするのも勝手な話ではあるが、一瞬でも話の通じる相手に出会えたと思ってしまっただけに落胆は大きかった。

「……京介くん、どうかしたの？」

一二三の訝る声に、京介はふっと我に返った。

「あ、いや。なんでもない。早く、事件を解決しないとな」

そうだ。まずは、四ノ尾町を騒がせている〝さかしま〟の者をどうにかしなければ。こうして悩んでいる間にも、怪異は続いている。

始まりは、雨のそぼ降る夜だった。少なくとも、噂ではそういうことになっていた。

被害に遭ったのは豆腐屋の老主人。こちらは確かなことらしい。閉店間際の来客に応対した後で倒れているのを、妻が見つけたとのことだった。それだけなら、特にどうということもない話のようにも思える。悲鳴はなかったというから、老爺が襲われた証拠もなく――実際、そのときは彼の妻も含め、誰もがそれを急病と信じて疑わなかった。後に事件が続かなければ、今もそう信じられていただろう。それから肉屋、魚屋、八百屋、駄菓子屋……と、何故か食料を扱う店でばかり、同じことが相次いで起こった。決まって、閉店間際。店で男が一人きりになった一瞬の隙に、それは訪れるという話だった。倒れた人は命に別状こそないものの、まるで呆《ほう》けたようになってしまう。中には若い男もいたから、すべてを認知症と片付けられるものでもない。その奇妙な事件は瞬く間に、四ノ尾商店街に広がった。

「変な話だよな。これまでとは少し違うというか」

決定的な事件が起こった。というわけではない。

誰かが行方不明になったわけでもなければ、襲った襲われたというわけでもない。ただ、客の相手をした人が正気ではなくなってしまった——という、怪談じみた話だった。

「腹が減ってる……にしたって、店が荒された様子はないっていうし。実質、被害がないから警察も取り合わないって文房具屋の人も言ってたな」

壁の上を歩く茶々の姿を眺めながら、呟く。三毛猫は話を聞いているのかいないのか。時折あたりを見回して、警戒しているようにも見えるのが気になる。と——

不意に、その足が止まった。なにかに気付いたように、ぴたりと。蜂蜜色の目が、前方を見据えて細くなる。緊張した視線を追って、ようやく、京介も数メートル先にある人影に気付いた。

気配はなかった。足音もまったく聞こえなかった。というのに、それは最初から存在していたかのように、そこに立っていた。

女だ。真っ白な顔をした女が、感情のない瞳をこちらへ向けている。白のワンピースに、真っ白な帽子を頭に載せて、白の手袋をはめている。まるで太陽の光を厭《いと》うような、変わった出《いで》立《たち》だった。腰のあたりまで伸ばされた長髪だけが、やけに黒々としている。彼女が腕に抱いているのは、赤ん坊だろうか。まったく身動ぎしないそれを大事そうに抱える姿は、どこか薄ら寒いものがあった。

「あの……？」

ただ見つめられることに耐えられなくなって、声をかける。と、女は弾かれたように踵を返して走り出した。様子がおかしい。反射的に後を追いながら、京介は背後に声をかけた。

「五十嵐は交番のあたりで待っててくれ」

「えっ、なんで――」

「あいつが何者なのか分からないから、それだけ確かめる。なにかあったら携帯で連絡するよ」

人のいる場所なら安全――とも限らないが。それを言ってしまえば、安全な場所などどこにもないということになる。仮になにかあったとしても、交番に駆け込めば最悪の事態だけは免《まぬが》れるだろう。

「茶々、五十嵐のことを頼むぞ」

一緒に来ようとする三毛猫に釘を刺して、駆ける。動きづらそうな恰好をしているわりには、女はやけに俊敏《しゅんびん》だった。視界の端に服の白を留めながら、距離を詰めすぎもしないように追う。

商店街から住宅街へ。住宅街を駆け抜けると、次第に民家の数も少なくなる。

（どこまで行く気だ？）

視界の内に、ぽつぽつと緑が交じり始める。木々の間に女の姿を見失って、京介はその場で立ち止まった。途方に暮れながら、女の姿を探す。と、

「四ノ尾神社？」

古びた看板に、黒のペンキでそう書かれていた。矢印の伸びた方角に視線を投じる。湿り気を帯びた風が、さぁっと音を立てて朱《あか》い鳥居の向こう側へと吸い込まれていった。

九天島神社の〝門〟を思い出す。

鳥居。それが特別なものだとするのならば、目の前の門もどこかへ繋がっているのだろうか？　或いはこの鳥居を通って、さっきの女は現れたのだろうか？　考えながら、先へ進む。

足元でかさかさと雑草が揺れて、虫が飛び出していく。小さな音。気配。鳥の声。風の音。それらすべてに足を止め、息をひそめ、警戒している自分に気付いて——京介は小さく苦笑した。

（まだ、ここにあの女の人がいるって決まったわけじゃない）

視線を上げる。鳥居は、くぐってしまえばただそれだけのものだった。神社の敷地内に足を踏み入れたところで、そこには鳥居の手前から続く〝うつしよ〟の風景が広がっているだけである。京介は鳥居に手をついて、首を廻らせた。入り口には小さな手水所《ちょうずどころ》が設《しつら》えられてはいるが、使う人もいないのだろう。びっしりと生えた苔が石桶《いしおけ》を青く染めている。湿った土に敷かれた飛び石を視線で追っていけば、それほど古くはない二頭の狛犬《こまいぬ》が歴史ある社を守っていた。

「狐の尻尾を祀る神社に狛犬って、どうなのかなって思うけど」

誰に言うでもなく、呟いて、一歩——踏み出したとき。

（…………？）

背筋を這い上る悪寒に、京介は振り返った。視界に飛び込んできたのは、目が痛くなるほどの白と、月明かりを灯したような明るい色の瞳だった。彼女がなにをしようとしているのか。

自分がなにをされようとしているのか。気付くのが、遅すぎた。避ける間もなく、鈍い音が鼓膜を震わす。脳に伝わる衝撃——頭を殴られたのだと気付くより先に、京介は意識を手放していた。

晴れていた空にはいつの間にか分厚い雲がかかって、あたりを暗く見せていた。雨が降るのだろうか。湿った空気に、一二三は重たい溜息を吐き出した。首筋に纏わり付く髪を手の甲で払いながら、交番への道を進む。

「付いて来なかった方がよかったのかな、わたし」

ぴったりと寄り添うようにして隣を歩く三毛猫に問いかけて、一二三はまた息を吐いた。

「茶々だけだったら、京介くんと一緒に行けたよね」

〝うつしよ〟の三毛猫は答えない。

「京介くん、確かめるだけだって言ってたけど。大丈夫かな。無茶してないかな」

どれだけ心配してみたところで、自分になにもできないことは分かっていたが。それでも言葉に出さずにはいられずに、話し続ける。

「どうして、わたしにはなにもできないんだろう」

どうして、いなくなったのが舞子だったのだろう。鏡守が、京介だったのだろう。

「関係なかったらいいってわけでもないけど。でも、誰か別の……知らない人の身に起きたことだったら——って、思っちゃうよ。そうしたら、舞子も京介くんも、わたしの隣にいたのかなって」

言いながら、視線を左右に彷徨わせる。右側の低い位置に茶々の姿があるだけで、友人たちはどこにもいない。舞子も、京介も。このまま帰ってこないのではないかという不安に駆られて、一二三は思わず足を止めた。それに気付いた茶々が立ち止まり、見上げてくる。

「茶々。わたし、どうしたら力になれるのかな。なにもしないことしか、できないの？」

不安とともに言葉を吐き出す。三毛猫は少し考えて小さく首を振ると、交番とは逆へ向かって歩き出した。どこへ行くのか——きょとんと見つめる一二三を少しだけ振り返って、早く来いとでも言うふうに短く鳴く。

「もしかして、京介くんのとこ？」

恐る恐る訊けば、また茶々が鳴いた。それは肯定を示しているのだろう。

「いいの？　行っても、迷惑になるんじゃ……」

おずおずと言いかけて口を噤んだのは、問いかけに意味がないことを知っていたからだった。駄目だと言われて諦めがつく、その程度のことならば最初から口にしない方がいい。

案の定。今度は、肯定も否定もなかった。茶々は黙ったまま、振り返ることもせずに、黙々と歩き続けている。どうにもならないことをぐだぐだと悩む——そんな自分を責められた心地で、一二三は唇を引き結んだ。軽く拳を握って、茶々の後に続く。どこへ向かっているのかは分からないが、行くべき場所は目の前の三毛猫が知っている、はずだ。恐らく。匂いを辿っているのか、なにか別のものから判断しているのか、茶々は時折立ち止まっては鼻とヒゲとを動かして、更に進んで行った。

雑然と店の並ぶ商店街を引き返して、その先の住宅街を歩く。前から、自転車を押した小学生たちが、なにやら騒ぎ立てながら歩いてくるのが見えた。近付くにつれ、会話の内容が聞こえる。

「子育て幽霊の話、知ってるか？」

一人の少年が口にした言葉に――なんとなく、さっきの女のことを思い出して、一二三は耳をそばだてた。前を歩いていた茶々も、いつの間にか足を止めている。少年たちは、まだこちらの様子には気付いていないのだろう。怪談話で盛り上がっている。

「知ってる。隣のクラスのやつが騒いでた。兄ちゃんが襲われたんだってさ」

「まじか！」

「うん。塾の帰りに一人で歩いてたら、後ろから声をかけられたらしいぜ。〝なにか食べるものはありませんか？　この子にあげてくれませんか？〟って」

「それで？」

興味深げに、また一人が問う。話の中心になっていた少年は、ひょいと肩を竦めてみせた。

「ないって答えたら、そのままどっか行ったって聞いた」

「なにも持ってなくてよかったなー。あるって答えたら、魂《たましい》まで食われるんだろ？」

「そうなんだ？」

そこまで聞くと、

「ちょっと、その話……」

たまらなくなって、一二三は少年たちに声をかけた。

「その話、聞かせて。襲われた人って――」

話を聞いている人間が他にいるとは思わなかった、らしい。彼らは大仰に驚いて、一斉に注目してきた。心なしか表情が怯えているのは、気のせいではないのだろう。

「うわっ、なんだこの女！」

「子育て幽霊か？」

「馬鹿。どう見ても高校生じゃん、犬飼高の制服着てるし」

じりじりと後退りながら逃げようとする彼らの腕を摑んで、阻止する。

「その話、もっと詳しく教えて！」

叫べば、少年たちは何故か半泣きで、こくこくと頭を振ったのだった。


暗い眠りの淵から意識を呼び戻したのは、顔をしかめたくなるような鈍痛だった。

覚醒しかけた頭で、ぼんやりと痛みの原因を思い出そうとする。打ち所がよくなかったのかもしれない。目を瞑っていても頭の中がぐるぐると回っているような、そんな不快感と吐き気があった。寒い。冷たい木の感触。黴《か》びた臭いが鼻腔をついた。少し、体を動かしてみる。指先に力を込めることはできたが、ただそれだけだった。腕も足も動かない――けれど、怪我をしているというわけではないのだろう。頭に比べれば、四肢の痛みはそれほどでもない。と、そこまで考えて、京介は気付いた。目を開けて直接確認した方が、早い。

自分の状況が悲惨ではないことを祈りながら、ゆっくりと目蓋を持ち上げる。霞《かすみ》がかった視界に、二、三度瞬きを繰り返して。最初に目に入ったのは、くすんだ赤色だった。

(祭壇、か……？)

そう、見える。

布の掛けられた台座の脇に、榊《さかき》を生けた花瓶と蠟燭《ろうそく》。瓶子《へいし》と供物《くもつ》が捧げられ、奥には——

(石？)

尖った石が一つ。

(九尾の尾か……)

四ノ尾町の無格社に祀られているという、殺生石《せっしょうせき》。目の前の石がそうなのだろうと予感しながら、京介は体を捩った。両手足を結わえられて、イモムシのような恰好で床に転がされているのだから、動けないのも無理からぬことではあった。少し手足を揺すっただけでは、縄は解けそうにない。

溜息を吐きながらスクールバッグを探す、と。

「探し物は、これか？」

聞き覚えのない女の声に、反応が遅れた。が、ややあって自分以外の誰かがいることに気付く。視線だけで姿を探せば、蠟燭の明かりが届かない暗がりにほっそりとした人影を見つけた。

あの女だ。彼女は足元に転がったバッグを蹴って、続けてくる。

「おぞましいやつ」

腕には、やはり動かない赤ん坊。本物でないとすれば、精巧に作られた人形なのだろう。女は、泣きもしないそれをいかにもあやすように、揺りかごの形にした腕を揺すった。

「なあ、坊。おぞましいやつよな。三つ脚の兎。あのように醜い玉兎など、見たこともない」

それはやけに気に障る言葉だったが、京介は怒りを堪えて押し殺した息を吐き出した。

「目的は——なんなんだ」

暗がりに浮かぶ女の顔へ、問う。彼女は器用に眉を歪めて、不思議そうな顔を作った。

「はて。目的とは」

「なんのために、人に声をかけていた？　お前に声をかけられた人がおかしくなったのは、何故だ？」

思えば、そうして〝さかしま〟の者に動機を聞いたのは初めてではあった。頭のどこかで、彼らとは話をするだけ無駄だと思っていた。女の赤い口が開く。

「答えてやる道理もないが。そうさな、言うなれば世のため。延《ひ》いては人のため」

「人のため？」

「御前に尾をお返しする」

問いには答えずに、彼女は祭壇を見つめて、言った。京介も視線を追う。

「殺生石か」

四ノ尾町に残る伝承。九尾の狐。尾を返す——その言葉から、御前が件の九尾であるということが知れた。それを知ったところで、京介は別段驚きはしなかった。あの鳴き龍でさえ慎重になるような相手、というからにはそれなりの覚悟はしていた。女がゆっくりと、首を縦に振る。

「毒石《どくいし》のまま届けるわけにもいかぬゆえ。僅かばかり、人から精気を譲り受けた」

そうして、まったく悪びれもせずにそう言った。

実際、彼女たちは人を襲うことになんら罪悪感を抱きはしないのだろう。人形よりも表情のない顔を見つめながら、京介は問いを探した。今はそうして時間を稼ぐしかできない。

「人から精気を奪って、それをどうする気だ？」

また問いかけながら、密かに縄を解こうと慎重に後ろ手を揺する。手だけでいい。手さえ使うことができれば。そうして相手の不意を突いて、スクールバッグを——鏡を奪い返しさえすれば。

そのどちらかでさえ成功する可能性は高くないように思えたが、それでもどうにかなることを信じて足掻くしかない。女が鼻を鳴らす。どうやら、笑っているようだった。唇がにぃっと真横に裂ける。目には哀れみ。こちらの魂胆など、見透かしているふうだった。

「石に吸わせる。さすれば、干《ひ》からびた尾も元に戻ろう」

「戻して、そして九尾に返すと——どうなるんだ？」

「それも時間稼ぎか？　妙泉の指図《さしず》でここへ来た貴様が、それを知らぬわけではあるまい」

鳴き龍の名前を出した女は、ほんの少しだけ眉間に力を込めた。

「あやつにも困ったものよ。人や独往派の者どもに持ち上げられて、㚖をも凌《しの》いだ気になっておる。井の中の蛙大海《かわずたいかい》を知らず――。とはいえ井の中で肥え太り望外《ぼうがい》の力を得たあやつは、捨て置くことのできぬ存在ではある。まして、この世の敵と手を組むなど」

続いた言葉は、こちらに聞かせるというより独り言のようではあった。彼女はぼそぼそと呟いて、また鋭い視線を向けてくる。

「だが、おぞましき者にも使い道はある。鏡守ともなれば、精気も人とは異なろう」

また、鋭い視線を向けてくる。

一歩。こちらへ踏み出した女の顔を、京介は睨み付けた。視線だけで相手をどうこうできると思っていたわけではないが――そうする以外にできることもない。手足を縛《いまし》める縄は一向に緩くなりそうになかったし、鏡の入ったスクールバッグは相変わらず部屋の隅に転がされたままだった。こちらが完全に手詰まりであることを楽しんでいるのだろう、彼女は初めて顔を微笑ませた。

今にも鼻歌の聞こえてきそうな顔で、物言わぬ赤子に語りかける。

「ほうれ、坊。生餌《いきえ》よ。鏡守よ。遠慮はいらぬ。たんと食え」

女の言葉に、赤子がぴくりと目蓋を震わせた――ように見えた。女の腕に抱かれた赤子の顔が、ゆっくりと近付いてくる。なだらかで広い額には、青くほっそりとした血管が幾筋も走っているのが見えた。透けそうなほどに薄い目蓋がひくひくと痙攣《けいれん》を繰り返して、徐々に開く。白い部分のない黒の瞳が、物欲しそうに京介を見つめた。蕾《つぼみ》にも似た唇は、どうやら飾りではなかったらしい。糧《かて》を求めてぱっくりと開く。その口腔には、尖った歯がびっしりと並んでいる。

「おお。坊にもようやっと歯が生えたわ」

喜ぶ女には見向きもせずに、それは京介の肩口へと食いついてきた。無数の針を刺し込まれたような激痛に、全身が戦慄く。とはいえ、肉を食い千切られたわけではないらしいことは、食いついたままの恰好で固まる赤子の姿から知れた。

なにかが体の内側から流れ出ていく、感覚。血ではない。あたたかくて目に見えない、人が生きるために必要ななにか。手足から力が抜けて、冷たくなっていくのが分かる。

（このままだと……）

死ぬ。

死、という言葉を自然に思い浮かべてしまって、京介はぞっとした。赤子を振り払おうと、体を左右に捩る。が――その小さな体のどこにそんな力があるというのか。口だけでがっちりと食いついてきているそれは、まったく動じる気配がなかった。応声虫のときに感じたより、いっそう濃い死の影に、頭の中が白く染まる。恐怖がぞくぞくと背筋を這い上って、寒気を増幅させていた。

女は無感動にこちらを見下ろしている。目が合うと、彼女は弧を描くように唇を歪ませた。

「こら、こら。坊よ。急くでない。鏡守が死んでしまうぞ。ほれ、苦しんでおろう。加減をしてやらねば、御前の尾のように干からびてしまう。指の先から、な」

そうして赤子を窘める――一方で、言葉は京介に向けられていた。鼓膜を通じてねっとりと絡みついてくる死に焦燥感が募る、が、どうにもならない。どうにかしなければ、と考える合間にも精気は外へ流れて出て行く。じわり、じわりと。だが確実に。体は、生きることをやめようとしている。思考の方もそれに倣って、少しずつ鈍っているようだった。

諦めればいい。諦めてしまえばいい。

女の暗い目が、そう誘惑している。考えることを放棄して、楽になってしまえと言っている。

――そうしてしまおうか。

そんな考えがふっと脳裏を過ぎった。

〝さかしま〟のことも、〝うつしよ〟のことも、すべて手放してしまえば、もうなにに頭を悩ませることもなくなる。誰かを傷付けることも、なくなるのだろう。

（でも五十嵐は……どっちにしても傷付くのかもしれない。なにもできなかったって、自分を責めるのかもしれない。それに、舞子のことだって。このまま無責任に、俺だけが楽になるなんて）

許されるはずがない。

しかし許されるはずがなかったとして、この状況からどうすればいいのか？

思考が揺れる。まるで薄氷《はくひょう》の上で佇んでいる気分だった。いつ割れるとも分からない頼りない足場の上で希望を探しながらも、心はどうにもならないと絶望している。

考えることも、視線を上げることも、呼吸をすることさえ煩《わずら》わしくなって、そうして、なにもできなくなるのだろう。と、京介が他人事のように考え始めていた――そのとき。

「京介くん！」

聞き慣れた声が、何故か鼓膜に響いてきた。

幻聴だろうか。

(あー……。なにやってんだろうな。俺)

今際《いまわ》の際《きわ》で一二三の声が聞こえるというのは、もう笑ってしまうしかない。

「京介くんから、離れて!」

いつもよりはほんの少しの力強さを含んだ声が、落ちかけた意識を引きずり上げる。怒りと少しの怯えを含んだ声に、京介は今度こそ驚いて視線を上げた。

五十嵐。

と、応えた声が音になったのか——自分では分からなかった。

社の扉が開け放たれて、光が射し込んでいる。入り口には、華奢な人影が佇んでいた。目を細めて、じっと見つめる。もっとも、そうしなければ本気でその正体が分からなかったというわけでもないが。

(どうして……)

彼女がここにいるのだろう。どうして、この場所が分かったのだろう。

京介が問いかけを口にするよりも、早く。一二三の足元から跳び上がったなにかが視界を横切った。その素早さに、女の反応も遅れたようだった。すぐ目の前に姿を現したそれが、しゃっと牙を剝出しにする。次の瞬間——悲鳴を上げたのは、肩口へと食らいついていた赤子だった。

甲高い悲鳴に、鼓膜が痺れる。意識がはっきりと覚醒する。

茶々だ。三毛猫は相手を威嚇する顔で、赤子の首へと嚙み付いている。〝さかしま〟の赤子は尖った歯の並んだ口をぱくぱくとさせながら、目蓋を痙攣させた。見開いた目から涙が滂沱《ぼうだ》として流れる。ぎりぎりぎり——と。喉の奥から零れた不快な金属音のようなものは、断末魔の叫びだったのだろう。三毛猫がその喉にいっそう深く牙を食い込ませると、それは呆気なく絶命した。だらりと頭が垂れ、みるみるうちに体が縮んでいく。

それを見た女の顔色が、さっと変わった。

「坊！」

金切り声で叫んで、きっと眦をつり上げる。

「おのれ、おのれ！　猫又が。〝うつしよ〟での生活が長すぎて、狂ったか！」

忌々しげに悪態を吐く彼女を翻弄《ほんろう》するように、茶々はだっと走っていく。埃っぽい床を蹴り、祭壇の上へと飛びのる——榊や神酒《みき》をぐちゃぐちゃに倒したその前足が、ついに殺生石にかかったとき。女は奇声を上げて、茶々に飛びかかった。

その隙に、一二三が——足元に転がっていたスクールバッグを拾い上げて、駆け寄ってくる。

「いが、らし……」

息を吐く。声は自分のものとは思えないほど、掠れていた。

「大丈夫？」

彼女が屈み込んで、手に触れてくる。縛められた手首は、もしかしたら擦り切れてしまっていたのかもしれない。下がりがちの眉がいっそう悲しげになるのを見て、京介は今更のように痛みを思い出した。

「大丈夫……には見えないよな。結構、痛いし」

「痛いに決まってるよ。だって、こんな。確かめるだけって言ったのに……」

「そのつもりだったんだけど——」

「けど、じゃないよ！」

縄を解きながら、珍しく声を荒らげてくる。

「人には散々、危ないことするなって言うくせに。どうして、京介くんは……」

責める言葉は、しかし最後まで続かなかった。陶器の割れる音。続いて、猫の鋭い鳴き声が二人の間へと割って入る。思わず顔を見合わせてから——祭壇へ視線を投じれば、床にたたきつけられて粉々に割れた瓶子の上で、茶々がぐったりと横になっていた。「茶々——」一二三が息を呑む。と、肩で息をする女が、おもむろに顔をこちらへ向けてきた。

（まずい……）

腕の縄は相当に固く結ばれているのか、緩んではいるもののいまだに解けてはいない。鋏かカッターでもあれば、と望んだところで都合よく出てくるはずもない。

「五十嵐、逃げろ」

女に気付いて——また縄と悪戦苦闘し始めた一二三に、京介は低く呻いた。焦れば焦るほど、思うようにいかないのだろう。指先に力を込める一二三の顔に、苦悶と焦燥が浮かぶ。

「五十嵐っ」

もう一度。呼べば彼女は弾かれたように顔を上げた。交錯する瞳の中には、覚悟がある。

逃げる覚悟か？　それとも……。

不吉な予感に、京介は一二三の顔を凝視した。周囲の音が聞こえなくなって、代わりにばくばくと高なる心臓の音だけが、頭の中に響いている。やめろという言葉は、やはり声にならなかったのかもしれない。彼女はなにも聞こえなかったふうに顔を背けて、立ち上がった。

「守るから」

はっきりと、声が告げてくる。

「今度はわたしが守るから」

そんな言葉は聞きたくなかった。言わせたくもなかった。京介は一二三の背中を見つめたまま、石のように固まっていた。目の前の光景を、声を、体は拒絶している。胃からせり上がってくる吐き気と悪寒に震えながら――気付いたように、かぶりを振る。何度も、何度も。

「駄目だ。嫌だ。そんなのは……」

思うように動かない体の代わりに、声を張り上げる。

「どいてくれ、頼むから。俺なら大丈夫だから――」

「絶対に、嫌」

振り返りもせずに、一二三が言った。

「京介くん、嘘ばっかりじゃない。いつも大丈夫だって言うけど、大丈夫じゃないじゃない」

声は、悲鳴にも似ていた。返す言葉を見つけられずに、京介は押し黙った。一二三は責めるように、続けてくる。それは、ずっと胸の内に溜めていた言葉なのだろう。

「京介くんの大丈夫って、自分はどうなってもいいって意味でしょ？」

「…………」

「そんな言葉、信じられるわけがないよ。納得できるわけ、ない」

語尾が弱く震える。その瞬間、もしかしたら彼女は泣いていたのかもしれない。

（どうして、こうなるんだ）

混乱と恐れに浅い呼吸を繰り返しながら、京介は独りごちた。

（どうして。俺はただ……）

守りたかっただけだ。もう、後悔はしたくなかっただけだ。

「五十嵐のこと、傷付けたくないんだ。舞子の二の舞は嫌だって、前にも言ったじゃないか」

――いや。泣きそうになっているのは、自分も同じなのか。

懇願しながら、京介は自覚した。まるで子供のようだと他人事に思いながら、滲む視界に目を細める。返ってきた一二三の言葉には、微苦笑が滲んでいた。

「傷付けたくないんじゃなくて、自分が傷付きたくないんだよ。京介くんは」

「…………」

「誰だってそうだよ。わたしだって、嫌だよ。舞子みたいに、京介くんがいなくなるのは」

そっと言って、彼女は両腕を広げる。女の前へと立ちはだかるように踏ん張る――その足は、微かに戦慄いていた。一二三の向こう側から興味深げな視線を寄越してきていた女は、会話が途切れたことに気付くと、その口元へ薄ら笑いを浮かべた。

「いがみ合っているわけでもないのに、譲り合えぬか。哀れよな。愚かよな」

ぽつり、と呟いて。

「だが報われる方法がまったくないわけでもない」

女の白い手が、一二三に伸びる。手招きをするように、優しく。

「血引きの道で、二人仲よく手を取り合うがいい」

スローモーションのように緩慢《かんまん》な動きで、女の両腕が一二三の体を搦捕る。その光景に、京介は唇を嚙みしめた。破れた皮膚から血が滲んで、口腔に鉄錆《てつさび》の味が広がる。甘いような、苦いような。唾液を呑み込んで、腕を、体を、激しく揺する。ぎしぎしと関節の軋む音は、一二三から聞こえてきているのだろうか？　それとも、自分の体から——心臓に刃物を押し当てられたような恐怖が、今は怒りに変わっていた。擦り切れた傷口に縄が食い込むのも気にせずに、腕を動かす。

「つうう……」

緩んだ縄の隙間から片腕だけでも引き抜こうと、肩にいっそうの力を込めながら——

「茶々……！」

祈るような心地で、京介は三毛猫の名を呼んだ。

「茶々、頼む！」

三毛猫は答えない。今も変わらず破片の上へ体を横たえたまま、耳だけをぴくりと動かした。

一二三も、〝さかしま〟に憑かれた女も、誰も答えてはくれない。それでも、続けるしかない。

女の荒い息遣いを聞きながら、京介は呻いた。

「頼む。五十嵐を……」

助けてくれ。

と、口に出してそう頼んだのは、初めてだったかもしれない。女の手が一二三の細い首に巻き付く。獣じみた唸り声と一二三の悲鳴が混ざり合って、悪夢のように響いていた。

「五十嵐、五十嵐っ」

譫言のように彼女の名前を呼び続けながら、両手をめちゃくちゃに動かす――と。不意にぼきっと鈍い音が聞こえた、気がした。ふっと右腕が抜ける。どうしてか、左手に力が入らない。が、今はその理由を考えないようにして、自由になった片腕でスクールバッグをこじ開ける。

「茶々――」

鏡を拾い上げながら、京介はまた三毛猫の名前を呼んだ。声に、三毛猫の体が今度こそ大きく跳ねる。四肢で床を踏みしめた茶々は、軽く頭を振るとすぐに二人の間へと飛び込んでいった。そうして、引っ掻いたのか。或いは噛み付いたのか。女がぎゃっと苦鳴を上げて、一二三から離れる。その隙に、京介は鏡の縁をなぞった。体の内側から溢れてくる力の奔流《ほんりゅう》を、そのまま言葉に乗せて、解き放つ。淡く輝く鏡面に映った〝うつしよ〟は、すぐに反転する力に捉えられて、目の前から消失した。代わりに、どこまでも美しく静かな世界が現れる。寂れた社は、石造りの古い宮殿へと形を変えた。厳《おごそ》かで、緊張感に満ちた空気が広がっていく。

その場が完全に〝さかしま〟と化してしまうと、後退ったままの姿勢で固まっていた女は大きく体を仰け反らせた。その細い体から白いなにかが分離する。

「……狐？」

喉を押さえながら――喘ぐように呟いたのは、一二三だった。

視線の先では真っ白な狐が、ぐるぐると喉を唸らせている。その目は真っ直ぐに鏡を――いや。京介の目を捉えていた。

「おぞましき者め……」

口吻の隙間から吐き出された呪詛《じゅそ》は〝さかしま〟の者の口から、これまで何度となく聞いた言葉ではあった。狐自身も、その単語をしつこいくらいに繰り返している。玉兎への、途方もない嫌忌と恐怖。

それは本当に〝さかしま〟の敵、三つ脚玉兎に向けられた感情なのだろうか？

白狐と睨み合ったとき、京介はふっとそんな疑問を覚えて――次の瞬間。

「五十嵐！」

反射的に鏡を離して、思いきり一二三に飛びついた。二人でもつれ合うようにして、床に転がる。刹那。音もなく跳躍した狐の顎が、それまで一二三の頭があった空間を過ぎていった。

空を噛んだ狐は、そのまま一回転して軽やかに地面へと着地した。

「玉兎――」

（駄目だ。遠い！）

手放した鏡を摑むには、拳一つ分届かない。

狐の四肢が、また地を蹴る。その動作を確認するより早く、京介は右腕で一二三を抱き締めた。自由を取り戻していない足では、どうしたって逃げることなどできない。いくら言ったところで、一二三も逃げてはくれない。それでも、守らなければならない。一二三がそうしたように、じっと動かず。耐えるだけでいい。左手が、今になって鋭く疼き出している。その痛みを堪えるように、一二三の頭を胸に押し付ける。彼女はなにかを叫んでいる。くぐもった声の振動を感じながら、京介はただその瞬間が過ぎ去るのを待った。一秒、二秒、三秒。

（………？）

なにも起こらない。一瞬を永遠のように錯覚することは稀にあるが、そういうわけではないようだった。腕の中で身動ぎをした一二三が、どうにか視線を上げてくる——その目の中にも、怪訝な色がある。彼女の視線で我に返って、京介は首だけで背後を振り返った。

と、

「犬……？」

いや。柴犬ほどの大きさではあるが、それはまた違う生きもののように見えた。ずんぐりとして、四肢が太い。緩やかに巻かれた鬣の中からは三角形の短い耳がぴんと飛び出て、ぴくぴくと動いている。獅子にも似ているが更に険しい顔つきで、彼らは化け狐を睥睨《へいげい》していた。

彼ら——そう、一頭ではない。もう一頭。それらは見分けがつかないほどに似ているが、まったく同じというわけではなく、よく見ればそれぞれに特徴のあることが知れた。額から小さな角を生やした一方は、口を開けてはっはっと忙しない呼吸を繰り返している。片や角を持たない一方は、代わりに首から宝珠《ほうしゅ》を下げて、口を固く引き結んでいた。

「もしかして、狛犬？」

体の下で、一二三が呟く。その声に反応した、というわけではないのだろうが、角を持つ一頭が高らかに吠えた。

「やいやい、うちの姉《あね》さまに手を出す悪者めっ」

やけに舌っ足らずな幼い声で。口を噤んでいたもう一頭も、それに続く。

「悪者め！」

「おいらたちが成敗《せいばい》してやる！」

「成敗っ、成敗ぃ！」

威嚇しているつもりなのだろう。狐の周りを交互に飛び跳ねる、彼らは言われてみれば確かに狛犬のように見えなくもない。神聖さがまったく感じられないことを、除けば。

「ていうか、姉さま？　って――茶々？」

わけの分からない気分で、京介は茶々の姿を探した。〝さかしま〟の姿を取り戻した猫又は、しかしこれまでの攻防で体力を消耗しているのだろう。狐から少し離れた場所で、息を整えている。ところが、狛犬たちは茶々の方など見向きもせずに、

「そこの兄ちゃんも！　いつまで姉さまを押し倒してんだっ！　早くどけいっ」

「どけいっ、どけいっ！」

騒ぎ立てて、何故か矛先《ほこさき》をこちらに向けてきた。

「え？」

姉さまを押し倒して――その言葉に、京介は思わず腕の中を確認する。確かめたところで、そこに一二三以外に誰もいないことは分かりきっていたが。

「……姉さま？」

我ながら間抜けな問いかけだった。

（狛犬って、石だよな？）

いや。仮に生きものであったとしても、やはり人間との間に血縁関係を求めようというのは無茶な話である。それでも、一二三はそれらとの繋がりを生真面目に考えているようである。

眉間に浅い皺を寄せ「狛犬……狛犬……」と繰り返している。

「あっ」

やがてなにを閃いたのか、ぱっと顔を上げて――思いの外、顔の位置が近かったことに驚いたのだろう。少しだけ頭を仰け反らせながら、告げてきた。

「うちのお父さんが奉納した狛犬、だと思う。わたしが小さい頃に、狛犬を作って四ノ尾の神社に奉納したとか、聞いたことがあるような……？」

その呟きを肯定するように、落ち着きのない一方が大きく頷いた。

「五十嵐兄妹とはおいらたちのことっ！」

「姉さま守るって、あたいら父さまと約束したんだいっ」

と、これは口を引き結んだ一方。兄妹ということは、こちらが雌なのだろう。微かな口調と声の高さの違いから、京介はそう見当をつけた。睨む二頭の視線に不安を覚えつつも一二三の上から退《の》けば、彼らはそれで安心したらしい。今度こそ、毛を逆立てている狐に向かって飛びかかっていく。

　小さくても獰猛な唐獅子二頭に、狐はたじろいだようだった。もしかしたら、犬を思わせるその姿に気後れしたのかもしれない。狛犬たちは、逃げようとした狐に左右から食いついた。本能を刺激されたのか、無邪気な声が次第に凶暴な唸り声へと変わっていく。

　その光景を呆然と眺めて——ふと我に返った京介は、床を這いずってようやく鏡を拾い上げた。目の前の騒動を横目に戻ってきた茶々が、足首の縄を噛み切る。

「無茶するわねぇ。あんたも」

　猫又の呆れた声。金色の視線を追えば、力無く垂れ下がったままの左手へと行き着く。折れているのか、それとも単に脱臼しているのか。どちらにせよ、猫又の言う通り、無茶だった。

　遅れて動きを取り戻した一二三は、床に散乱した榊の枝を拾い上げている。そうして彼女は鞄の中からハンカチを取り出すと、いくつかの榊を副木代わりに手首を固定した。

「固定、しておいた方がいいと思うの」

　思いの外しっかりとした手付きではあるが、ショックを受けてはいるのだろう。顔は微かに青ざめているようにも見えた。手当てを任せながら、また唐獅子たちに視線を戻す。と、そちらも早々に片が付いたらしい。

「ああ、どうしてこんな——同胞よ。どうしてこんな馬鹿な真似を」

二頭の狛犬に組み伏せられた狐が、嘆いている。

「この世の敵はわたしではなく、鏡守の子供だというのに」

狛犬に向けられていた恨めしげな視線が宙を彷徨い、そして京介の上で留まった。

「おぞましい。なにより、貴様の心根がおぞましい」

声に含まれていたのは憎悪と、少しの恐れか？

「俺……？」

――鏡守の子供。貴様。

狐ははっきりと、そう言った。玉兎ではなく。

わけが分からずに、京介は眉をひそめて狐を見つめた。狛犬が二匹。茶々も体勢を立て直して、さらにこちらの手には反転鏡がある。勝ち目のないことを理解して、諦めたらしい。狐は抵抗もせずに、その背を狛犬たちに踏ませたまま、続けてきた。

「いにしえの時代より人は我々を必要としてきた。人の闇が我々を生み出した。人は弱い。どうしようもなくなったときでさえ、なにかに後押しされなければ行動に踏み切ることができない。例えば、そこの女――腹の子を亡くし、夫と姑《しゅうとめ》を恨みながら生きていた。絶望の淵にありながら、日常を死んだように生きていた。恐るべき惰性《だせい》だ。それでいて、心の片隅では誰かに助けられることを望んでいた。誰か。それは誰か？　答えは一つ――我々に外ならない。望むだけで助けてくれる。感情と衝動の赴《おもむ》くままに行動することを、許してくれる。〝うつしよ〟にはそんな都合のよい存在などおるまい」

我々の仲は良好であった、と狐が呟く。

「恐れる一方で、人は我々を必要としている。常に、必要としてきた」

懐かしそうに目を細めて、

「こんな話がある。ある夜、三人の女が内裏を歩いておった。三人が松林に差し掛かったとき、松の木の後ろから男が女の一人を呼んだのだ。美しい男の誘いに、女は浮かれて飛びついた。それからしばらく——残された二人は、女がなかなか戻ってこないことを訝って様子を窺った」

一度言葉を切り、くくと喉を鳴らす。

「松の木の後ろに残されていたのは、女の手首だけであった。人々はこの一件を鬼の仕業だと囁きあった。そうであろう。鬼の仕業であろう。それより少し前に〝さかしま〟では確かに鬼が生まれておったわ。人を食らう鬼。権力を欲する鬼。当時は政争を制するために鬼を降ろす者が少なくはなかった。憑かれたいと願ったのは外でもない人そのもの。人の情《なさけ》、そして業《ごう》は我らそのもの」

それが真理であると言わんばかりに、語り続ける。狐の言葉は止まらない。

「若い独往派は勝手にさせておけとほざいておるが、それこそ無知蒙昧《むちもうまい》が過ぎよう。一つのものを分けるという行為は、常に喪失を伴う。情を、業を失った人は、いったいなにになろうというのか。業でなくなった我らは、どうなるというのか。考えるだに、恐ろしい。事実我らを忘れた人は、まるで人形のごとくになりつつあるではないか」

言って、真っ直ぐに見つめてくる。硝子玉のような瞳は、京介の胸の内を見透かしているようにも見えた。

「極めつけが、貴様だ。鏡守」

「なにが……」

乾いた舌で問い返す。狐は目にいっそうの危機感を滲ませて、告げた。

「貴様は、普通ではない。我らのことを、まったく必要としていない。貴様が抱く憎しみや恐れは、我らを……そして我らを失おうとしている〝うつしよ〟の者を、滅ぼしかねぬ」

その言葉に、狐を足蹴《あしげ》にしていた狛犬たちが視線を向けてくる。落ち着きのない仔犬《こいぬ》のように思えた二頭の唐獅子が、なにを言うこともなく。無言で見つめてくる――六つの瞳に貫かれて、京介は声もなくただ硬直していた。

(普通じゃない？　俺が？)

小さくかぶりを振る。いいや。普通だ。普通でないはずがない。

「そんなのは……でたらめだ。玉兎を恐れるお前たちの勝手な妄想だ。お前たちを必要としない人だって、たくさんいるはずだ。だからこそ〝うつしよ〟と〝さかしま〟は分かれた」

やっとのことでそう言い返して。そうだろ、茶々――と、猫又を振り返る。茶々は少しだけ躊躇った顔で、小さく頷いた。それを見た狐が、鼻で笑う。

「〝さかしま〟のことをなにも知らぬ〝うつしよ〟の猫が」

「…………」

茶々は応えない。応えられないのかもしれない。

「貴様らが思うよりずっと、〝さかしま〟と〝うつしよ〟は繋がっている。今も、尚。それが我ら懐古派の考えである。ゆえに、我らは御前をお慕いするのだ。日和見《ひよりみ》の大蛇など当てにはならぬ。だが御前であれば、かつての世界を取り戻してくださる。三つの尾は遠く那須野の地にあるが、こちら側へ出るだけならば、その一本で事足りる」

とは、祭壇の上にある殺生石のことなのだろう。軽く動揺しつつも、京介は首を振った。

「悪いが、そうはさせない。妙泉との約束なんだ。俺は、どうであれお前を倒さないといけない。御前を〝さかしま〟から出すわけにもいかない」

「水神気取りの若造と、おぞましい鏡守か。〝うつしよ〟と〝さかしま〟の敵よな」

「なんとでも言えよ。お前が嘘を吐いていない可能性だって、ないわけじゃない。妙泉は嫌なやつだけど、五十嵐を助けてくれた。人を襲って精気を搾《しぼ》り取っていたお前よりは信頼できる」

言い返す。きっぱりと断言したことのなにが意外だったのだろうか。一二三が少しだけ驚いたように視線を向けてきた――いや。彼女だけではない。

「嘘を吐け」

視線だけではなく、たった一言でばっさりと否定したのは狐だった。

「信頼とは笑わせる。貴様はなにも信じておるまい。自分以外の何者をも、信じておるまい」

冷笑とともに吐き出された言葉は意識の隙間にすっと差し込まれて、しばし京介の呼吸を止めた。その隙に、狐が動く。大きく口腔を開いて、咆哮《ほうこう》する。

「いつまで足を載せておる、神使ども」

声はびりびりと大気を震わせた。大きく膨れあがった背から、二頭の唐獅子が転がり落ちる。自由を取り戻した狐が一際甲高い声で鳴いた。鼓膜を貫く咆哮。思わず体を竦めた――瞬間。狐は祭壇の上へ飛びのると、殺生石を咥えた。〝さかしま〟の空気に触れて、毒石は金色に輝いている。

「尾を戻せなんだことは無念だが、仕方あるまい。覚えておれよ、鏡守。貴様はこの世の敵だ」

そう言い捨てるが早いか、狐は一足飛びに宮殿を飛び出した。京介たちも慌てて、後を追う。が、

「くそっ……」

既に狐は消え去っている。後には狐がくぐったであろう、小さな門が。誘うようにぽっかりと口を開けていた。四ノ尾神社の鳥居。それは御苑の門ではないが〝さかしま〟のいずこかへは続いているのだろう。後を追おうか迷った末に一歩だけ足を踏み出す。と、

「駄目、京介くん」

後ろから、一二三が腕を引いてきた。弱い力ではあったが、言葉の中に切なげな響きを感じて、京介は思わず足を止めた。一足遅れて、狛犬たちも足元に纏わり付いてくる。

「行かせねーぞ、兄ちゃん。姉さまが嫌がってる」

「行かせねーぞ！　行かせねーぞ！」

二頭の目には、一二三の意思を守る固い決意があった。彼らは喉の奥から唸り声を上げて、どうあっても通してくれる気はないように見えた。そんな彼らに困惑しながら、なんとはなし

に玉兎を思い浮かべる。思えばあれもまた――恐らく彼らのように職人の手によって作られた〝さかしま〟の者なのだろうが。

(なんか、変な感じだ。〝さかしま〟の者が、こうして人を慕ってるっていうのは)

内心で独りごちる。

(玉兎とは違うんだな)

あれは鏡守に使役されるだけであって、決して忠実ではない。こちらの意思に逆らって〝さかしま〟の者を食い殺してしまったことは、もう何度もある。複雑な心地で彼らを見つめれば、口を噤んだ吽形《うんぎょう》の方――妹と目が合った。が、狛犬の妹はそれに気付くと怯えたように目を逸らした。

――貴様は、普通ではない。我らのことを、まったく必要としていない。貴様が抱く憎しみや恐れは、我らを……そして我らを失おうとしている〝うつしよ〟の者を、滅ぼしかねぬ。

あの、狐の言葉を思い出したのだろうか？

(それとも、こいつらも俺のことをそんなふうに思っているのかな)

考えながら……茶々を振り返る。猫又も、首を横に振った。

「やめておきなさいな。博打《ばくち》みたいな真似しなくったって、鳴き龍が鍵を貸してくれるわ」

「でも」

結局、狐は倒せなかった。殺生石を奪われ、逃げられてしまった。

妙泉はそんな自分に門の鍵を貸してくれるだろうか？　口ごもれば、一二三が後を続けた。

「四ノ尾に来たやつをどうにかしてきたら――妙泉さんは、そう言ったんじゃない。京介くんは、どうにかしたよ。あの狐を、四ノ尾から追い払った」

「…………」

「倒して来いなんて言われてない。きっと、大丈夫」

腕を握る手に、きゅっと力がこもる。そんな彼女の顔を見つめていれば、そうよ、と茶々も頷いた。

「それに、葛《くず》の葉《は》のことも相談した方がいいとは思うわね」

葛の葉――とは、あの狐の名前なのだろう。確かに、また彼女と……そして九尾の狐と対峙しなければならないというのなら、鳴き龍や他の独往派を仲間につけておくべきではある。

「ああ。舞子を助けることが先決だけど、もう他は関係ないなんて言っていられないんだろうな」

京介は、軽く顎を引く。それが答えだった。追跡を諦めて、妙泉の許へ帰る。目の前の門にまったく未練がないと言えば嘘になるが、今はそうするほかない。

（俺だけじゃ、どうにもならない。認めなくちゃいけない）

京介は猫又に視線を返した。

「あの、さ。茶々」

「うん？」

「さっきは、ありがと。助けてくれて。猫の姿で無理をさせて、ごめん」

ぎこちなく、感謝と謝罪を告げる。茶々はなにを言われたのか、すぐには分からなかったのだろう。

「あらやだ。京介ってば、どういう風の吹き回し？」

目を大きくして、戸惑っているようだった。

「迷惑かけたから。それに茶々と五十嵐が来てくれなかったら、俺は……」

死んでいたのかもしれない。危険が遠く過ぎ去った今、危機感はどこか漠然としたものになってはいたが。〝さかしま〟の赤子に食らいつかれた瞬間、はっきり死を意識したことは事実だった。思い出して軽く身震いすると、茶々は猫の顔で婀《たお》やかに笑った。

「だったら、一二三ちゃんにお礼を言いなさいな」

「五十嵐に？」

「あんたのこと、助けたいって言ったのは一二三ちゃんだもの」

まるで秘密を打ち明けるように、そっと囁く。猫又の言葉に促されて、京介は首を廻らせた。

まだ心配そうにこちらの腕を摑んでいる一二三と、目が合う。

「……五十嵐」

こういうとき、どう切り出せばいいのか。迷いながら、たっぷりの間を置いて名前だけを呼ぶ。すると、彼女はぱっと手を離した。

「あ、あの、わたし――その、ごめんなさい。なにもできないって分かってたけど、京介くんが一人で無茶しないか心配で……。結局、庇ってもらっちゃったし。怪我させちゃったし、それに、酷いこと言ったりして」

そこで謝ってしまうというのは、いかにも一二三らしい。しどろもどろな彼女に、京介は苦笑した。

「どうして、この流れで謝るんだよ」

「ご、ごめん」

困ったように呟いて、俯く。一二三の足元では二頭の唐獅子が飛び跳ねながら「姉さまに謝らせるなんて最低だぞ！」「そーだ！　そーだ！」と喚いていたが。それを無視して、彼女の首に触れる。右手で、撫でるように。

「謝るのは俺の方だ」

首を絞められた痕《あと》は痣《あざ》となって、うっすらとそこに残っていた。視線のやり場を失ったように目を伏せる一二三の睫毛《まつげ》が、微かに震える。女に襲われたときのことを、思い出させてしまったのかもしれない。気付いて、京介はさっと手を引っ込めた。

「五十嵐に庇われたとき、気付いたんだ。守るよりも、守られる方が怖い」

首筋に触れていた指先を眺めながら、続ける。

「お前の言った通りだよ。俺、自分が傷付きたくなかっただけだ。〝さかしま〟の事件に巻き込んで、五十嵐までいなくなったら……きっと立ち直れないって分かってた」

「……どうして、そんなに怖がるの？　一人で気負うの？」

その問いかけの答えも、告げるべきなのだろう。もう、隠し事はなしにしなければならない。少なくとも一二三には、正直に話さなければならない。指先を軽く握りながら、口を開く――

「舞子がいなくなったのは、俺のせいだから」

間を置かず、すぐに告げる。そうしなければ、また迷ってしまいそうだった。

――それで？　誰にも彼にも本音を隠して、嘘を吐いて。あんたってばどうするつもりなの？

――信頼とは笑わせる。貴様はなにも信じておるまい。自分以外の何者をも、信じておるまい。

それは、茶々の言葉だった。葛の葉狐の言葉だった。

――傷付けたくないんじゃなくて、自分が傷付きたくないんだよ。京介くんは。

一二三の言葉だった。

一つ一つ反芻《はんすう》しながら、息を吸う。夜の気配を含んだ冷たい空気が、肺を冷やした。

「俺のせいなんだ」

もう一度。今度ははっきりと呟く。

凪《な》いだ。木々のざわめきがぴたりと収まったその一瞬に、声は恐ろしく明朗に響いた。

「京介くん――」

「俺は、じいちゃんの話を信じなかった。舞子がいなくなるまで信じなかった。小さい頃から、何度も何度も聞かされていた話なのに。俺が信じていれば、止めようもあったんだ」

感情を抑えれば、声は驚くほど冷たくなった。かといって、冷静になれたわけでもなかった。

説明というより懺悔《ざんげ》でしかない、突拍子もない言葉。案の定――一二三は顔に戸惑いを浮かべて、続く言葉を待っている。京介は情けない心持ちで、口を噤んだ。唇を軽く噛んで、独りごちる。

——信じていれば。

その仮定に意味がないことは、分かっていた。たとえ、舞子と喧嘩別れをしたあのときに戻ることができたとしても、なにが変わるわけでもない。何度あの瞬間が訪れたとしても、自分はまた同じように祖父の昔話を否定して、同じように舞子を傷付けるのだろう。

そんなことを考えながら、京介はおもむろに足を踏み出した。

「茶々、戻してもいいかな。〝うつしよ〟で話がしたいんだ」

「そうやって、断ってくれたのも初めてね」

茶々が笑う。京介は苦く笑い返して、鏡面に掌をかざした。二頭の唐獅子は不満げではあったが、一二三の真剣な面持ちを見て、やはり彼女の意志を優先しようと思ったようだった。

「姉さま。おいらたちのこと、忘れちゃ嫌だよ。困ったときには、呼んでくれなきゃ嫌だよ」

「あたいら、いつでも姉さまの味方だよ。そういうふうに、できてるから」

意外にも落ち着いた様子でそう言って、吽形の狛犬が一二三の足元に宝珠を置く。

「じゃあね、姉さま」

「じゃあね！　じゃあね！」

飛び跳ねながら四ノ尾の宮へと戻っていく——狛犬たちの後ろ姿を見届けた後、茶々が頷いたのを確認して、京介はゆっくりと鏡面を撫でた。〝さかしま〟の風景が収縮して、鏡の中へ吸い込まれていく。代わりに溢れ出るのは、しっとりと濡れた〝うつしよ〟の夕闇。木々の間を駆け抜ける一陣の風に目を瞑り——また開けば、場はもう無人の無格社へと戻っていた。阿《あ》形《ぎょう》、吽形、それぞれの狛犬が社を守っている。彼らの姿はどこか誇らしげにも見えた。一二三がそっと屈んで、彼らの残した宝珠を拾い上げる。彼女の旋毛《つむじ》から視線を逸らして、京介は四ノ尾神社の鳥居を見つめた。そのまま、歩き出す。

〝うつしよ〟の鳥居をくぐるのは、虚しくなるほど容易だった。〝さかしま〟のように、なにに邪魔をされるわけでもない。更に一歩。二歩。歩いて、ゆっくりと振り返る。

「五十嵐だったら……じいちゃんの話も、舞子と同じように信じたんだと思う」

鳥居を隔てて一二三の瞳とかち合った。

「なんの話？」

こちらの言う意味が分からなかったのだろう。疑問を目に浮かべて、一二三が訊いてくる。以前だったら、その問いかけに答えようとも思わなかった――はずだ。しかし、今は彼女に聞いてもらいたくて堪らなかった。

「俺のじいちゃんは昔、九天島神社で女の子に会った。人じゃない。〝さかしま〟の者だ」

「京介くんの、おじいさんが？」

「ああ。その頃、ひいばあちゃんが九天島の病院に入院してたんだ。それでついに危ないって話になって、じいちゃんは見舞いに行く途中で九天島神社に寄った。そう、言ってた」

昔話を語る祖父の声は、驚くほどはっきり思い出すことができた。努めて記憶に残さないようにしていたはずが、むしろどんな思い出よりも鮮明だった。

「神社ってのは、神聖な場所なんだ。ケガレを持ち込んじゃいけない」

脳裏に響く祖父の声をなぞりながら、続ける。

「たとえば妊娠した女性の場合だとか、家から死者が出た場合だとか——そういうのを、ケガレって言うらしいんだけど。じいちゃんは知らないうちに、そのタブーを犯してしまった」

「知らないうちに……」

その意味を考えているのだろう。

言葉を繰り返している一二三に、京介は軽く顎を引いて答えた。

「ああ。じいちゃんが九天島神社を詣でようと思いついたのは、ひいばあちゃんの容体が思わしくないからだった。神様に頼んで、助けてもらおうと思ったんだろうな。でも——」

間に合わなかった。

寄り道をせずに病院へ向かっていれば、せめて死に目に遭うくらいはできたのかもしれない。というのは、結果から導き出した仮定にすぎない。もしもの話は、後からいくらでもできる。日常生活で常に最悪のパターンを予想し続けるなど不可能な話で、仮にできたとて、それが後悔を伴わない生き方に結びつくというわけでもない。結局のところ、子供だった祖父は神に縋ることしかできなかった。たとえ曾祖母の臨終に間に合っていたとしても、できることにそう違いはなかった。彼女の枕元で、必死に祈る。ただ、それだけ。或いは祈る暇さえ与えられなかったかもしれないし、そもそも病院に直行していれば間に合っていたという保証もない。

(どうしたって後悔するしかない選択肢というのはある。ああすればよかった、こうすればよかった——なんていうのはさ。なにを選んでも、やっぱり少なからず後悔するんだろう)

寂しげな祖父の目をふっと思い出しながら、京介は続けた。

「亡くなってたんだよ。ひいばあちゃんは。じいちゃんが九天島神社の鳥居をくぐろうとしたときには、もう。今みたいに携帯なんてなかったから、すぐに連絡を取ることもできなかったし。そうして、じいちゃんは偶然〝さかしま〟――大蛇の御宮に迷い込んだ」

大蛇の御宮。〝さかしま〟の者が言うところの、昊天の苑。

「そこでじいちゃんは、一人の女の子と出会った」

同じ年頃に見えたというから、見た目は十《とお》かそこらだったのだろう。長い黒髪をまとめもせずに後ろで垂らした、美しい少女だったと聞いている。

「それが人間じゃないことは、すぐに分かったみたいだ」

「どうして？」

「さあ。いくら説明しても、自分の目で見なければ本当の意味で理解することは難しい……って、そんなよく分からないことを言っていたよ。警戒はしなかった。というか、できなかったらしい。彼女を疑うことのできる男は少ないだろうとも言っていた。それだけの美少女だったのか、化かされていたという意味なのか――」

そこまで話して、京介は一度言葉を切った。ちら、と視線だけで一二三の様子を窺う。彼女は狐につままれたような顔をしていたが、こちらの話を理解しようとはしてくれているようだった。気難しげに眉をひそめながらも、

「それで？」

と訊いてくる。京介は一つ頷いて、続ける。

「そんなふうだったから、じいちゃんはすぐに少女と打ち解けた。少女も、じいちゃんを気に入った」

それが、祖父と御前の邂逅《かいこう》だった。

「少女の名前は玉響姫。昔は大人の姿をしていたけれど、悪い人間のせいで力を失ってしまったと——彼女はそう、じいちゃんに話した。自分は〝さかしま〟の者なのだとも。〝うつしよ〟では酷い目に遭ったけれど、それでも玉響姫は人間のことが嫌いじゃないらしかった。じいちゃんを〝さかしま〟に留めたがった。だけどじいちゃんは九天島神社に参拝した理由を彼女に話して、帰らせてくれと頼んだんだ。そのときにはもう、ひいばあちゃんは亡くなっていたんだけどな。じいちゃんは知らなかったから」

それを聞いた玉響姫は当然、祖父が〝さかしま〟に迷い込んだ理由に気付いただろう。けれど、彼女は真実を告げることなく、祖父を〝うつしよ〟に帰したのだった。

ただ、再会の約束だけを結んで。

「玉響姫はじいちゃんに、約束の証を渡した。文字盤も装飾もすべてが逆に作られた〝さかしま〟の懐中時計だ。それを持って御苑の門を訪れれば、すぐに迎え入れる。いつでもこちらに帰ってこい……と、そう言ったそうだ」

しかし、祖父が九天島神社へ足を運ぶことは二度となかった。一方で、玉響姫から貰った懐中時計を手放すこともなかった。それどころか、肌身離さず大切にしていたようにすら思える。

「後から怖くなってしまったんだって、じいちゃんは言っていたけど。変な話だと思ったよ。それなら懐中時計を捨ててしまえばいいのにって、子供心に不思議だった。正直に言えば、作り話だと思っていたんだ。だけど、舞子はそうじゃなかった」

あの日の会話を、思い出す。九天島神社へ誘われた京介は、幼馴染みに言ったのだ。

「それなら一人で行って来いよ。時計は貸してやるからさ。俺はそんな気分じゃないし」

あのときの自分は、どんな顔をしていたのだろう。分かるのは、幼馴染みが面食らっていたことだけだった。そう言われるとは思ってもみなかったという顔で――けれど負けん気の強い彼女は、強気に言い返してきた。

「そんな気分じゃないって……じゃあ、どんな気分なのよ」

「九天島神社には行きたくない。あの話のことを考えたくない」

「なんで……なんで、そんなこと言うの？」

記憶の中で舞子が叫ぶ。

(なんで、そんなことを言ったんだろう)

その理由は京介も知りたかった。分からなかった。ただ、わけもなく不愉快だった。自分でも自覚しないうちに、祖父の死に対して感傷的になっていたのかもしれない。九天島神社には行くな、と。そう言った祖父の戒めを早々に破ろうとしていた幼馴染みへの反発もあったのかもしれない。

――だとしても、その後に続けた言葉だけは口にするべきではなかった。

「じいちゃんの昔話は苦手だったんだよ！　口には出さなかったけど、大嫌いだった。あんなのは、趣味の悪い作り話だ。舞子には悪いけど、確かめたいなんて思えない」

口論の末に吐き捨てれば、幼馴染みは手から懐中時計を奪って、叫んだ。分かった、と。

「がっかりしたよ、京介。わたしさ、京介も好きだと思ってた。信じてるって思ってたんだ」

祖父の昔話を――という意味だったのだろう。舞子はむすっとした顔でそう告げると、すぐに駆けて行ってしまった。それが、彼女の姿を見た最後だった。

京介は続ける。

「〝さかしま〟の話をするたびに、じいちゃんは俺に『九天島神社には近付くな』と言ったよ。懐中時計がなくたって、もしかしたらなにかの弾みで向こう側へ行ってしまうかもしれないから。俺が代わりに連れて行かれないように、忠告してくれていた。死んだ後は、懐中時計を処分しろとも言った。でも……俺も舞子も、じいちゃんの言いつけを守らなかったってわけさ」

また一二三に視線を投じれば、彼女は唇を少しだけ開けて――結局、言葉を見つけることができなかったのだろう。途方に暮れたように息を呑み込んだ。彼女の白い喉を眺めながら、京介は自己嫌悪に顔を歪める。

「舞子は、じいちゃんの話が本当だったってことを証明したかったんだ。俺が作り話だなんて言わなければ、あんなにムキになることもなかったんだろう。もう少し上手く宥められたら、じいちゃんとの約束を思い出させていたのなら、あんなふうに突き放さなかったら……こうはならなかった。俺が悪いんだよ。舞子がいなくなったのも、五十嵐の言ったような変な事件が続くようになったことも。人である舞子が〝さかしま〟に留められていることの影響なんだと思う」

「…………」

「俺が必死になるのも、渉さんが『巻き込む』って言葉を使ったのも、そういうことなんだ。舞子だけじゃなくて渉さんも、元々〝さかしま〟のような異世界が存在することには肯定的だった」

「そうなの？」

意外だったのか、それとも他の相槌が見つからなかったのか。訊いてくる一二三に、京介は頷く。

「ああ。ほら、あの人はＳＮＳに参加してるだろ？　俺はあまり使わないからよく分からないんだけど。渉さんはインターネットそのものを、ある種の異世界だと感じていたらしい」

人が素性《すじよう》を隠し、名前を変え、時に別人格を作る――そこは、確かに日常と異なる場所ではある。そんな世界に触れていた彼だからこそ、舞子同様に〝さかしま〟を信じた。そして現実とは異なるその場所が、恐ろしいことを知っていた。

「渉さんは昔から、うちのじいちゃんが好きじゃなかった。舞子が妙な世界に興味を示すことを、快く思っていなかった。だから俺は鏡守の力を知ったとき、真っ先に渉さんに相談したんだ」

一二三は黙って聞いている。

「渉さんは俺の話を聞いてくれた。馬鹿げた〝さかしま〟の話を、当たり前のように信じてくれた。責任を取れって――渉さんが怒ってくれたことに、俺は安心すらしたんだ」

彼との関係はお世辞《せじ》にも良好とは言えないが、それでも一人で罪悪感を抱えるよりは気が楽になった。一方で、そんな自分を自覚しては浅ましいと思わずにもいられなかったが。

そこまで言って――京介は言葉を切った。入れ替わりに、一二三が口を開く。

「渉さんだったら〝さかしま〟の話を信じてくれるって、京介くんは知ってたの？」

「……ああ」

「じゃあ、わたしに相談してくれなかったのって……」

言いかけて、彼女は小さく首を振った。

「やっぱり、いい。先に病院行かなきゃ」

「五十嵐――」

「続きは帰ってからにしよう？　じゃないと、京介くんの手が……」

言って、一二三が目を伏せる。思い出したように視線を移せば、肩の傷口から流れる血はもう乾いて固まっていた。制服を汚す錆色に、少しだけ顔をしかめる。とはいえ、その傷は力の入らない左手に比べれば大した怪我ではなかった。どうなってしまったのか分からない左手首の痛みは、自覚した今、激痛に変わって耐え難いほどになっている。

それでも、

「多分、ただの脱臼だから」

悲鳴を呑み込んで、京介は息を吐き出した。

「痛くないわけじゃない、けど、でも、駄目なんだ」

おろおろしている一二三に、告げる。

「話……今じゃないと。また逃げようとしてしまうから」

額に滲んだ汗が眉間を伝って、鼻梁《びりょう》を流れた。右手の甲で顔を拭いながら、

「五十嵐の言う通りだ、俺は」

真っ直ぐに見据えて言えば、一二三はもう帰ろうとは言わなかった。代わりに――これは言い方がまずかったせいだろう。その目には微かな自己嫌悪が浮かんでいた。そんな彼女に苦く笑って、

「そんな顔するなよ」

続ける。

「俺は、自分のことばっかりなんだ。いつも」

「……………」

「そういうところを、知られたくなかった。がっかりされたくなかったし、嫌われたくもなかった。舞子のことだって、そうだ。勿論、舞子が心配だっていうのは嘘じゃないけど。でも、それ以上に自分のせいで舞子がいなくなってしまった事実に耐えられなかったんだと思う」

吐いた息が、まだ微かに赤味を残した群青《ぐんじょう》の空に溶けて消える。

「五十嵐に言わなかったのは……自分のそういう嫌なところを知られたくなかったからというのもあるし、怖かったからでもあるんだ」

一二三を見つめる。彼女はスカートの裾を握りしめながら、体を緊張させていた。そうして

言葉を待ちながらも、不安に眉を下げていた。友情と信頼と、今まで築き上げてきたものが、脆く崩れ去る瞬間を恐れていた。

「なにが……」

恐る恐る訊き返してくる彼女に、告げる。

「さっき、言っただろう？　五十嵐なら、じいちゃんの話を信じたんだと思うって」

思い出したのだろう。一二三が縦に首を振って、肯定した。そんな彼女に、京介は重たい口を開いた。

「渉さんは〝さかしま〟のことを信じているけど、好きじゃない。だから、大丈夫なんだ。あの人が〝うつしよ〟からいなくなることはないんだろうと思う。だけど五十嵐は、渉さんとも違うし、俺とも違う。知ってしまったら〝さかしま〟の者にも優しくするんじゃないかって、思った」

そして、多分その想像は間違っていなかったのだ。狛犬たちのことを思い出すと、息が詰まった。

「あいつらがお前に懐《なつ》いて俺のことを警戒している理由、なんとなく分かるんだ。あいつらの親がお前の親父さんだからって理由だけじゃなくてさ。五十嵐は、あいつらのことを気味が悪いなんて思わなかっただろう？」

「うん……」

「俺は最初、茶々のことでさえ気味が悪いと思ったよ」

少し離れた場所で話に耳を傾けている三毛猫へと、視線を投じる。目が合うと、茶々は小さく鼻を鳴らした。知っていた、と言うのだろう。京介は苦く笑って、また一二三に視線を戻した。

「俺は小さな頃から、じいちゃんの昔話に馴染めなかった。話を聞いた後は、いつだって誰かに見られているような気がしてならなかったんだよ。その感覚は気味が悪くてたまらなかった。多分、あの頃から俺は〝さかしま〟が実在することに気付いていたんだ。だからこそ、頑に否定したがった。どうにもしようがないものの存在を、認めてしまうのは怖かった」

どうにもしようがない――それは、敵対関係を前提とした言葉だった。どうしてか、友好関係を築くという発想はなかったのだ。一方的に危害を加えられるものだと思い込んでいた。

「そういうことだと思うんだ。〝さかしま〟との相性っていうのは。鏡守なんて妙な力は関係ない。直感で、あいつらのことをどう思うか。それだけだ。どういう経緯《けいい》でそうなったのかは知らないけど――妙泉だって、きっとお前だから助けたんだ」

言いながら、頭上の鳥居を見上げる。

「だからかな。俺、五十嵐は向こう側へ行ってしまいそうな気がする」

幼馴染みは好奇心と祖父への信頼から〝さかしま〟へ赴いた。一二三は恐らく、優しさから。こんな話をした後でさえ、あの狛犬たちから招かれれば異世界へ足を踏み入れてしまうのではないかと思えた。鳥居の額束《がくづか》に記された「四ノ尾」の文字を視線でなぞりながら、京介は呟く。

「お前までいなくなるのは、嫌だ」

視線を下ろして、ゆっくりと向き直る。あたりは暗くなり始めていて、一二三の顔もはっきりとは見えないが、雰囲気で彼女が驚いているらしいことは知れた。

「事情を話してくれなかったのは、わたしが頼りないから――」

「え？」

「九天島神社に連れて行ったとき、そう言ってたよな」

「う、うん」

訊けば――思い出したのだろう。一拍置いて頷いてくる一二三に、京介は続けた。

「そうじゃないんだ。五十嵐のこと、俺は……」

膿《うみ》を絞り出すように、すべてを包み隠さず話してしまわなければならない。そう決めてみたところで、あらためて胸の内を明かそうとすれば言葉に詰まった。微かに残った見栄《みえ》が邪魔をしているのかもしれないし、或いは照れがあるのかもしれない。一度息を吐いて、言葉を探す。

（恰好悪いのは、今更だ）

切り出すことのできない自分を見かねてか、茶々が足元までやって来た。月にも似た優しい金色の瞳が、見上げてくる。にゃあと促す声に、京介は頷く。深く息を吸って、

「頼りにするって、力を借りることだけじゃない。こんなこと言ったらまた舞子に怒られるだろうし、茶々にだって悪いんだけど。俺、本当に〝さかしま〟のことが嫌いだった。鏡守の力や玉兎のことだって怖いよ。玉兎を喚んで――あいつ、俺の言うこと全然聞かないのに。舞子の行方を知るためには〝さかしま〟の者から話を聞かなきゃいけないって分かっているのに。あいつが〝さかしま〟の者を食らうのを見ながら、それでいいと思っている自分もいる」

一息で吐き出す。そんな自分に気付くたびに、自分がなにか別の存在になっていくような気がしてならなかった。〝うつしよ〟の者でもなく〝さかしま〟の者でもない、なにかに。

「自分でもわけが分からないくらい、時々どうしようもなく冷たい気分になる。でも俺、五十嵐の前だとそういう自分でいたくないと思うんだ。応声虫のときもそうだったけど、お前は止めてくれるから。だから、俺でいられる。頼りにしてたんだ。五十嵐に頼って、必死に〝うつしよ〟にしがみついてる。今も」

自由な右腕だけで、自分の肩を抱く。

「お前まで〝さかしま〟に行ったら、どうなるか分からない。自分が」

それが、告白のすべてだった。溜息にも似た吐息で締めて、京介は口を噤んだ。そのまま、じっと一二三の反応を待つ。彼女は失望しているだろうか？　それとも、呆れているだろうか？

石畳を歩いてくる――ローファーの立てる硬い足音を聞きながら、京介は鳥居を見つめ続けていた。目の前で、足音が止まる。ゆるゆると視線を下ろせば、

「それは脅しだよ、京介くん」

そこには一二三の微笑があった。

――どうして、彼女は笑っているのだろう。

苦笑しているというわけでもない。穏やかな瞳に面食らって、言葉の意味を考えることもできない。脅し。前に自分もそんな言葉を使ったことがあった。と、京介は不意に思い出した。

一二三が続けてくる。

「わたしは〝さかしま〟には行かないよ。〝うつしよ〟にいるよ。誰に言われても、頼まれても。わたし、京介くんが思っているほど優しくないもの」

こちらの右手に掌を重ねて、

「妙泉さんに助けられた日のこと、言わなかったでしょ？　わたしもね、怖かったんだ。京介くんに、もう関わるなって言われると思った。今なら、京介くんの気持ちが少しだけ分かる気がするよ。関係を壊したくないから言えないことってある。もっと、お互いのことを信じるべきだったけど」

「ああ」

「でも、これでお相子《あいこ》！」

悪戯っぽく言った。京介は眉を下げて、頷く。自分が秘密にしていたことの多さを考えれば、彼女の黙っていたことなど取るに足らないようなことではあったが。今はその言葉に甘えるしかない。

「五十嵐、ありがとな。お前がいてくれて、よかった」

今度は真っ直ぐに目を見て、

「俺に力を貸して欲しい。舞子を助けたいんだ。あいつにも謝らないと」

あらためて言えば、彼女は大きく頷いて顔を綻ばせたのだった。

五章　何処なりとも、この世の外へ

妙泉寺にほど近いバス停に降り立てば、正面から歩いてくる男が見えた。白いメッシュの入った髪を後ろへ撫でつけて、大きなサングラスをかけている。高級そうなスーツに身を包んでいるものの、中に着たシャツの色はお世辞にも品がいいとは言い難い。気取ったヤクザかホストを思わせる男は、こちらに気付くと馴れ馴れしく片腕を上げてきた。

「よォ。鏡守とお嬢ちゃん」

言いながら、サングラスを外す。真っ白な目の中に縦長の瞳孔が目立つ——美しいが爬虫類じみたその目には、見覚えがあった。隣で固まっていた一二三が先に動きを取り戻して、声を上げる。

「妙泉さん！」

「どうして、ここに……？」

出迎えてくれたのか。或いは、ただ遊び歩いていたついでなのか。どちらかといえば、後者の方が彼らしいような気はする。そんなことを考えながら、京介は人に変じた鳴き龍の姿をまじまじと見つめた。

(自分から出向いてくるほど、葛の葉の動向が気にかかってるってことなんだろうけど)

ならばいっそう、不自然なように思えた。出会ったばかりの——〝さかしま〟の者からは疎《うと》まれることの多い鏡守に、その相手をさせるというのは。

戸惑いながらも軽く会釈をすると、柄の悪い男は極端に短い眉をひそめてみせた。

「左手、どうした？」

「ただの脱臼だよ」

とはいえ骨折より多少はマシという程度で、どちらにせよ当分は動かせそうになかったが。

正直に話そうか迷った末に、一言に留めておく。言ったところで横柄《おうへい》な鳴き龍が同情をしてくれるようには思えなかったし、些《いささ》か不安もあった。

「葛の葉を追い払うのに少し、な」

固定した手を軽く振れば、大した怪我ではないふうに見えたのだろう。

「てエことは、逃げられたわけか。雑魚だと思って油断したか？」

彼は顎を上げて、ふんと鼻を鳴らした。

「ま、あのすかしたババァの相手をしてまだそれだけの余裕があるってところは評価してやってもいい。正直、これだけ早く片を付けてくるとは思わなかった。相手が狐だとは教えてやらなかったからな。一度くらいは痛い目に遭わされて、泣き付いてくるかとも思ってた」

「もしもお前の予想通り、泣き付いていたら——どうしていた？」

「そうだな。条件を変えていただろうな」

妙泉はポケットから煙草を取り出した。箱の中から一本、唇に咥えて手慣れたふうに火を点ける。

「手を貸してやるから、俺の御使いになれ……とか。鏡守を使役できる〝さかしま〟の者なんて、最強じゃねえか。そう考えると、お前が予想以上に使えたことは少しだけ残念だ」

ふうっと紫煙《しえん》を吐き出して、〝うつしよ〟贔屓の鳴き龍はそんな恐ろしいことを呟いた。彼は酷く人間じみた仕草で煙をくゆらせながら、無感動に続けてくる。

「なんにせよ、俺にとって悪いことにはならなかった。てめえの〝兎〟があいつを食らっちまえば最高に気分が良かったんだが、そこまで望むのも厚かましいか」

言ってから、そうならなかったことが少しだけ残念に思えたのだろう。ゆっくりと瞬かせる――瞳には、陽光に照りつけられてなお溶けることのない氷のような冷たさが浮かんでいる。

彼の表情を観察しながら、京介は訊いてみた。

「妙泉は……」

名前には応じられないためか彼は、ん？　と疑問を浮かべた視線だけを向けてくる。

「おぞましいとは思わないのか？　俺のことを」

或いは玉兎のことを。

妙泉の反応には、随分と〝さかしま〟の者らしくないところがある。他の独往派を知らないせいもあるし、彼自身の傲慢さ――自信や自負心の表れだと言ってしまえば、そうなのかもしれないが。それにしても、腑に落ちないところはある。

問いかけは、彼にとって不意打ちだったらしい。

爬虫類じみた目を困惑に瞬かせながら、彼は訊き返してきた。

「ああ？　なんだ、そりゃ」

「葛の葉が言ってたんだ」

短く告げる。妙泉の瞳に、剣呑《けんのん》な光が生まれた。

「てめえ、あの狐になにを吹き込まれた？」

「俺は――〝うつしよ〟と〝さかしま〟の敵だって」

「ほう？」

「お前以外の〝さかしま〟の者は、必ずと言っていいほど俺と玉兎のことを『おぞましい』と言った。茶々……俺を手伝ってくれる猫又はそんなふうには言わなかったけど、それは彼女が〝うつしよ〟で生まれた存在だからなんだと思う。でも、お前は違う」

それっきとした〝さかしま〟に棲まう者であり、御苑を統べる大蛇の眷属にも連ねられている――とは、妙泉自身が言っていたことだ。

「御前は……玉響姫は、九尾の狐なんだろう？」

妙泉の表情を窺いながら、京介は問いかけた。

「葛の葉は四ノ尾神社に祀られていた殺生石を持っていった。四ノ尾の人から精気を奪って、石を尾に戻そうとしていたんだ。御前に尾を返してどうするのかと訊いたら『妙泉の指図で来たお前が、それを知らないはずがない』と言われた」

「ふん。俺に気付いていやがったか。勘のいいババァだぜ」

妙泉がひょいと肩を竦める。それからこちらの視線に気付くと、彼は面倒臭そうに続けてきた。

「その通り。確かに、御前は九尾の狐だ。那須野でヘマしたあいつは、四ノ尾で更に尾を落として、九天島まで逃げてきた。それを匿《かくま》ったのが、九天島の大蛇。うちの統率者《とうそつしゃ》サマさ。昊天は〝さかしま〟の中でも僻地《へきち》だからな。本来なら、そんな僻地の祭神なんかが九尾を監視下に置けるはずもないんだが……」

「尾を失ったせいで、御前は本来の力を発揮できなくなった？」

問うと、妙泉は軽く頷いた。

「ああ。しかも運が悪いことに、それから〝うつしよ〟と〝さかしま〟が分かたれた。力を失い〝さかしま〟から出ることのできなくなったあいつは、〝うつしよ〟に置いてきた尾を取り戻すことさえできなくなったのさ」

いい気味だ、と妙泉。鳴き龍はけっと嘲笑って空へ煙を吐き出すと、軽く手を振った。どこから取り出したのか、手の中に携帯灰皿が現れる。まだ大分長さの残った煙草の吸いさしをそこに押し込むと、彼はこちらへ向き直った。

「懐古派と独往派の話、覚えてるか？」

「ああ」

〝さかしま〟を二分する、まったく主張の異なる二つの派閥《はばつ》。目の前の鳴き龍が独往派の若きリーダーであり、先日の葛の葉が懐古派に属しているらしいことはそれぞれの話しぶりからも知れた。

京介が頷くと、妙泉は無感動に続けてくる。

「前にも話した通り、あいつらは御前に従って世界を昔と同じ形に戻そうとしている。まずは〝さかしま〟の者が、自由に〝うつしよ〟へ出入りできる環境を作る——そうすれば人間も再び自分たちの存在を認めて、いつかは〝さかしま〟と〝うつしよ〟の境界が消える、と。本気で信じてやがるんだ。愚かな話さ。やつら、どうして自分たちが〝うつしよ〟から閉め出されたのかをまったく分かっちゃいない」

「〝うつしよ〟から閉め出された理由？」

これは、一二三。眉をひそめる彼女に、妙泉がああと頷く。

「つまり、やつらは時代遅れなのさ。葛の葉のやつ、長ったらしい講釈《こうしやく》を垂れていただろう？」

「一つのものを分けるという行為は、常に喪失を伴う――という話か？」

「そう。それだ」

訊けば、妙泉は大仰に首を振った。

「確かにやつの言うことは一理ある。一理あるが、真理じゃねえ。人間の本性ってのは俺が知る限り江戸の頃から変わっちゃいないし、きっとそれより昔からも変わらねえんだろう。だが、だからこそ俺は思うわけだ。懐古派のやつらは阿呆《あほう》だってな。仮にやつらのやり方で、世界が繋がったとする。だが、また何百年後か――下手《へた》すりゃァ何十年かそこらで〝うつしよ〟と〝さかしま〟は分かたれるだろうさ」

鋭い瞳が〝さかしま〟の未来を冷静に見つめる。

「どうして、そんなことが分かるんだ？」

「分からないはずがあるか。頭の固い懐古派のやつらは、どうせ〝うつしよ〟に適応できなくなる。何度繰り返したって同じことさ。最初のうちは騒いでたって、人間サマはすぐ怪異に飽きるだろうぜ。〝さかしま〟のことをまた忘れるか、或いは人の探求心に負けて〝さかしま〟が解明されるか」

「〝さかしま〟が解明される……」

考えたこともなかったが、確かにまったくないとは言い切れないことではあった。驚きつつもどこか納得した心地で彼の言葉を反復する。それが、感銘を受けたふうに聞こえたのだろう。彼は自信ありげに頷いて、続けた。

「〝さかしま〟の者が〝うつしよ〟の者を恐れるようになるかもな。考えりゃ分かることなのに、やつら思考が停止してンだ。御前さえ引っ張って来れば、昔のように怖がってもらえると思ってやがる」

一度言葉を切り、色の薄い唇を舐《な》める。

「ま、そうは言っても少し前まではその手段を探すことも難しかった。昊は御苑の主として、懐古派にも独往派にも属していない。四ノ尾の殺生石を取り戻そうと、御前は昊にも打診していたようだが、あいつは中立を保つために〝うつしよ〟へ出てくることをやめちまった。元々、昊ってのは力のある〝さかしま〟の者の少ない場所だ。俺のように向こうとこっちを行き来できるやつなんざ、数えるほどもいない。その数少ない特別な存在ってのは、やっぱり俺と同じ独往派なわけだ」

妙泉は言いながら、くくと喉を鳴らした。

「そりゃあ頼んだって無駄だよなァ。俺たちは殺生石をぶっ壊したいくらいだった――」

「だけど、それはできなかった」

京介は鳴き龍の言葉を引き継いだ。彼が軽く顎を引いて肯定する。

「そんなことをすれば懐古派のやつらとの戦争になっちまう。独往派は数が少ないし、御前は向こうで足止め食ってるってだけで、まったく無力ってわけでもない。狐のやつらにしたって厄介だ」

今度は目尻をつり上げて、忌々しげに捲し立てる。けれどその饒舌《じょうぜつ》さには、違和感があった。怒りや苛立ちから生まれた興奮とは、また違う。その正体を慎重に探りながら、京介は訊ねる。

「厄介？」

「狐ってやつは〝うつしよ〟で言うところの神使としても、妖怪としても広く認知された存在だ。葛の葉、白蔵主《はくぞうす》、刑部《おさかべ》。どの地域にも有名なやつはいるし、九尾と言えば誰もが知っている」

誰もが知っている――という部分に力を込めて、妙泉が答えてくる。

「そういうわけで、やつらも俺らも手詰まりだった。やつらはどうしたって境界を越えられなかったし、俺らも懐古派を潰す戦力が不足していた。だから、なにも起こらなかった――これまでは」

「その状況を変えたのが、舞子だ」

京介はぽつりと呟く。

舞子が御苑の門を越えたことで、均衡が崩れた。二つの世界を分けていた境界は不安定になり、力を持たない〝さかしま〟の者が〝うつしよ〟を訪れることも、一応は可能になった。

「ああ。ああ、その通りだ」

鳴き龍が何度も頷いた。

「最初はまずいことになったと焦ったぜ。女をどうにかしようにも、昊のやつが保護してやがる。懐古派のやつらは内心歓喜してただろうな。ぶつぶつ言っていたのは、男を待ってた御前くらいだ」

ふっと吐息を吐いて、そのまま続けてくる。

「それでもまあ、最初のうちはよかった。境界を抜けるのは〝うつしよ〟へ来ても帰れないような雑魚ばかりで、そういうやつらは俺たちが始末したところで誰も気付きはしなかった。何故か——今思えば、てめえが動いていたからなんだろうが——勝手に消えるやつもいたしな」

物騒な告白——こちらが顔をしかめたことにも気付いていないらしい。或いは、知ったことではないというのかもしれないが。

「だが……お気楽な人間サマが古くなったサカエノカミや地蔵を壊してくれるせいでいよいよ四ノ尾がやばくなって、葛の葉のやつが来ちまった。人間に憑いたあいつを殺すのはわけないが、いかんせん四ノ尾は水神原から近すぎた。さすがに、俺の仕業だってばれちまう」

「それで、俺か」

あの交換条件の裏に、そんな事情があったとは。

京介は苦く呟いた。知っていれば、鳴き龍の傲慢さに不愉快な思いをすることもなかったのだろう。御苑の鍵。それは舞子を救うためになくてはならないものだった。だからこそ条件を選んではいられなかった——が、懐古派と渡り合うために鏡守の力を必要としていたのは妙泉も同じだった。

「ああ。ま、葛の葉のやつにはお見通しだったみたいだが。鏡守って餌《えさ》を撒《ま》いたことで、やつらは俺に構っちゃいられなくなった。水神気取りの若造よりも、てめえの方が脅威《きょうい》だろうからな」

強気な彼の脅しに乗せられて、いいように使われてしまったというわけだ。

（おまけに、スケープゴートにまでされて……）

悪びれもせずに言う妙泉に、京介は舌打ちせずにはいられなかった。それでも悪態を呑み込んだのは、鳴き龍の雄弁さの中に一つの可能性を見出したからだった。それは違和感の正体だった。胸の内で彼の言動を思い返しながら、言葉を待つ。

「あいつらの言う通り、てめえは〝さかしま〟の敵なんだろうさ」

「…………」

「だから、いい。都合がいい。おぞましくて結構。それぐらいでなけりゃァ、あいつらに痛い目を見せられないだろうが。てめえが大人しくて可愛げのある——隣のお嬢ちゃんのような人間だったら、葛の葉にけしかけたりはしなかったさ」

言って、彼は一二三の顔を一瞥した。

「みょっ、妙泉さんまでそんな……京介くんはおぞましくなんて——」

言い返そうとする一二三の前に片手を出して、押し止める。どうして？　と見上げてくる瞳は訊いていたが、京介は小さく首を振って妙泉が続けるに任せた。目に傲慢な光を湛えた彼が、ふんと鼻を鳴らした。

「おぞましいだなんだと言うのは、所詮《しょせん》てめえがやつらにとって敵でしかないからだ。だが、てめえの言う通り俺は違う。俺にはてめえを怖がる理由がない。御前が〝うつしよ〟に出てくることの方が、俺にとっちゃァよっぽどおぞましい。あいつだけは、駄目だ」

「九尾の方が、鳴き龍よりも広く識《し》られているからか？」

妙泉は答えない。喋りすぎたことに気付いたのだろう。はっと我に返ったように口を噤む。

その反応で今度こそ確信して、

「妙泉」

警戒している彼に、告げる。

「葛の葉の……懐古派の言うことは、ある程度正しい。お前は、それを認めているんだな？」

「ああ？」

鋭い視線が怪訝そうに——いや。怪訝を装って、訊き返してくる。白々しいその反応に苦笑しながら、京介は答えた。

「話を聞いていて思ったんだ。前提が、すべて懐古派寄りだって」

独往派。人とは別の道を歩みたがる彼が〝うつしよ〟にこだわるというのが、そもそも不自然な話だった。特別でいたい。人の信仰を独占したい。そんな子供じみた理由も、彼ならと納得できないではなかったが。それにしては、本心を語りすぎた。

（まあ、それだけ俺たちのことを舐めてかかってたってことなんだろうけど……）

京介は胸の内で独りごちる。

――人間サマはすぐ怪異に飽きるだろうぜ。

――或いは探求心に負けて〝さかしま〟が解明されるか。

それは〝さかしま〟が〝うつしよ〟から生まれたことを認めない者が言うにしては不自然な言葉だったし、なにより狐たちを語る言葉に妙泉の真意が見えたような気がした。

「…………」

鳴き龍は黙ったままである。答えに窮しているというよりは――今更――慎重に、こちらの出方を窺っているように見える。

「独往派の実情は分からないけど、少なくともお前は……個々の世界を目指しているわけじゃなくて、ただ単に現状維持をしたいだけだ。〝うつしよ〟と〝さかしま〟が繋がって、今の人間にとって〝さかしま〟の者が畏れの対象じゃなくなることを危ぶんでいる。俺にはそういうふうに思える」

険しい顔をしつつも口を開こうとしない鳴き龍に、京介は続ける。

「お前は、自分を崇めてくれる人間が好きだと言った。神使としても妖怪としても広く認知されている……誰からも知られる存在である九尾のことを、厄介だとも言った」

「ああ、言ったな。それがどうした？」

「信仰の強さが力になることを、お前は身をもって知っているんだろう？　お前は水神原を大火から救った。そのことは伝承として残っているし、近隣の小学生は大抵が課外授業で龍泉寺を訪れる」

「だとしたら、どうだってんだ？」

開き直って、鳴き龍。しかし京介は、彼から視線を逸らさずに告げた。

「人の想念が〝さかしま〟の者に作用する。そういう前提で考えると、一番しっくりとくるんだ。お前が、どうして同じ〝さかしま〟の者である懐古派を滅ぼしたがっているのか」

葛の葉は彼らの行動を——若さゆえの無知と無謀——と思っているふうだったが。それだけの理由にしては、妙泉の態度が殺伐《さつばつ》としすぎている。

「〝うつしよ〟と〝さかしま〟を繋げることで人が〝さかしま〟を解明してしまったら、お前の神性は失われる。水神ではなく〝さかしま〟の者だということが人にばれてしまうからだ。たとえそうならなかったとしても、信仰は九尾とその仲間たちに移ってしまうかもしれない」

一息で言って、彼の表情を窺う。指摘されてなお妙泉は焦ったふうもない。

「それで？」

腕を組んで、また挑発的に言ってきた。

そのやり取りは、傍目《はため》にも危うく見えるのだろう。一二三が心配するように、そっと制服の裾を握ってくる。それでも、京介は言わなければならなかった。

「お前たちの言う特別な存在……現時点でも〝うつしよ〟と〝さかしま〟を行き来することのできる一握りの独往派が目的としているのは、自分たちの神性を守ることだ」

〝うつしよ〟が〝さかしま〟を忘れていくことで力を失い、いつかは消えていく。そんな仲間たちを犠牲《ぎせい》にしてでも、自分たちの力を守りたい。それが彼らの――妙泉の本音だった。

「葛の葉はお前のことを無知蒙昧だと言っていたが、そうじゃない」

もしかしたら葛の葉以上に、鳴き龍は厄介な存在なのかもしれない。力を得ることに貪欲《どんよく》で、仲間のことなど気に留めてもいない。なにより、陰湿な狡猾さがある。

「実際に不満だったのか、それとも懐古派を騙すための演技だったのか……俺には分からないけど。どちらにせよ懐古派は、お前のことを――侮《あなど》られることが嫌いな、傲慢な若造――だと思っていた。お前は、それを利用したんだ」

図星《ずぼし》だったのだろう。

鳴き龍のこめかみが、微かに引き攣る。火炎の怒声と敵意とを想像して、京介は少しだけ体の位置をずらした。一二三を庇うようにして立ちながら、いつでも反転鏡を取り出すことができるようにと構える。が――

「くっ、はは……！」

場に響いたのは、笑声だった。

「ふふっ、ははは！　参ったな。そうくるとは、想定外だぜ」

上機嫌な声。しかしその中に鋭いものを感じて、京介はいっそう体を強張らせた。裂けた唇から尖った歯を覗かせながら、妙泉がにやりと笑う。

「びびるなよ。仮にも、俺は水神サマってことになってンだ。人間相手に荒っぽい真似はしねえよ」

「その言葉を信じたいよ。でも、信じられるだけの根拠もない。人に危害を加えることは、確かにお前にとってはなんの得にもならないけど——一人くらい消すことに躊躇したりはしないんだろう」

彼にとって、人はともに生きるべき存在ではない。信仰を集めるために必要な道具。或いは退屈を紛らわすことのできる玩具《おもちゃ》、といったところだろうか。手放したくはないが、情もない。京介には、そう思えた。喉を鳴らしながら、妙泉が答えてくる。

「それは流石に憶測《おくそく》が過ぎるってもんだ。俺はそこまで無情じゃないさ。人間のことだって、これでも大事にしてやってるつもりなんだぜ？」

「どうかな？」

猫撫で声とは裏腹に、鳴き龍の目はまったく穏やかではなかった。黙れ——とでも言うような無言の脅しを感じとって、こちらも冷たく言い返す。

その瞬間、空気の軋む音が聞こえた気がした。それは間違いなく空耳なのだろう。が、そう錯覚してしまうほど、妙泉の顔付きが穏やかではないことも事実だった。彼の顔から、声から、感情が消失する。

「……俺に喧嘩を売るとは、どんな心境の変化があった？　鏡守、てめえはもう少し扱いやすいタイプかと思ったんだが」

「喧嘩を売っているつもりはない。俺はただ、本当のことが知りたいだけなんだ」

「本当のこと、ねえ？」

面白くもなさそうに呟いて、妙泉。

「俺たちは人の感情から創られた哀れで儚い存在だ――とでも言えと？　俺に、それを認めろと？　そうしたところで、てめえらが得するわけでもねえだろ？　気分はいいかもしれねえが――」

「そういう話をしてるんじゃない。〝うつしよ〟と〝さかしま〟の繋がりについて、知りたいんだ。妙泉、お前は俺に懐古派を潰させようとしている。でも、そうすることが本当に正しいのか。〝うつしよ〟に悪い影響があるんじゃないかって。問題は、そこなんだ」

（世界の敵。その意味を、俺は知らなくちゃいけない。舞子のことを優先したいけど、それだけでも駄目な気がする）

そんな大袈裟な話に自分が関わってしまったなどとは、思いたくなかったが。

――一つのものを分けるという行為には喪失を伴う。

――業でなくなった〝さかしま〟の者は、どうなるのか。

――〝さかしま〟の者を失った人間は、いったいなにになるのか。

少なくとも、葛の葉がそう問いかけてきた意味だけは知っておかなければならない。杞憂だと、なんの根拠もなく思い込んではならない。鳴き龍の言葉も。彼のことを信じているわけではない。彼の言葉が自分にとって都合がいいからこそ、従った――そういうのは、もうやめにしなければ。

「お前が知っていることを教えてくれ。〝さかしま〟の者が知っていることを、俺も理解したい。〝うつしよ〟にも〝さかしま〟にも影響がないように、折り合いをつけたい」

当たり前のようにそこへ佇み、人の世に溶け込む鳴き龍をじっと見つめる。

彼はしばらく顔に不審を浮かべていたが、ややあって口を開いた。血の気の感じられない、薄い唇の隙間からシュッと吐息を吐き出して答えてくる。

「なにも」

「え……？」

「なにも知らねえよ。てめえが知りたいような、確かなことは」

忌々しげに――しかし、それを悟られたくはなかったのだろう。鳴き龍は乱暴に言って、ぷいとそっぽを向いた。京介は眉をひそめて、訊き返す。

「なにも？」

「なにも、だ。そう言っただろうが」

「それは――」

あまりに無責任じゃないか。

続く言葉を呑み込んだのは、それを遮るように彼が言葉を重ねてきたからだった。

「言っておくが。懐古派のやつらだって、言うほど世界のことを分かっちゃいないだろうぜ」

言い訳をするように、妙泉は続ける。

「だって、そうだろ？　〝さかしま〟には始まりの日のことを覚えているやつはいない。終わりの日に立ち会ったやつもいない。皆、ただなんとなく人から生まれたことを知っていて、なんとなく人から忘れ去られたら自分たちが消えちまうんじゃないかって予感しているだけなんだ」

「だけど、お前は確信している」

指摘をすれば――これ以上は隠しても仕方ないと観念したのだろう。

「力に関しちゃァ、そうさ。てめえの言う通り、確信している。多分、他の誰より……な」

鳴き龍は肯定して、

「水神原という土地には、元々水神信仰が根付いていた。妙泉寺ってのも、まあ水神サマの影響を受けた寺なわけだ。だから俺は鳴き龍として生まれながら、ほんの少しだけ水神サマへの信仰をこの身に受けることができた。葛の葉たちに言わせりゃァ、ただの鳴き龍が水神という虎の威を借りたに過ぎなかった」

おもむろに、昔のことを語り始めた。

「実をいえば――大火を鎮めたのは、俺であって俺じゃない。その頃の俺は万能じゃなかった。天候を動かすなんて芸当、できるはずもなかった。俺はただ〝さかしま〟で水神サマに泣き付いただけさ。助けてくれってな」

以前聞いた話では、さも妙泉自身が水神原を救ったふうだったが――それこそ、彼の隠していた真実なのだろう。語る彼の顔には、後ろめたさが浮かんでいた。

「そりゃあもう必死だったさ。焼けたくなかった。俺は形のない水神サマとは違う。焼ければ、多分滅びる。これも確かなことじゃァないが、試してみる気にゃァなれねえ」

苦い吐息。

「あの頃の住職には感謝してんだ。あいつは逃げずに仏殿で、ずっと題目を唱えてた。そこに、あの雨だ。人間どもの信仰は形のない水神サマじゃァなく、妙泉寺に集まった。やつら、やっぱり俺と水神サマを混同してたのさ。この件に関しちゃァ、俺に分《ぶ》があった。偶像崇拝《すうはい》ってやつだ」

「水神を模《も》して作られたはずの妙泉が、水神そのものとして信じられるようになったのか……」

「あの頃は、俺もそういう仕組みを分かっちゃいなかった。水神のやつも特に気にしたふうじゃなかった。だがな、水神信仰が俺に移り始めてからの変化は早かった。なにが起きたのか、俺たちにさえ分からなかったくらいだ」

そこで、彼は声のトーンを落とした。視線が、遠い空を向く。

「ある日突然、やつがいなくなった。消えちまった。すっかり、跡形もなく」

低い声には微かな怯えが混じっているようにも聞こえた。

「〝さかしま〟にも〝うつしよ〟にもいねえんだ。探しても、呼んでも。やつは出て来なかった。代わりに――やつにできていたことが、いつの間にか俺にもできるようになっていた」

嘆息交じりに言って、彼は少し目を伏せた。硝子のような眼球の中で、細い瞳孔が少しだけ弛緩《しかん》する。それは、仲間の消滅を悼《いた》んでいるようにも見えた。

「妙泉……」

「愕然としたね。俺という存在がやつを食っちまったのか。或いは、勝手に滅びたのか。俺には分からなかった。分かったことは一つ。人間の想いは、想像以上に俺たちに作用するってことだけだ」

だからこそ、彼は信仰を失うことを恐れるのだろう。破滅を回避しようと狡猾にもなるのだろう。

「懐古派のやつらの目は昔を向いている。人間の文化が千年も前から変わっちゃいないと思ってる。考えなしだ。さっきも言った通り、そんなやり方じゃァ破綻する。俺たちの神性そのものが失われる。〝さかしま〟を滅ぼそうとしてるのは、やつらの方さ。だから、俺はものを知らない若いやつらを煽動した。〝うつしよ〟と別の道を歩むことで〝うつしよ〟に左右されない独自の世界を創りたい――〝うつしよ〟に左右されることへの不安につけ込んだ詐欺《さぎ》みてえなやり方だが、上手くいったよ。基本的に、どいつもこいつも考えなしなんだ」

薄く笑う。笑みには自嘲も混ざっていた。

「どっちにしたって、希望なんざないのにな。〝うつしよ〟を失った世界。俺たちだけの世界で、どうやって力を維持していくつもりなんだか。あいつら」

他人事のような彼の言葉を聞いて、京介は相槌を打つ気にはなれなかった。代わりに、訊く。

「どうして独往派の皆に事実を教えてやらないんだ？」

「言えば、やつらが懐古派に回るのは目に見えているからさ。懐古派のやつらを抑えるために、独往派なんて勢力を立ち上げたんだ。自分以外のすべてを敵に回すのは無謀ってもんだろう？」

もっとも、俺がこんなことを考えてるなんて知ったら、昊が黙っちゃいないだろうけどな。昊天の統治者、昊。その存在に知られることを危惧《きぐ》するように——妙泉は呟いてから、小さく視線を動かした。周囲に自分たち以外の姿がないことを確認して、口元を皮肉に歪める。

「分かってくれとは言わないぜ。てめえらにしてみりゃ、俺はとんでもなく自分勝手で冷血なように見えるんだろう。だが、な。俺は滅びを知っている〝さかしま〟に生きる同胞を見捨ててでも存在していたい。そう思っちまうほどの恐怖を知っている」

だから仕方がない。どうしようもない。どうにもならない。とでも言いたげに、わざとらしく溜息を吐いて大仰に首を振る。まるで悲劇の主人公でも演じているような彼に、京介は思わず訊き返していた。

「それでいいのか？　妙泉は」

「いい」

答える妙泉は、早かった。

「むしろ、てめえに出会って確信した。俺のやり方が最善だ。年寄りどもがこぞっておぞましいと騒ぎ立てるほどの鏡守が、よりにもよって〝さかしま〟のことなんざなにも考えちゃいない俺の前に現れた。そして、俺の協力を必要としている」

それは幸運を喜んでいるというより、運命を皮肉っているようにしか聞こえなかったが――

「これは必然だ。俺とてめえが手を組んで、懐古派に喧嘩を仕掛ける。そうすることで〝さかしま〟と〝うつしよ〟のなにかが変わる。いや、変えるわけだ」

「なにが起こるか分からない。そんな危険な賭《かけ》に、俺が乗ると思うのか？」

「乗るさ」

妙泉はまた、即答してきた。自信たっぷりに言ってくる。

「てめえは、幼馴染みを助けたい」

「ああ」

「葛の葉の言うことは気にかかるが、できれば〝うつしよ〟と〝さかしま〟を分けておきたい」

「ああ」

「だから、俺の利用価値を確かめた。そして今は安堵してもいる」

「……ああ」

妙泉に、京介は苦く頷いた。

その通りだ。彼はこちらの胸の内まで、正確に把握している。秘められていた真意は、もしかしたら彼と対等以上に渡り合うための切り札になりうる――かもしれない、と期待していたのだが。

（妙泉は懐古派のやり方にも、独往派のやり方にも未来がないことを予感している。仲間を切り捨ててまで自分だけは〝うつしよ〟の恩恵に与《あずか》ろうと画策している。これは俺にとっても弱みだ）

妙泉は自分のことしか考えていない。だからこそ、敵にはならない。彼は人に危害を加えることもない。〝さかしま〟の者としても申し分ない力を持っている。彼がこちらの力を欲しているのと同じくらい、こちらにとっても彼の力は必要だった。

御苑への侵入。そして舞子の救出。そして、御前たち懐古派の撃退。鳴き龍の協力がなければ、どれか一つでも達成するのは難しい。

「要するに、利害が一致してンだよ。他に安全策がない以上、てめえが乗らないわけがない」

見透かしたように、妙泉が笑った。先の尖った革靴が、地面を踏みしめる。人間くさい〝さかしま〟の者は、気付けば目の前に立っていた。鼻先が触れそうなほどに近い距離で、

「遠回しで面倒臭《くせ》ェ牽制はやめろよ。せっかく、腹を割って話してやってンだ。その気がなかったら誰がするか、こんな危ない話。いくらてめえにおぞましい力があるっつったって――」

唇の端が捲れ上がる。鋭く尖った歯をかちかちと鳴らして、鳴き龍は低い声で囁いた。

「いつでも殺せる」

「……それをしないことの意味を考えろってことか」

「やるのか、やらないのか――返事は？　俺に、てめえらを殺させるなよ」

ただの脅しではないのだろう。見下ろす彼の目と、刃のような歯を交互に眺めながら、京介

はゆっくりと息を吸った。喉が上下する感覚。それを何度か繰り返して、

「やるさ」

答える。それを服従と捉えたのか。妙泉は一歩下がって、

「上等だ」

鋭利な歯を隠すように口を閉じて、にっと笑った。そんな彼に、京介はにこりともせずに続ける。

「だけど、勘違いするなよ。お前の都合に振り回されるつもりはない。言いなりになるつもりもない。お前は俺たちのことをいつでも殺せるんだろうけど、俺たちだってなにも考えずにお前の本音を暴いたわけじゃない」

言って、制服のポケットから取り出したのは携帯電話だった。画面は通話中を示している――その意味は、妙泉にもすぐに分かったのだろう。こちらの手の中を見つめる彼の顔が、愕然となった。

「俺たちに協力してくれている〝さかしま〟の者が他にいることは話してあっただろう？」

通話は渉の携帯につながっている。聞いているのは、茶々だ。あの猫又は勿論、二つの世界を行き来することはできないが。それでも彼女が葛の葉のような存在を探し出して、妙泉の本音を暴露しないとは限らない――と思わせることが目的だった。妙泉の脅しに対する抑止力《よくしりょく》になるかは微妙だったが、

「…………」

一応、有効ではあったらしい。鳴き龍がぐっと言葉に詰まる。京介はそのまま続けた。

「こんなことをしておいて説得力がないとは思うけど、俺たちはお前と脅し合いをしたいわけじゃない。腹の探り合いがしたいわけでもない。信頼できる味方が欲しい。利用し合うんじゃなくて、助け合いたい——それだけを望んでいる」

「どっちにしたって一蓮托生《いちれんたくしょう》。俺がてめえらを裏切ることはないし、てめえらだって俺を裏切ることはできない。それじゃァ駄目なのか？　わざわざ仲よしごっこをすることに、なんの利がある？」

困惑の表情で、妙泉。言いつつも、言葉の意味を本気で理解していないわけではないのだろう。

（というより、むしろ俺がこんな提案をしたことに驚いているんだろうな）

胸の内で独りごちて、京介は苦笑した。

「お前はとんでもないやつだ。横暴で自分勝手で、驕っている。水神原の人を大火から救ったって言ったって、やっぱり〝さかしま〟の者はどいつもこいつも変わらない——実をいえば、そう思ってた。いや。今でも少し、そう思ってはいるんだけど……」

正直に告げる。鳴き龍から抗議の言葉はなかった。代わりに彼は、視線で先を促した。

「でも、葛の葉に言われたんだ。俺は誰も信じていない。そのことが、妙に引っかかってる」

「…………」

「〝さかしま〟の者が人の想念に影響を受けるのなら、お前たちのことを信じていない俺は本当の意味での協力を得ることもできない。そういうことなんじゃないかって、思うんだ。だから玉兎も俺の言うことを聞かないのかもしれないし、玉兎がお前や茶々――もう一匹の仲間のことを傷付けることがないとも言いきれない」

（前は、そんな危惧なんてしたこともなかったけど）

言ってから、京介は妙泉の前に右手を差し出した。

「裏切りたくないんだ。少なくとも、茶々とお前のことだけは。どんな理由であれ、お前は五十嵐のことを助けてくれた。五十嵐が怪我をする前に。だから、信用したい」

「……随分とまァ、都合の良い解釈をしたもんだ。喉元に刃《やいば》を突き付け合って『信用したい』だ？　笑えるな。本当に、人間サマってのは笑えるぜ」

長い沈黙の後に彼は鼻で笑って、こちらの手を一瞥した。グローブをはめたままの手を拳の形にして、ゴツッと殴ってくる――テーピングしたままの、左手を。

「いたっ」

「……一週間後。二十一時に九天島駅前のファストフード店で。手筈《てはず》は当日伝える」

鳴き龍はきまりの悪そうな顔をして、告げてきた。

「え？　ファストフード店？」

「なんだよ。文句でもあんのか？」

思わず訊き返せば、彼がぎろりと睨んでくる。

文句はない。文句はないが、鳴き龍とジャンクフードという組み合わせは想像し難いものがある。龍泉寺の住職も、まさか仏殿から抜け出した鳴き龍がファストフード店にいるとは思わないだろう。想像して——控えめに笑えば、彼は機嫌を損ねたようにぷいとそっぽを向いた。

「つうか、納得いかねえんだが。信じたいとか言うわりに、人のことを散々に言いやがって。横暴で自分勝手で驕ってるだと？　それを言うなら、てめえはとんだ猫っかぶりじゃねえか」

ぶつぶつとぼやいている鳴き龍に、ふと浮かんだ疑問を投げてみる。

「今更なんだけど……お前、そんなにしょっちゅう仏殿を抜け出して平気なのか？　天井から鳴き龍が消えたなんてことになったら、住職さんたちが大騒ぎするだろうに」

「問題ねえよ。劣化を防ぐために一般公開はしてねえし、参拝客のほとんどは賽銭投げて満足して帰る。地域の学習に貢献するため——とか言ってアポとってきた学生たちは受け入れているようだが、そんときゃ事前に分かるから出かけなけりゃいい。住職も早朝に一度掃除しに来るくらいだからな」

鳴き龍は露骨に機嫌の悪そうな声を出しつつも、答えてはくれた。意外に素直なのかもしれない。初めて彼に親しみのようなものを覚えて、京介はついでにもう一つだけ訊ねることにした。

「ふうん。じゃあさ、名前を呼ばれても応えないってのは？　何故なんだ？」

「応えないわけじゃない。応えられないのさ。手を拍《う》つと応える壁の龍。それが、鳴き龍だ。てめえらがそういうふうに作ったんだろうが。俺だって、八方睨みだったらどんなによかったことか。隙なしなあいつらが羨ましいぜ……って、俺はなんでこんなことを話してンだ」

語り尽くしてから我に返った彼は、苦虫を嚙み潰した顔をした。

「まあいいや。とにかく、当日まで懐古派のアホどもに嗅ぎつけられるなよ」

「ああ」

「一応、仲よしごっこには甘んじてやる。信じる者には応える。くそ面倒臭ェが、それが〝さかしま〟の仕組みだ。俺だって、その理から逃れることはできない」

こちらにようやく聞こえるほどの声で言って、足早に去っていく。その後ろ姿が見えなくなって、ようやく京介はゆるゆると息を吐いた。

猫っかぶり。妙泉の投げていった言葉は、ある意味で正しい。

安堵に弛緩した手から、携帯電話が滑り落ちる。いつの間にボタンを押してしまったのか、通話はとっくに切れていた。落ちた携帯を拾うことも忘れて、右手を胸の上に当てる。激しい鼓動と微かな吐き気に、深く息を吸う――

コンクリートの上でそのままになっていた携帯を拾い上げてくれたのは、一二三だった。

「京介くん、お疲れさま」

遠慮がちに声をかけてくる彼女に、とりあえず首を振る。

「あ、ああ。五十嵐も、お疲れ。口を挟まないでいてくれて助かったよ。俺がやらなきゃいけなかったから」

一二三が交渉すれば、こんな回りくどい真似をしなくても済んだのかもしれない。けれど、それでは意味がなかった。

胃の痛くなるようなやり取りを黙って見ているだけ——というのも、思いの外こたえたのだろう。ほっと息を吐いている一二三に、京介は笑みを作ろうとした。もっとも、唇は弧を描くことなく僅かに引き攣っただけだったが。

「……流石に、緊張した」

「うん」

笑うことを諦めて素直にそう告げる。一二三は柔らかな眼差《まなざ》しで、言葉を受け止めた。

「信じたいっていうのも、裏切りたくないっていうのも、嘘じゃないいつもりだけど」

「うん」

「怖かったっていうのも、本音だ。正直、迷ったよ。あのまま続けようか……」

彼の本音に気付かないふりをして機嫌を取る。そんな誘惑が一瞬たりとも浮かばなかったと言えば、嘘になる。いつでも殺せるという鳴き龍の言葉を思い出せば、また緊張感が蘇った。どうにも収まりのつかない心臓を握り潰すように、胸のあたりを掴む。先日……一二三にすべてを話してから、自分がいっそう弱くなったように思えてならない。

「でも、京介くんは誤魔化さなかった」

呟きながら、一二三が携帯を渡してくる。その言葉にはっとして、京介は顔を上げた。目が合う。いつもの——下がりがちの眉の下で瞳を微笑ませている彼女から、携帯を受け取ろうとして躊躇ったのは、自分の手が酷く震えていることに気付いたからだった。一二三がそんなこちらの手を掴んで、携帯を握らせてくる。そのまま手を重ねて、

「妙泉さんだって、そのことを分かってくれた。京介くんのこと、きっと認めてくれた。仲よしごっこなんて言葉を使ってたけど、きっと、ちゃんと協力してくれる。舞子まで、もう少しなんだよ」

感慨深げに呟く。

「一週間後が、最後になるといいな。京介くんが兎を喚び出すのも、戦うのも」

願うような一二三の言葉に、京介は彼女の手を握ったまま、小さく頷いた。

足元に映る月影を、舞子は爪先でそっと弾いた。銀色の水鏡に小さな波紋が広がる。神秘の泉に展開された夜空がぐにゃりと歪んで風景を形作っていく。波状に広がる白い月は随分と懐かしい現代的な建物に。天空に枝を伸ばした木々は、人の姿に。そうして夜の黒と緑色の細かな星が、小さな生きものの姿を現した。

応声虫。

消えてしまった〝さかしま〟の者の名前を、舞子は呟く。

水の中には幼馴染みと親友が、小さな生きものを看取《みと》る姿が沈んでいる。少し前から姿を見せなくなった応声虫はよりにもよって〝うつしよ〟を訪ね、そして消滅してしまった。

「舞子を助けて、か……」

ぽつりと呟いて、水中に見える小さな友人に手を伸ばす。何度摑もうとしたところで、五指は応声虫を――猫又に取り憑いた彼の姿を捉えることはできない。指の隙間から零れた水は、また近くて遠い〝うつしよ〟の一部に戻っていく。目の前に存在しつつも、決して干渉することのできない風景がそこにはあった。

小粒の宝石にも似た緑色の瞳から、光が消える。猫又と化した飼い猫の腹から、応声虫の姿が消えていく光景を、舞子は瞬きもせずに見つめていた。〝さかしま〟の手掛かりを失った京介が、その消滅を嘆いている。やり切れない光景だった。

(京介と一二三も、応声虫も。わたしのこと、助けようとして)

「だから、知らない方がいいと言ったろう」

不意に、そんな言葉が聞こえた。映像が揺れる。〝うつしよ〟の風景は乱れ、解け、また〝さかしま〟の夜に戻っていく。沈黙の夜空を映した水面《みなも》を割って現れたのは、美しい白蛇だった。体表をびっしりと覆う白い鱗は、冷たい月明かりを吸い込んで乳白色に輝いている。目蓋のない瞳は深い赤。興奮が冷えて固まったような色だった。

「昊……」

名を呼ぶ。

水底《みなそこ》から現れた大蛇は、その長い体をゆったりとくねらせながら岸へ這い上がると大きくとぐろを巻いて〝さかしま〟の月を仰いだ。母なる月の光を浴びて、白蛇は人の姿に変じる。

瞬きをする程度の僅かな時間だった。

まるで最初からそこに存在していたとでもいうように、大蛇など見間違いだったとでもいうように、長身の男は静かに佇み赤い瞳で月を見上げていた。流星を集めた銀色の髪が、さらさらと風に靡く。十秒足らずにして、彼が泉から這い上がってきたことを証明するのは、頬に浮いた水の珠《たま》だけになった。

「わたしも、お前をここへ連れて来るべきではなかった。どうして、こんなことをしたのか。自分でも理解に苦しむ」

ぴたりと訪問の途絶えた応声虫の行方を訊いたのは、舞子だった。語ることを渋る大蛇の様子から、すぐに応声虫とはもう二度と会えないのだと分かってしまった。〝さかしま〟での友人――人ではないが――を失ってしまったことが悲しくて食事も摂れずにいると、昊はようやく、

「来い」

と、一言だけ言って舞子をあの閉じた部屋から連れ出した。

大蛇の泉。地下宮の最奥にある、大蛇の禁域。〝うつしよ〟との接触を断った彼が、唯一その世界を眺めることのできる場所。心の住処――と語る大蛇は、初めての来客に戸惑っているふうにも見えた。何故、彼がそんな大切な場所に招いてくれたのか。それを訊きたいのは、舞子の方だったというのに。昊天の主は途方に暮れた様子で、しかしそんな自分を誤魔化すように、

「なんにせよ、応声虫には可哀想なことをした。あれはお前のことを気に入っていた。あれの前でお前を傷付けるべきではなかったし、懐古派の者どもが境界の綻びを抜けて〝うつしよ〟へと赴いているなどという話もすべきではなかった」

そう、独り言にも似た言葉を続けたのだった。

「すべては、わたしの無思慮ゆえだ。お前が自分を責めることはない」

淡々とした口調は、けれど何故か優しく聞こえる。昊はふっと視線を下ろすと、そこで初めてこちらに視線を向けてきた。

「勇敢なる我が眷属の遺志は、お前を〝うつしよ〟へ帰すことだった」

「…………」

「我が愛し子《いとご》の想いを酌《く》んでやれなかったこと、今は後悔している。また、誇らしく思ってもいる。利のためではなく、また〝さかしま〟のためでもない。お前のために、危険を冒して〝うつしよ〟へと赴いた応声虫のことを」

「やめてよ……。やめてよ、昊。そんなふうに言うのは。わたしは――」

応声虫に、そんな決断をさせてしまったことが悲しい。

そう思いつつも声にしなかったのは、それが〝さかしま〟の友人を貶《おとし》める言葉であると分かっていたからだ。舞子が押し黙ると、昊もその話題を続けようとはしなかった。代わりに、

「わたしが、お前を帰そう。〝うつしよ〟へ」

静かな声で告げてくる。

「でも、そんなことしたら昊が……」

唐突な宣言に、舞子は戸惑った。

嬉しいか、嬉しくないか。正直に言えば、よく分からない。自分という存在の来訪により

〝さかしま〟と〝うつしよ〟の境界が不安定になっている。そのせいで、独往派と懐古派の衝突が激しくなり、日夜刑吏や衛兵たちが忙しなくしている——そう言ったのは旲である。舞子としても、混乱した〝さかしま〟を放って、自分ばかりが日常へ戻ることには躊躇いもあった。

「鏡守——応声虫を看取ったお前の友人たちが、近いうちに〝さかしま〟を訪ねてくるだろう」

こちらの言葉が聞こえていなかった、というわけではないだろう。旲は、困惑や躊躇に取り合ってはくれなかった。舞子には、それが彼なりの優しさであるとも分かっていたが——

「京介と一二三が？」

とりあえず、話を合わせることにする。もっとも、大蛇の口から語られた予告は彼への気遣いを抜きにしても驚くべきものではあった。

「でも、どうやって？」

訊き返す。すると、眉間に悩ましげな皺を寄せていた彼はますますきつく眉根を寄せた。

「我が眷属に一匹、困ったやつがいる。こういう言い方をすると、愛嬌があるように聞こえてしまうな。実際、可愛げなどまったくないやつだが。その者が、どうやらお前の友人たちをそそのかしたらしい。元はと言えばあやつを頼ろうとした応声虫が……いや、あれのことはもう言うまい。わたしは、お前が友人たちと逃げるのを黙認しよう」

気苦労の絶えない顔で悪態交じりに呟いていた彼は、最後にはっきりと結んだ。

「……〝さかしま〟はどうなるの？」

触れても良いものか。迷いつつも、やはり知らないままにしておくことはできなかった。舞子が遠慮がちな視線を向けると、昊は軽く笑った。

「古《いにしえ》の日々に回帰するのかもしれないし、或いは終わりの日を迎えるのかもしれない」

あっさりと言う。が、その言葉が本音から遠いところにあることは疑いようもないことだった。彼の目には、隠しようのない悲しみがあった。

「終わりの日って……昊はそれでいいの？　昊天の主なんでしょ？」

「よくはない。が、これ以上お前を拘束したところで、恐らくはなにも変わるまい。懐古派はわたしの慎重さに業を煮やして、御前のために動き始めている。それを阻止せんとする独往派も、最早《もはや》わたしを頼りにしてはいないだろう。応声虫でさえ、わたしを頼らなかった。この事実が、今の昊天の在り様を示している」

天に向かって嘆く。瞬間、舞子には彼の姿がほんの少しだけぐらりと揺らいだようにも見えた。

「昊天とともに生まれ、昊天とともに育った。わたしは昊天——〝さかしま〟そのものでもある。懐古派と独往派、どちらに与《くみ》することもできない。〝さかしま〟と〝うつしよ〟の行く末を案じることしかできない。人からも同胞からも必要とされなくなったわたしには、お前の望むような力もない」

秘め事を囁くように、昊は言った。

昊天を統べる者の悲しい告白だった。

「だからこそ、お前を引き留め続けた。現状を維持するためならば、それも仕方のないことと思っていた。そんなわたしのなんと腑抜《ふぬ》けだったことか。実をいえば……危険を顧みずにお前を助けようとした応声虫のことが、ほんの少しだけ羨ましかった」

湿った吐息が鼓膜を、胸を震わせる。とうとう耐えられなくなって、舞子は昊に縋った。

「仕方ないじゃない。昊は昊天の主なんだから、好き勝手やって〝さかしま〟を危険に晒すわけにはいかないでしょ。〝さかしま〟のことよりも人間の女の子のことを優先するようになったら、リーダー失格じゃない。なのに、なんで……なんで、昊はそんな顔するの。自分のこと、責めるの」

「わたしを庇うか、因幡舞子」

昊はおかしそうに笑った。長い髪が、肩のあたりで細かく震える。

「お前を見ていると、古い時代を思い出す」

「人が〝さかしま〟の者の存在を認めていた、時代？」

昊が、戻れるはずがないと言って怒った――かつての世界。大蛇は、ああと小さく顎を引いた。

「だから、腹が立つのだろうな。わたしとて、あの時代に帰りたくないわけではない」

彼の手が、伸びてくる。ほっそりとした指先が顎から頰へ向かって、輪郭を撫でる――舞子はその手を振り払うでもなく、されるがままになっていた。ひんやりとして滑らかな皮膚の感触は、人間というより蛇の鱗によく似ている。

昊は語り続ける。

「昔も、お前のような女に出会った。一人や二人ではない。〝さかしま〟と〝うつしよ〟が分かたれるまで、わたしは人間の女を求めては情を交わしてきた。わたしの正体を知って離れていく者もあれば、それでもなお愛してくれる者もいた。彼女たちが、その子らが、そして残された伝承が、わたしの力の源となった」

輪郭をなぞっていた指先が、こめかみのあたりで止まった。

「今は過去への想いを糧に、ただただ不可侵であるだけの傍観者として生きながらえている。お前を見ていると、そんな過去に手が届くのではないかと錯覚する」

彼が息を吐き出す。と、同時に手が離れていく。

「目の前に見えるものを摑むことができない、というのは辛いものだ。お前が〝さかしま〟を恐れぬことも、わたしを苦しめる。お前と話していると、昔のような力が戻ってくるのではないかと期待している自分に気付かされる」

離した手を体の横で握りしめて、昊。少しトーンの下がった声は聞き取りにくく、独白のようにも思えた。そんな彼を眺めながら、舞子は酷く悲しくなった。美しい大蛇の白は、始まりの色でもあり、なにに染まることもない絶大な力の象徴でもあったはずだ。けれど今のそれは、諦めの色にしか見えなかった。燃え尽きた灰のように、ただただそこにあるだけ。吹けば跡形もなく消えてしまいそうなほどに儚い。それが今の大蛇であり、また〝さかしま〟でもあるのだ。

「もしも……」

一度言葉を切ったのは、それを言ってしまってもいいものか迷ったからだった。沈んだ彼の瞳が、こちらを見つめる。先を促してくるわけでもなく、ただ静かに言葉を待っている。

「もしも、昊に昔と同じような力があったら……。昊のことを信じて寄り添う人間がいたら、どうするの？　〝うつしよ〟と〝さかしま〟をどうしたいと思うの？」

「そんなことを訊いて、お前の方こそどうするつもりだ？」

「別に、どうも」

答えながらも、舞子はそれが自分の本音ではないことに気付いていた。

（ううん、嘘。わたし、どうにかしたいんだ。〝さかしま〟のことも、昊のことも）

認めて、小さく首を振る。

「昊は、なにもできないからって諦めているみたいだったから。もし、なにかできるなら、どうするつもりなんだろうって。懐古派と独往派が選びたがってる以外の選択肢があるなら、聞いてみたいなって思っただけ」

そう言い直せば、大蛇の瞳が切なげになった。

――また、余計なことを言ってしまったのかもしれない。

ハッと気付いて、舞子は口を噤んだ。

（苦しめたいわけでも、悩ませたいわけでもないのよ。放っておけなくて、助けたくて、でもどうしていいのか分からなくて……）

酷く、もどかしいのだ。こちらの気持ちを察してか、大蛇の顔はますます苦しげである。そんな彼を見るほどに、舞子の胸の奥でなにか形容のし難い想いが生まれるのだった。

恋か、愛か、憐憫《れんびん》か、慈《いつく》しみか。

分からない。ただ――その正体を摑んでしまえば、代わりに別のものを失ってしまうような予感もあった。これまで大切にしてきたもの。〝さかしま〟に情が移るほど反比例して朧気になっていく、〝うつしよ〟で過ごした記憶。見知った人たちの曖昧な輪郭。それらを頭の中に思い描こうとすると、〝さかしま〟の景色が遠くなるような錯覚に陥る。目の前の大蛇の存在も、どうしてか希薄に感じられた。彼らが自分の前から消えてしまうのではないかと――恐くなって、舞子は頭の中からかつての世界を閉め出した。そのまま、彼の返事を待つ。

と、不意に昊の視線が外れた。

硝子玉のような彼の目から自分の姿が消えたことに、ほんの少しの寂しさを感じながら、舞子は彼の様子を見守っていた。天を仰いだ男の顔が、白々とした月明かりにぼんやりと輪郭を溶かしていく。男の体からは徐々にくびれがなくなって、神々《こうごう》しいまでの白は穏やかな乳白色へと戻っていく。銀色の髪と血の気のない白い肌。そして皺一つない官服は、すべて光沢を帯びた滑らかな鱗に。直線は優美な曲線へ。ゆるりととぐろを巻いた一匹の大蛇へと姿を戻した彼は、もたげていた鎌首《かまくび》を億劫《おっくう》そうに降ろした。一塊《ひとかたまり》になっていた体をうねるような動きで解いて、顔を近付けてくる。そこには以前見せたような激しさはなかった。瞬きのできない瞳は、胸が痛くなるほどに静かだった。大蛇は大きく裂けた口を控えめに開いて、

「さて、どうするか。考えたこともない」

笑うようにちろちろと細い舌を出している。下手な嘘に、舞子は苛立ちを覚えた。

「誤魔化すの？」

「お前は常に真っ直ぐだな。因幡舞子。だが――」

大蛇の表情は変わらない。けれど声には少しだけ苦い響きが混じったようにも聞こえた。

「知ることが、常に正しいとは限らない。知れば戻れなくなることもある。今の状況を言っているのではないぞ。わたしは、お前の〝うつしよ〟の者らしくないところを危惧しているのだ。お前は〝さかしま〟に惹かれている。それは同時に〝さかしま〟を惹きつけていることをも意味する」

――だから、わたしも。わたしの心も。

言って、彼は腕をぐいと引いてきた。

白い蛇体とともに泉へ飛び込む。暗い水底へ溶け込むように、二人で沈んでいく。歪む月を水の下から眺めながら、舞子はひんやりと冷たい大蛇の体にしがみついた。彼の作った大きな波紋が、水面を揺らしている。

気付けば、そこはもういつもの部屋だった。牀台の上で舞子はぼんやりと月にも似た照明を見つめていた。視線だけで部屋の様子を探る。昊の姿はない。そのことに少しだけがっかりしながら、舞子はまた瞳を閉じた。

「いいか。俺たちが行く頃〝さかしま〟は昼だ。御苑の刑吏と衛兵以外、出歩くやつはほとんどいなくなる。なんせ、こっち側で言うところの真夜中だからな。妙な横槍を入れてくるやつは、いないはずだ。とはいえ御苑って場所ではなにが起こるか分からねえってのも事実だから、用心するに越したことはないが……」

言いながら、鳴き龍は他から見えないように、胸の前で小さく腕を振った。その手の中に折り畳んだ紙が現れる。彼は不思議なことなどなに一つしていないという顔で、紙を開いた。

「御苑の地図を持ってきた。これが〝門〟」

指先で鳥居のマークを示す。そこから更に真っ直ぐ歩くと、小門が。これは九天島神社の小鳥居に当たるものなのだろう。そこをくぐると、拝殿があり本殿へと通じている。御苑の構造も基本的には〝うつしよ〟にある神社の境内と変わらないらしい。

「門をくぐってしばらくは一本道なのか」

地図上に記された道を、指で追っていく。

「ああ。見ての通り、社を目指すのはそう難しいことじゃない。問題は社に着いてから――勿論、刑吏や衛兵、そして御前に見つからないよう動く必要もあるんだが……それ以上に、厄介なのは地下宮だ」

「地下宮？」

「大蛇の地下宮さ」

簡潔に答える彼が指で示したのは、本殿の裏手だった。朱で×印が書き込まれている。

「女はこの中にいる。ここなら、御前も懐古派のやつも手出しできないからな。造りは複雑。〝さかしま〟の者でさえ、抜け方を知らなければ迷うほどだ」

「そんな場所にいる舞子を、どうやって助ける？」

「俺が行く」

返ってきたのは、およそ妙泉の口から発せられたとは思えない言葉だった。

「昊の眷属ともなれば、話は別だ。禁域と呼ばれる昊以外に入れない場所はあるが、基本的に俺たちは出入りの自由を許されている。道に迷うこともない」

そこで、だ。と妙泉はまた指先で地図の一画を示した。本殿から西、少し離れた一画に〝響《かぎる》ノ《の》亭《てい》〟と記された建物がある。

「俺とお嬢ちゃんが二人で地下宮へ行く。てめえは、まっすぐ響ノ亭を目指せ」

「響ノ亭？」

「御前の住処さ。そこでてめえが火《か》計《けい》工作をする」

「ちょっと、待て――」

火計工作？

話が見えなくなってきた。勝手に立ててきた計画を、さも当然のように進める妙泉を遮る。

こちらが話を遮った理由が分からなかったらしい。鳴き龍は怪訝な顔で見返してきた。

「火計工作ってどういうことだよ」

「要するに事が済んだ後にすべて燃やしちまえるようにしておくってことさ」

そういう答えを聞きたかったわけではないのだが……。

(いきなり住処を襲って火を点けるなんて、こっちが悪者みたいじゃないか)

複雑な顔をすれば、彼にもこちらの言いたいことはなんとなく伝わったようだった。ふふん、と鼻を鳴らして、甘いなと一言。

「子供の喧嘩じゃねえんだ。勝つためには打てる手をすべて打っておく」

きっぱりと言って、小瓶を差し出してくる。中には透明なピンポン球のようなものがぎっしりと詰まっていた。これはなにかと視線だけで訊けば、彼は事もなげに答えた。

「火種《ひだね》だよ。てめえは、こいつを響ノ亭周辺に仕込むだけでいい。俺は因幡舞子と接触したら、彼女と嬢ちゃんを一度、門の外まで連れて行く」

「え？」

一二三は話が違うとでも言いたげな顔をした。

「ちょっと待って、妙泉さん。だって、わたしは――」

「お嬢ちゃんの気持ちは分かる。分かるが、今回は相手が悪い。本当は連れて行きたくもないくらいだ。なんせ、独往派と懐古派の争いに巻き込むんだからな。さっきも言ったが、勝つために打てる手はすべて打つ。それは相手も同じだ。こっちが先に仕掛けたら、態勢を立て直すためにやれるだけのことはやろうとするだろう。そういうときに弱みになるのは、力のない仲間や大切にされている女だ。争いの最中にもしもお嬢ちゃんが人質に取られりゃァ、俺はともかくこいつが役立たずになる」

遠慮のない正論に一二三が押し黙る。事実であるだけに、京介もなんのフォローを入れることもできない。妙泉は何事もなかったかのように、先を続ける。

「で、だ。お嬢ちゃんたちを帰した俺が、すぐにてめえと合流する。仮に合流前にてめえが見つかったとしても、玉兎がいれば時間稼ぎくらいできるだろ。四ノ尾の狛犬兄妹も来ることになっている」

「他の独往派の連中は？」

「御苑の外に住む懐古派どもの足止め。と、一つ騒ぎを起こしてもらって刑吏を引きつけてもらう手筈だ。これで俺と鏡守、そして狛犬兄妹は御前と侍従《じじゅう》だけに集中できる」

その問いかけもまた想定内だったのだろう。淀みなく答えてくる妙泉に、二人は却《かえ》って心配になった。彼の計画には、一つ間違えばそのまますべてが台無しになってしまいそうな危うさがある。

「でも、御苑の大蛇は？　どうするの？」

胸の内の不安を隠さずに、一二三が問う。妙泉はこれにも、どうということもないふうに答えた。

「やつが騒ぎを把握する前に、片を付けるのさ。独往派の奇襲、そして応戦する懐古派――相容《あいい》れない二つの派閥の争い。昊に知らせるのはこれだけだ。そのためには、必ず御前と侍従の口を封じててめえらが〝さかしま〟に来た痕跡《こんせき》を消し去る必要があるが」

語尾が少し弱くなったのは計画に不安を感じたからというわけではなく、単純にその内容が不穏だったためなのだろう。だが自信をまったく揺るがさない妙泉に、京介は指摘せずにはいられなかった。

「俺たちの痕跡を消し去る？　でも、舞子のことはどうする？　地下宮を歩けるのは、昊の眷属だけなんだろう？　舞子が隙を見て逃げ出した……なんて言い訳が通じるとは思えないんだけど」

「そこで、火計工作が役に立つって言うのさ。やつらとの争いの中で響ノ亭に火をかける。火の手が御苑全体に回ることを危惧した俺が、因幡舞子を地上へ連れ出したことにする。騒ぎの中で俺からはぐれた因幡舞子は、それを好機に一人〝うつしよ〟へ帰った――これなら、なにも不自然なことはない」

「そんなに派手に暴れて、お前は罰せられないのか？」

「罰せられないはずがあるか。が、不本意ながら、やつの説教にゃ慣れてる。口にも自信がある。おまけに、懐古派のやつらには不利な証拠がある」

「不利な証拠？」

「葛の葉が持って帰った殺生石。あれさえ押さえちまえば、あいつらが御前を〝うつしよ〟へ送り込むために準備を進めていたことも証明できる。言い逃れなんかさせるもんか。やつらが〝うつしよ〟から殺生石を持ってきたことに気付いた独往派は、やつらの無謀を阻止しようと少しだけ血気《けつき》に逸《はや》っちまった。そういうことにすればいい」

そういうことに、できるのだろうか？

彼の計画のもう一つの問題点を挙げるとすれば、あまりに力任せなことだった。もっとも、本人にその自覚はないらしい。

「昊は独往派の味方でもないが、一応〝うつしよ〟への不干渉を宣言している。刑吏どもに境界の綻びを繕わせ、不正に〝うつしよ〟へ出て行く者がいないか、見廻らせてもいる」

「懐古派のやろうとしていることと、お前がやろうとしていること、どちらの罪の方が大きいかってことか。それで、例えばお前の正当性が認められたとして……これだけの騒ぎを起こした罪が相殺《そうさい》されるのか？」

どんな罰でも消滅よりはマシだとでも言うのだろうか。

不思議に思いながら訊くと、心配されたことが意外だったのか彼は目を丸くした。

「相殺されるように願うさ。どんな罰にしろ、消えるよりはマシだ」

これは、少しだけ言葉を詰まらせながら答えてくる。そうして、すぐに居心地が悪くなったのだろう。

「手順の説明はこんなところでいいな。時間がないってわけじゃァないが、これ以上のんびりしていても緊張感が失《う》せるからな」

ちらっと店内の時計に視線を走らせると、妙泉は乱暴に立ち上がった。行くぞ、とも言わずに店を出る鳴き龍の後ろ姿を眺めながら、京介と一二三は顔を見合わせて苦笑した。

彼に遅れて、立ち上がる。椅子を戻しながら、京介は一二三に問いかけた。

「妙泉は、ああ言ったけど。五十嵐はどうしたいんだ？」

「え？」

なにが？　と首を傾げる彼女に、続ける。

「先にこっちへ帰ってくること。話の流れでそうなったけど、五十嵐自身はどうしたいのかと思って。俺、これまで自分の都合ばっかり押し付けてきたから」

妙泉の言い分が正しいことは分かっていた。計画に不安があるからこそ、一二三を隣に留めることは危険だが――

「五十嵐が一緒にいたいって言うなら、それでもいい。狛犬たちもいるし、俺も守る。だからさ、五十嵐も自分の思ったことを言ってくれよ。お前の意思を無視して、守った気になって……そういう独り善《よ》がりなやり方はもうやめるって、決めたから」

それこそ独り善がりな問いかけだったのかもしれないが、それでも言葉にして意思を問うことに意味があるような気がした。待っていてくれとも、付いて来てくれとも言うのではなく。外で妙泉を待たせているからだろうか――彼女はさほど間を置かずに答えてきた。

「先に戻るよ」

言葉の中には迷いがある。けれど一二三はもう一度、

「わたしは、舞子と一緒に先に戻ってる」

今度は自分に言い聞かせるように、そう言った。

「舞子だけ門の外で待たせるわけにはいかないし。三人でってなると、やっぱり妙泉さんの言う通り危険が増えると思うから」

「そっか」

ほっとしたような拍子抜けしたような――気の抜けた返事を聞いて、一二三が少しだけ顔を綻ばせる。

「京介くんが選ばせてくれたこと、嬉しかった。一人で御前のところに行かせるのは不安だけど、わたしたちが一緒に行動したせいで失敗しちゃったら、それこそ今までのことが無駄になっちゃう。だから……」

――絶対に京介くんも帰ってきてね。

言葉とともに差し出されたのは左手の小指だった。

「ああ」

京介はそこへ右手の小指を絡ませる。約束と、一二三が小声で囁いた。

「妙泉さんの計画は、ちょっと怖いけど。でも、成功させなくちゃ」

「そうだな」

頷く。そこにわだかまりはなかった。一二三はなにを我慢しているふうでもなかったし、京介自身の胸にもこれまで感じてきたような罪悪感が湧き起こることもなかった。

「舞子はわたしが連れて帰るから」

「俺は〝うつしよ〟を守るよ。また三人で前みたいに過ごせるように」

言葉は自然に口をついて出た。一二三はいつも下がりがちの眉をぱっと開いて、破顔《はがん》した。

（ああ、そうか。信頼って……）

こういうことなのか。

絡んだ小指を眺めたまま、京介は胸の内で独りごちる。繋がった指から胸へ、じんわりとあたたかいものが広がっていくようだった。

「行こうか。妙泉が待ってる」

促して、外へ出る。店の外では妙泉が、屈み込んでずっと外で待ち続けていた三毛猫の相手をしていた。恐らく例の計画を説明していたのだろう。店から出た二人に気付くと、彼は立ち上がった。

「猫又は、お前と行動することになった。ま、これで少しはお嬢ちゃんも安心だろう？」

にっと笑いかけてくる。茶々も、安心しろとでも言うふうに胸を反らせて声高に鳴いた。

「いいよな。こういうのも。ずっと必要ないって思ってたけど」

——なんだか仲間、みたいだ。

一二三だけに聞こえるように小声で言えば、彼女は小さく首を振った。

「みたい、じゃなくて。仲間なんだよ。頼っていいんだよ」


町の灯は遠い。

暗い林の間を懐中電灯の明かりのみで、慎重に進む。空には半月が浮かんでいたが、仄かな光のほとんどは雑草に遮られて足元まで届かない。獣道《けものみち》というほどではないが決して歩きやすいとも言えないその道を、背後の一二三を気にしつつ、妙泉の後を追う。猫である茶々はともかく〝さかしま〟の者である彼にとっても、夜の闇などどうということもないらしい。明かりもなしに、すいすいと進んでいく。

時折、突き出た枝を折ったり足元の石を蹴飛ばしたりしながら——およそ三十分。九天島神社に着いたときには、京介たちの目も大分夜に慣れていた。

「さて、てめえの出番だ。鏡守」

鳥居の手前で立ち止まった妙泉が、振り返ってくる。

「ああ」

荷物の中から紫の包みを探って、取り出す。

手に慣れたはずの銅鏡が、今夜に限ってやけに重く感じられた。汗に滑る手を服の裾で拭《ふ》いて、布を外す。くすんだ緑色の鏡面を裏返して、京介は縁に刻まれた文字を指でなぞった。

詩を口ずさむ。一句ごとに〝うつしよ〟が歪み〝さかしま〟に変わっていく。

——これも最後になるのだろうか？

吐き出す言葉を他人のもののように聞きながら考えているうちに、声が途切れた。それが、詩の終わりだった。完全に反転した世界を無感動に眺めていると、近くで妙泉がほうと感心したように唸るのが聞こえてきた。

目の前にそびえ立つ門を見上げる。

何度も目の前にして、そのたびに開けることが叶わずに諦めてきた。〝さかしま〟への入り口。一二三の腕に抱かれていた茶々――今はもう彼女も猫又へと変化を遂げていた――が、するりと地面に着地して、尾でこつこつと扉を叩く。

「そんなことしなくたって、なにも仕掛けられちゃいないぜ」

慎重な猫又に、妙泉は軽く笑った。その手には銀色のライターが握られている。

「こんなときに、煙草か？」

訝しみつつ訊けば、

「いいや？」

鳴き龍は面白そうに言って、かちりとライターの蓋を開けた。

「まあ、見てろよ。面白いもんでもないが、珍しくはあるんだろうぜ」

彼の指がフリントホイールを回す。青白く立ち上る炎を見ても、普通のライターにしか見えないが……。彼は怪訝そうな顔で見守る二人を横目に、澄ました顔で続ける。

「彼方より舞い戻りし此方《こなた》の鳴き龍。昊天の大蛇が息子、二十七番目の眷属。妙泉が命ずる」

炎が一際大きく燃え上がり、彼の手ごとライターを包み込んだように見えた。

「妙泉さん……！」

一二三がぎょっとしたように声を上げる。

しかし、妙泉の手が焼けただれた様子はなかった。炎を握り潰した彼の手の中には、淡い銀青色に輝く一つの鍵がある。鳴き龍は手の中でくるりと鍵を回すと、扉の鍵穴に挿し込んだ。

「開けるぞ」

それは最後の確認というより、合図のようなものだったのだろう。こちらの返事を待つことなく、彼の手が鍵を回す。扉の奥で錠の開く硬い音が鳴った――確かに、聞こえた。

「まずは、一つ」

内心では、京介たちよりも緊張しているのかもしれない。どこか安堵したように、妙泉。

「ここから、社までは一本道……」

京介も地図を開いて確認する。門から社まではそう距離がないように見えた。そこから、妙泉と一二三は社の最奥にある地下宮の入り口へ。自分と茶々とは、西側に位置する響ノ亭へ向かわなければならない。

〝さかしま〟の空に太陽が出ていることも、不安の種ではあった。〝さかしま〟の者にとっては夜に等しいといっても、煌々《こうこう》と輝く日の光に不吉な予感を覚えて――まったく隠れる場所のない一本道を堂々と踏み出そうとしている鳴き龍の背に、声をかけようとしたときだった。

「こんな時間に戻ってくるとは、珍しいな。妙泉」

そう、彼に声をかけた者がいた。勿論、京介たちではない。妙泉は踏み出した恰好のまま、ぴたりと足を止めて前方を睨んでいた。

幸いにも、相手からこちらの姿は見えていないらしい。

(昼だから見えにくいのか？　ちょっと感覚が分からないけど……)

逆にこちらからは、相手の姿がよく見えた。人の背丈ほどもある巨大な鼬だ。普通の鼬と違うことは、その腕を見れば明らかだった。手首から肘に沿って突き出た刃が、研ぎたてのように鋭い光を放っている。

「よお、刑吏殿。こんな時間にわざわざ見廻りご苦労なこったな」

妙泉がわざわざ〝刑吏〟と強調したのは、こちらに警告するためだろう。気付いて、京介も一二三の手を取り近くの大灯籠の陰へ、ゆっくり移動する。その間にも二人の会話は続いている。

「で？　これからどこへ行くつもりだ？」

「なんでそんなことまでてめえに話さなけりゃァならねえんだよ。ストーカーか」

「馬鹿を言うな。独往派の動きが不穏だから訊いているんだ。実をいえばこうして訊くのも不快だから、今すぐにでも貴様を斬って危険因子は消したいところではあるんだがな」

「おーおー、刑吏らしからぬ横暴な発言。本性現しやがって、てめえが消えろよ。鼠野郎」

注意を惹くためにわざと煽っているのか、それともいつもああなのか——嫌みと悪意の応酬《おうしゅう》に、こちらが緊張してしまう。どうにか一二三を先に大灯籠の裏へ押し込んで、自分もそこへ隠れると、京介は小さく息を吐いた。

「困ったな……」

慎重に進んだところで、彼らの傍を通って奥へ進むのは無理なように思える。仮に妙泉があの鎌鼬から解放されたとて、誰からも咎められずに地下宮へ入らせてもらえるのか——京介は額を押さえて呻いた。

「警戒されてるって自覚もなかったのかよ、あいつ……」

「他に通れそうな道はないかな？」

地図を開きながら、一二三。だが、何度確認したところで社へ続く小門までは一本道で、鎌鼬の傍らを通り過ぎるしか先へ進む方法はない。足元で、茶々が重たげな溜息を吐き出した。

「仕方ないわねえ」

言いながら、ちらっと来たばかりの門の方へ視線を投じる。そこはまだ開け放たれたままになっている。

「わたしが門の手前まで戻って騒ぐから。その間に社まで走りなさい。あんたたちがここを抜けてしまえば、刑吏のことは妙泉がなんとかするでしょ。というか、穴だらけの計画の責任は取ってもらわないとね」

「でも、妙泉さんがいないと地下宮には入れないんじゃ……」

戸惑う一二三の手を、京介は摑んだ。

「だからさ、五十嵐は俺と一緒に響ノ亭へ行くんだよ」

小声で囁く。

一方で妙泉は刑吏を相手に喋り続けている。

「それで？　てめえこそ、こんな時間に一人でなにやってンだよ。お仲間や衛兵どもの姿が見えないようだが、どうした？　まさか俺のことが気に食わないからって、仕事を放り出して来たんじゃねえだろうな」

鳴き龍の言葉がやけに挑発的なのは、刑吏の意図《いと》を探るためであろう。或いは、こちらの計画を気取《けど》られないためか――いや。口の悪い彼のことだから、そういう言い方しかできないだけかもしれないが。

「そんなはずがあるか。言ったろう？　独往派の動きが不穏だと。貴様がなにを企《たくら》んでいるのか知らんが、仲間に問題を起こさせるな。御苑の警備が不足する」

鎌鼬が生真面目に答える。妙泉は苦笑したようだった。

「今、御苑に残っているのはてめえだけか？　居残りとはご苦労なこった」

「居残りではない。ある程度の問題ならば、わたし一人でも対処できるということだ」

声に自信がこもる。

――ということは、彼さえ撒いてしまえば一先ず難は逃れられるということか。

あとは鳴き龍が彼をどう抑えるかだが、

「そうだな。それなら、こっちもどうにかできそうだ」

妙泉は気楽に鼻を鳴らしている。どうやら任せても問題はないということらしい。

それが合図となった。

茶々がそろりと灯籠の影から這い出して、御苑の門へと走っていく。その気配に気付いた鎌鼬が何者、と短く叫んで、猫又の後を追った。鎌鼬が大灯籠の真横を走り去る――その瞬間、京介と一二三は入れ違いに小門へ向かって駆け出した。

「なっ!?　向こうにも？　妙泉、貴様どういうつもりだ！」

背後では刑吏の罵声《ばせい》が聞こえたが、構わずに走る。茶々とこちらと、どちらを追うべきか迷

ったのだろう。一拍の後に引き返してくる足音が聞こえてきたが、

「させるかよ！　まったく、てめえが間抜けで助かったぜ」

妙泉がせせら笑って、彼を引き留めた。

自分たちの足音さえ気にする余裕もないまま、京介と一二三は走る。社へ続く小門は、すぐだった。御苑の大門とは対照的に、翡翠《ひすい》色に輝いている。鎌鼬の言った通り、衛兵は出払っているらしい。本来いるべき門番の姿はない。門の内側に滑り込んで、扉を閉める。

「とりあえず、なんとかなりそう――かな」

酷く楽観的な言葉だとは思わないでもなかったが、そうでも口にしなければ激しく音を立てている心臓がいつまでも静まってくれそうにないような気もした。隣では一二三が胸を押さえている。

「そう、だね」

息を整えながら、ぐるりとあたりを見回す。正面に見えるアーチ型の石門は、拝殿へと続いている。九天島神社ほど寂れてはいないが、夜と同じ色に塗り込められたその建造物は、やはり侘《わび》しい雰囲気を醸《かも》し出してはいた。鼓動が落ち着いてようやく、二人は場の静けさに気付いた。

無音。生き物の気配もない。風の音も、自然の唸りも聞こえない。まったくの無。

恐る恐る一歩踏み出す。ひそめたはずの足音が、妙に大きく響くように錯覚する。繋いだ手に、ぎゅっと力を込める。その擬音まで、聞こえてくるようだった。

まるで〝うつしよ〟に生きる者の騒がしさを拒んでいるようにも思える——

「とりあえず、移動しよう。誰が来ないとも限らないし」

敢えて口に出して拒絶する空気を打ち砕くと、京介は西側へ向かって足を踏み出した。響ノ亭までは、規則正しく敷き詰められた石畳の道が続いている。道の両脇に植え込まれた黒々とした樹木は、完璧な手入れをされているのか、或いは〝うつしよ〟のように育つことがないだけなのか。すべてが同じように剪定《せんてい》されていて、まったく違ったところなどないように見えた。

石畳を避けて、木々の間を進んでいく。

静けさと木漏れ陽《こもびび》の中を、大樹の陰に身を隠しながら。

どれだけ、そうして進んだだろう。

森どころか林ほどの広さもない。並木道と表現してやっと妥当《だとう》というほどの木々の間で、迷うなど有り得ない話だった。遠目に見える響ノ亭のシルエットは、歩き始めたときからまったく変わらない。遠ざかることもなく、近付くこともなく、手の届かない場所に佇んでいるだけ。

翡翠の小門からどれだけ歩いてきたのか——確かめる術もない。いつの間にか、二人はどこへ行くこともできなくなっていた。すぐ隣にあるはずの石畳の道にさえ辿り着けずに、ただ木々の隙間をぐるぐると歩く。歩き続ける。

「なあ、五十嵐。おかしいぞ。一度、止まろう」

左腕で汗を拭いながら——振り返って、

「五十嵐？」

ぎょっとする。繋いでいたはずの右手の中にあったのは、一二三の手ではなかった。人間の手ですらない。滑らかな羽の感触。何故、違和感に気付かなかったのか。背後では青白い燐光《りんこう》を纏った鷺《さぎ》が退屈そうに長い喉を上下させていた。

「やあれ、ようやく気付いたか。鏡守」

青鷺《あおさぎ》が、のんびりと言ってくる。京介は愕然としながら、握りしめていた鳥の翼を振り払った。なにがどうなっているのか、分からない。混乱しながらあたりを見回して、一二三を探す。

（いない！　どこにも、いない……）

その姿がどこにもないことに気付くと、頭の中がさっと白くなった。見つめてくる青鷺の黒い瞳が、またやってしまったなと責めていた。

「辿り着けぬよ。汝《なんじ》は〝さかしま〟とはやっていけぬ」

厳格な声が耳に、脳内に、響いてくる。

どうして――

口元まで上がってきた疑問を呑み込んで、京介は代わりに鏡を強く握りしめた。

「五十嵐はどこだ？　お前が隠したのか」

辿り着けないと言われたことよりも、〝さかしま〟への疑問よりも、なにより一二三の安否を知ることの方が大事だ。問い詰めれば、青鷺は器用に肩を竦めて、やれやれと首を振った。

「これも〝さかしま〟と〝うつしよ〟の分かれた弊害《へいがい》か。このような鏡守が生まれるとは」

「どういうことだ」

「五十嵐一二三は蓑亀《みのがめ》とともに、因幡舞子の許へ向かっている。汝は我とともに響ノ亭へ、来よ。それが鳴き龍の計画であろう？　我らは懐古派とも独往派とも異なるが、あれとは知己《ちき》ゆえ力を貸してやろう」

質問には答えずに、ただ一方的に用件のみを告げていく。

勿論、そんな話を信じられるはずがない。もう説明することなどないと言わんばかりに踵を返して歩き出す、そんな青鷺の後を追うべきか否か——警戒したまま迷う京介に、彼は首だけで振り返ってカッカッと長い嘴《くちばし》を鳴らした。

「〝さかしま〟の者の助けは要らぬか」

「そういうわけじゃない。ただ、わけも分からないままに五十嵐と別れさせられて、妙泉の知り合いだから力を貸してやるって言われたって……」

罠かもしれない。

それを口に出しはしなかったが、相手には伝わったらしい。

「実に嘆かわしい。道を逸れたのは汝だというのに」

嘴の付け根にある小さな鼻の穴からふっと息を漏らして、青鷺。

「響ノ亭までは真っ直ぐ道が敷かれていた。それを信じようとせなんだは、汝ら。或いは〝さかしま〟が汝を拒んだがゆえか。易《やす》き道は閉ざされた」

「俺が〝さかしま〟の敵だって話か？　俺は舞子を取り戻そうと思っているだけで、この力で

〝さかしま〟を滅ぼしたいなんて思ったことは一度もないぞ」

確かに妙泉と組んで、響ノ亭を襲撃しようとしていることは否定できないが。

「自分たちの住む世界を変えたくない。混乱させたくない。俺はお前たちが〝さかしま〟を想うように〝うつしよ〟を想っているだけだ」

「…………」

言えば、青鷺は重たげに溜息を吐いた。

「かつて……」

ふい、と視線をまた前へ戻して続ける。

「かつて、兎は〝憂《う》さぎ〟であった」

語りながら、ぺたぺたと歩いていく。話を聞くためには必然的に後を追う形になる——青鷺の思惑に気付いて、少しだけ躊躇しながらも京介は後ろに続いた。まだ彼を怪しいと思う気持ちはある。けれど従わない限りは、この場所から一歩も動けない。それは事実だった。

青鷺はこちらが付いて来ていることを確かめる素振りもなく、

「花間《かかん》、一壺《いっこ》の酒。独り酌んで相親しむなし。杯を挙げて明月《めいげつ》を邀《むか》え、影に対して三人と成る。月、既に飲《いん》を解せず。影、徒《いたず》らに我が身に随《したが》う。暫《しばら》く月と影とを伴いて、行楽、須《すべか》らく春に及ぶべし」

先へ先へと進みながら、朗々と歌い上げる。

「何故、人が玉兎を作ったか」

「何故なんだ？」

彼の謡《うた》い上げた詩の意味は分からなかった。ただ、どこかで聞いたことのある響きだと思いながら、京介は問い返した。

青鷺の返事はない。どう答えるべきか考えているのか、それとも答える気もなく問いを発してみただけなのか。返事を待ちつつ、あたりの風景へ視線を投じる。

木漏れ陽が強い。さっきまで木々の間で迷っていたことが嘘のように、今は真っ直ぐ目的地へ向かっているのだと分かる。響ノ亭。九尾の館。近付くにつれ、なんとなくその場所の異質さが伝わってくる。社の内でも浮いている。けれど、決して不快なわけではなかった。

奇妙な既視感。その理由を、京介は考える。

この世界では拝殿、本殿、そして数ある小舎、庭園、門さえも独特の雰囲気を持っている。〝うつしよ〟を模倣したと分かる一方で、決して同じではない。例えば、それは人には表現のできない色彩の妙であったり、一ミリの歪みもない不自然な完璧さであったり、装飾に用いられる模様の微細さ、そして〝うつしよ〟にはない石や塗料が作り上げる重厚さは〝さかしま〟にしかないものだった。

（そっか。あそこだけ他より〝うつしよ〟っぽいんだ）

とはいえ、その建物は随分と古い様式で造られているようにも見えたが。

瓦《かわら》ではなく、樹皮のようなもので固められた屋根。木造に見える高床式《たかゆか》の平屋。丁度、寝殿《しんでん》造りをもう少し簡素にしたような建物になっている。

「鏡を用いし人間は、玉兎に慰めを求めた」

考えていると、唐突に青鷺の声が聞こえてきた。

「あ、ああ？」

間抜けな声を上げてしまってから、すぐにそれがさっきの問いかけに対する答えなのだと気付く。

「玉兎に慰めを？」

化け物の姿をしたあの兎に、どのような慰めを求めたと言うのだろう？

俄に信じることができず、京介は訊き返した。また返答まで間が空くかと思ったが——青鷺も、今度はすぐに続けてきた。

「〝さかしま〟は〝うつしよ〟の影。我らも人の影。或いは〝うつしよ〟の外へ出た人、そのもの。何処なりともと願った人は〝うつしよ〟の外に救いを求めた。真理を知る者は〝さかしま〟にも少ない。〝うつしよ〟では、尚のこと。だが、汝の祖は彼らとの関係に気付いた」

「お前たちとの関係……」

何気なく呟く。

「我ら、ではない。彼ら。我らもまた、気付いた者」

返ってきたのは、そんな意味の分かりにくい否定だった。

「答えよ。鏡はなにに用いるものか」

青鷺の細い足が、ぴたりと揃って止まる。なんとはなしに、京介も三歩ほど後ろで歩みを止めた。

「なにって……姿を映すのに使うものだろう？」

「その通り。鏡はありのままを示すもの。用いる者には見えぬところまで、克明《こくめい》に映し出すもの。汝の鏡も、然《しか》り。始まりの鏡守は孤独に耐えがたく〝さかしま〟の己《おのれ》に助けを求めた」

予告もせずに歩みを再開させながら、青鷺が語る。

「花間、一壺の酒。独り酌んで相親しむなし。杯を挙げて明月を邀え、影に対して三人と成る。月、既に飲を解せず。影、徒らに我が身に随う。暫く月と影とを伴いて、行楽、須らく春に及ぶべし」

また、あの詩だ。

「花の間に一壺の酒を抱え、親しむ者もなく独りで飲んでいたが、杯を掲げて月を招き、影も併せて三人となった。月は勿論酒を飲むことなど知らず、影は我が身に付き纏うのみである。だが、しばらくは月と影とを伴って、春を心ゆくまで楽しむとしよう」

そう続けてきたのは、詩の意味をこちらに分からせるためなのだろう。京介は気付いて、呟いた。

――『月下独酌』

鏡に刻まれた詩の、削られた前半。

「それよりも昔。鏡を作ることを生業《なりわい》にした人間がいた。やはり、その者も孤独であった。いや。その者だけではない。人間は誰しもが胸の内に孤独を抱えている。自らと向き合うことの多い者は、ふとした瞬間にそうした事実に気付くのだ。気付いた人間は、寂しさを紛らわすために鏡を作る中で異国の詩と出会い、共感を覚え、密かに自らの作品へと昇華させた」

「それが、三津脚玉兎反転鏡……」

「もっとも、鏡を作りし者には〝うつしよ〟と〝さかしま〟を繋ぐ意思などなかった。それどころか、彼者《かのもの》は〝さかしま〟の存在にさえ気付いてはおらなんだ。しかし、月と影、そして鏡という〝さかしま〟の要素を兼ね備えた鏡は、小さな〝さかしま〟として人の世に存在することとなった」

そこで息が切れたらしい。青鷺は、喉の奥からグァグァッと人語ではない鳴き声を吐き出して——恐らくは咳払いかなにかのつもりだったのだろう——調子を整えながら、また続けた。

「〝さかしま〟の性質を持った鏡は、やがて神事に用いられるようになり、そうして鏡守と出会った。先の孤独な鏡守よ。その者は鏡の親よりいくらか世の真理を知っていた。鏡に願いが掛けられていることにも気付いていた」

「我歌えば月徘徊し、我舞えば影凌乱す。醒時は同に交歓し、酔後は各々分散す。永く無情の遊を結び、相期して雲漢邈かなり——」

言葉がするりと口から零れ出た。

鏡の縁に刻まれたその詩が、青鷺の言う「願い」なのだろうとは、なんとなく分かった。これまではなにを考えることもなく、ただ世界を反転させ玉兎を呼び出すためだけに口にしていたが……。

（青鷺の言うことが本当なら、鏡守は玉兎を使役していたわけじゃなくて――）

ぶるっと背筋が震える。寒くなる。

会話の全貌が、そしてこれまで対峙してきた〝さかしま〟の者の態度が、彼らに抱いていた不信感と拒絶する自らの態度とがすべて繫がり、一つの結論を導き出そうとしていた。

「相期して雲漢邈かなり……また会うことを約束しようってのは――」

思わず呟きかけて、京介は首を振った。結論を先延ばしにするように、問いかけを変える。

「鏡守は〝うつしよ〟を〝さかしま〟の者から守る任を負っていたんじゃないのか」

「争いを収めるだけならば、陰陽道の者や修験道の者、神や御仏《みほとけ》に仕える者もいた。かつては鏡守が特別というわけでもなかった。今となっては、こちらと交渉することのできる者の存在そのものが希有《けう》となってしまったが」

青鷺がそこで言葉を止めた。長い首の先にある小さな頭を僅かに持ち上げる。その動きを追って、京介は自分たちがもう木々の途切れるところまで来ていたことを知った。目的だった響ノ亭は目の前にある。視界も明るく開けている。と、いうのに――

「…………」

青鷺との会話が、京介を今度は思考の迷宮《めいきゆう》に押し込めていた。

「だって、それじゃあ……」

玉兎をおぞましいと言っていた〝さかしま〟の者たちは。

自分をおぞましいと言った葛の葉は。

思わず手から鏡を取り落としそうになって、握り直す。この鏡が用いる者の影を映すものであるとしたら――

「玉兎は……化け物は……俺だって言うのか？」

青鷺が頷いた――次の瞬間。

ケーンと甲高い声が木々の間を縫って響いたかと思うと、視界にパッと黒い墨《すみ》のようなものが散った。なにが起こったのか分からずに、京介はゆっくりと瞬きをしながら目の前の光景を見つめていた。

ついさっきまで話していた青鷺の長い首が、半ばから食い千切られてなくなっている。そのことを理解するまでに十数秒を要した。

「〝うつしよ〟から来た半端者《はんぱもの》が、訳知り顔で出張《でば》りやがるからよ」

「葛の葉……！」

声の方向をキッと睨む。枝の上では見覚えのある白銀の狐が、口を墨色に染めたままニタニタと薄ら笑いを浮かべていた。

「そう、怖い顔をしてくれるな。先日の詫《わ》びじゃ。ここからは、わたしが響ノ亭へ案内しよう」

「鳴き龍。貴様というやつは、どこまで昊天を引っ掻き回せば気が済むのだ」

激昂《げきこう》した鎌鼬が地面を蹴り、両腕で空をなぎ払う。不可視の刃は唸りを上げて大灯籠をも容易く切り裂いた。感情の渦に囚われた獣の瞳が、それだけでか弱い同胞など殺せてしまいそうなほどに睨み付けてくる。

「独往派の連中に反乱を起こさせた上に〝うつしよ〟から猫又と人間を連れ込む始末。どれもこれも法吏に意見を仰ぐまでもなく、大罪《たいざい》である！　このような勝手を、どう申し開きするつもりか！」

「勝手してンのは御前も同じだぜ。つうかてめえらが仕事しねえから、葛の葉の野郎が〝うつしよ〟に出てきて、人間どもが迷惑被《こうむ》ったんだ。今から、俺がその尻拭いをしてやるところさ」

葛の葉が〝うつしよ〟に――そう聞いた鎌鼬の顔に、少しだけ困惑が浮かんだようにも見えた。が、結局はこちらへの不信感が勝ったのだろう。元より彼に信用されているとは思っていないが。

「貴様は戯《ざ》れ言《ごと》ばかりで当てにならん。とりあえず、説明は昊の前でしろ。勿論、葛の葉も召《しょう》喚《かん》する。場合によっては、御前も」

悪意はない。けれど嫌悪の滲んだ瞳で告げてくる。妙泉は反発して、言い返した。

「あいつらが素直に応じるかよ。狡賢《ずるがしこ》いやつらだ。仮に応じたとしても、正直に計画を吐くとは思えない。てめえらが追及できるとも思っちゃいないぜ。俺だけ処罰されて終わりってところだろ？」

その物言いが気に入らなかったのだろう。鎌鼬の細い目がぎらりと剣呑な光を帯びる。刃を宿した腕を擦り合わせながら、彼も挑発的に訊いてきた。

「だとすれば、どうする？」

「こうするのさ」

それをすれば御苑の刑吏を激怒させるだろうとは分かっていた。上等——と声には出さずに吐き捨てながら、妙泉は裂けた口で哄笑《こうしょう》する。上着の袖を捲り上げると、人間に変化した皮膚に刻み込まれた龍のタトゥーが白く光った。稲妻にも似た激しい閃光《せんこう》があたりを満たす。

全身が音を立てて軋む感覚に快感すら覚えながら、鳴き龍は開いた五指で空を摑んだ。蒼天《そうてん》に浮かんでいた雲が四散する。地面の方では猫又が稲光《いなびかり》に驚いてギャッと跳び上がっているが、気にかけるほどのことでもないだろう。

刑吏の注意は、完全にこちらを向いている。〝うつしよ〟から来た猫又のことなど、もう頭の中から抜け去ってしまっているに違いなかった。

「御苑で騒ぎを起こすとは、考えなしの馬鹿者が……！」

「うるせえ。日和見野郎に比べたら、俺は随分と考えているさ。だからこそ、こうやって行動を起こした。何百年経っても変わろうとしない、頭の中がお目出度《めでた》いやつらとは違うんだよ！」

「そうして考えた末の行動が、この裏切りか。つくづく救えないやつ」

哀れみとも嘲弄ともつかぬ声で言って、

「貴様がそのつもりなら、もう昊の前へ引っ立てて行く必要もない」

すっと彼の姿が掻き消えた。晴天の下、どこにも隠れるような場所はない。が――

突如《とつじょ》、どこからともなく響いてきた風の唸りが大気を切り裂き、四方から妙泉に襲いかかった。鳴き龍は長い体をうねらせて不可視な刃の間をすり抜けたが、長く伸びた鬣が僅かに削られる。

「自慢の鬣をすべて刈り取ってから、刑場まで引きずって行く。独往派どもへの見せしめだ」

「辱《はずかし》めかよ。普段は優等生ぶってるくせに、性格の悪いやつ」

毒づいて、妙泉はカッと歯を打ち鳴らした。空中に火花が散る。晴天を斜めに駆け抜けた青白い雷が、次々と襲い来る風の刃と衝突して相殺させていく。とはいえ細い雷をいくら放ったところで、どこにいるかも分からない刑吏の姿を捕捉《ほそく》できるわけでもない。妙泉は小さく舌打ちした。

（どうにも防戦ってのは向かないぜ）

雷を操りながら、考えあぐねる。刑吏はそれほど難儀な相手でもないが、御苑という場所が悪かった。水神としての性質を受け継いだ鳴き龍の体には、狭すぎる。無理に鎌鼬を捕らえようとすれば、この場も無事では済まない。かといって、人に変じればそれだけ力が制限される。そのことは鎌鼬も察しているのだろう。気配を巧妙に隠しながら、じわじわといたぶるように死角を狙ってくる。叩き落とし損ねた真空の刃が、そのたびに妙泉の鬣を、鱗を、掠めていく。

（野郎、調子に乗りやがって）

苛立ちにぎりぎりと歯軋りをすれば、四方に火花が散った。彼は近くにいないのだろう。期待していたわけではないが、手応えはない。悲鳴の代わりに、どこからともなく嘲笑が聞こえて来る。
「気に入らないか？　いいザマだ」
「姿を隠したまま一方的に攻撃とは情けねえな。御苑の刑吏サマも堕《お》ちたもんだぜ」
「堕ちたのは貴様だ、鳴き龍。程度の低い軽口と妄言《もうげん》の繰り返し。人間ごっこは結構だが、自
分のことを本気で人間と同じだと思っているのなら滑稽《こっけい》だぞ！」
言葉とともに、雷の間を縫って打ち込まれた刃が妙泉の額を掠めた。浅く切れた額から薄墨《うすずみ》
色の体液が流れる。避けようと思えば避けられた攻撃ではあった。が――
血とは明らかに違うその色を眺めながら、妙泉は考える。それはいったい、なんなのか。人
間でいうところの血液と同じ役割を果たしているのか、そうでないのか。流れすぎたら、やは
り体に障るのか。はたまた、人間の機能を模倣しただけに過ぎない無意味なものなのか――？
「同じだなんて思ったことはない。一度だって、ない。むしろ、てめえらよりもずっと弁《わきま》えて
いるつもりだぜ。だからこそ、こうして危惧してるのさ。俺は」
呟くと、胸の内がふっと空っぽになった。水晶の巨眼を動かして、あたりをぐるりと見回す。
やはり、鎌鼬の姿は見えない。それはさっきからずっと変わらない。じっと待ち続けていたと
ころで変わることなどないだろう。
――だったら、仕方がない。すべて、まとめて潰すしかない。存在し続けるためには。
無機的に、無感動に、ただそう思った――次の瞬間、妙泉はその巨体を大きく振り回してい

長い尾が鞭のようにしなって、触れた木々を、灯籠を、石畳を、門を、破壊していく。轟《とどろ》く雷は周囲の御苑の空を焼き尽くした。轟音の中にぎゃっと小さな悲鳴を聞いた気がして、鋭い鉤爪《かぎづめ》の伸びた手で追撃する。搔きむしった空には誰の姿もないように見えるが、手応えは確かにあった。確信してそれを掌で摑む。なにを考えることもなく、握り潰す。

「ギイイイイイッ！」

耳をつんざく甲高い悲鳴に顔をしかめながらも、手に力を込める。摑まえてしまえば、刑吏の骨を砕くのは小枝を折ることと同じくらい造作もないことだった。

「血迷ったか、鳴き龍！ 御苑を破壊し、刑吏であるわたしにこのような仕打ちをして、咎めを受けずにいられると思うか!?」

「思わんな」

まったく、思わない。ただ、もうそんなことはどうでもいいのだ。

「だったら――」

鎌鼬は高圧的な態度を崩そうともしない。この期《ご》に及んで状況を理解できない彼の、なんと呑気なことか。頭の中が空になるほどの恐怖。冷酷にならずにはいられないほどの恐怖。永遠にそれらとは無縁な彼が、妙泉には羨ましくも思えた。

「証拠を消せばいい。そういうことだろう？ 大丈夫だ。俺は上手くやる」

上手くやる。やらなければならない。なにを犠牲にしてでも、この世界にしがみついていなければならない。それを諦めてしまったら、もうどうにもならない。かつての水神と同じように、消えていくしかない。そうして彼という存在が自分に取って代わられたように、自分も人々の記憶から失われてしまうのだ。死よりも無慈悲な無。つまりは、それが〝さかしま〟の者の最期だった。

手の中で微かに空気が揺れた。ようやく姿を現した鎌鼬の顔は、恐怖に塗られている。

「こんなことしてる場合じゃねえんだよ、俺は。てめえらみてえに馬鹿だったら、もっと気楽に構えていられたんだが。人間とは違うって知っちまったからな。怖くて仕方ねえんだ、これが」

「な、なにを言っている、鳴き龍……やめろ――」

「じゃあな」

短く返して、また手に力を込める。刑吏はなにやら罵声を上げていたようではあるが、それはすぐに苦鳴へと変わり、やがては哀願となった。鎌鼬の腕から生えていた刃が割れて、地面へ落ちる。そのときにはもう、喘鳴《ぜんめい》すら聞こえなくなっていた。

「妙泉！　ちょっと、妙泉！」

近い場所で誰かが呼んでいる気もするが……。

「落ち着け、妙泉」

凛《りん》と響き渡った声に、妙泉ははっと我に返った。慌ててぱっと手を開く。手の中には体のあちこちが有り得ない方向に曲がった、刑吏。ぎょっとして、その体を投げ捨てる。

（なにが、どうなってんだ？　これ）

あたりを見回せば、半壊した風景の中に心配そうに自分を見上げる猫又と――。

「こ、昊。どうして、てめえが……」

「この馬鹿者！　これほどの騒ぎを起こされて素知らぬふりなどできるか！　お前というやつは、どうしてこう想定外のことばかりやらかすのか」

ぐったりとした鎌鼬の体を抱えて溜息を吐く、御苑の主の姿があった。

「青鷺が消えたか」

もったりとした声は、京介のものではなかった。ぼんやりと彼の後ろに続いていた一二三は、違和感でようやく我に返った。どうしておかしいと思わなかったのか――思い出そうとして、人目を忍ぶように石畳の道から逸れた、その直後から記憶が途絶えていることに気付く。

(誰？　どうなってるの……？)

叫びそうになって、寸前で声を呑み込む。相手の意図が分からない以上、不用意に騒ぐのは避けるべきだった。静かに視線だけを動かして、京介の姿を探す。と、

「やれ、気付かれてしまったな」

それはぽつりと呟いた。それ以上なにを言うわけでもなく、何事もなかったふうに黙々と歩き続ける。一二三は気味が悪くなって、今度こそ彼の手を振り払った。京介ではない生き物が足を止める。緩慢というよりは愚鈍と思えるほどのろのろとした動作で振り返ってくる――それは、どこからどう見ても人間ではなかった。

「亀……？」

亀だ。亀以外の生き物には見えない。引きずるほど長い藻《も》を纏わり付かせた甲羅《こうら》からは、太い手足と丸みを帯びた頭が覗いている。

「京介くんは、どこ？」

少しずつ後退して距離を取りながら、一二三は訊ねた。その問いかけには答えずに、蓑亀が硬い鱗に覆われた手を差し出してくる。

「因幡舞子を助けたいならば、付いて来るがいい」

首を振って、そんな彼を拒絶しながら一二三は繰り返した。

「京介くんは、どこなの？　舞子は無事なの？」

「友人を選ぶか、鏡守を選ぶか」

「どっちも大事な友達だよ！」

叫んで、蓑亀の顔を睨み付ける。もっとも、声を荒らげたところで彼の表情が変わることはなかったが。湖面のように静かな瞳を、じっとこちらへ向けてくる。そんな彼にいっそう苛立ちを覚えて、一二三は感情のままに続けた。

「どうして選ばないといけないの？　舞子と京介くんがそう言っているわけでもないのに、なんで関係のないあなたに選ばされないといけないの？　わたしは京介くんと一緒に舞子を助けるよ。そのために〝さかしま〟へ来たんだもの」

言いながら、ショルダーバッグの中に手を突っ込む。指先に球体が触れた。狛犬の置いていった宝珠だった。思わず握りしめる——掌に伝わるあたたかな温《ぬく》もりが、いくらか心を静めてくれた。

「……だから、選べない。舞子のことも助けたいけど、京介くんがどうしているのかも知りたい」

もう一度、今度はゆっくりと告げる。

「…………」

蓑亀の口から、ふうと息が零れた。

「どちらも選べるものではない、か。お前の選択はある意味、正しい」

「え？」

「〝さかしま〟と〝うつしよ〟——どちらを選べるものでもない。陽の下を歩き続け、ひたすらに歩き続け、身を休める影がないというのは孤独なこと。しかし、常に影へと身をひそめ、息をひそめ、陽を見ることも叶わぬというのも過酷であろう」

「なんの話？」

「わたしと青鷺は影を求めた。同じ影を慈しみ、同じ影の慰めを受け、そして〝さかしま〟を選んだ。〝うつしよ〟の同胞。かつての陽。そして今は影。そのことを、ゆめゆめ忘れるな」

「同胞？　それって……」

〝さかしま〟の者の口からたびたび聞く「同胞」という言葉の意味を考えて、一二三は絶句する。

(同じ世界に住んでいる仲間って意味だよね。ということは……〝うつしよ〟の同胞って、この亀さんは人間だったってこと？　だけど、今は影だって言ってる)

頭の中をいくつもの疑問が駆け巡る。

(〝さかしま〟の者は人間なの？　ううん、でも狛犬たちはお父さんが石から作ったんだし……。妙泉さんだって、そんなことは言ってなかった。あ、でも茶々は元々〝うつしよ〟の猫だって言っていたから……人間が途中から〝さかしま〟の者になることもある、ってことなのかな)

口を噤んで考える。見つめてくる蓑亀の瞳をちらっと見返せば、彼はゆったりと首を振った。

「鏡守は我が友に案内され、響ノ亭へ向かっている」

「亀さんの友達？」

「青鷺」

一言。その単語に、一二三は息を詰まらせた。

——青鷺が消えた。

彼は最初、そう言ったはずだ。

「その青鷺と京介くんの身に、なにかが起こったってこと？」

「…………」

彼は沈鬱《ちんうつ》な面持ちで、目を瞬かせている。それは無言の肯定だった。

「さて、お前は何処へ赴く。鏡守を追うか、因幡舞子の許へ行くか。何処なりとも思いのままに」

「何処なりとも思いのままに――」

蓑亀の言葉を反復して、一二三は軽く唇を噛んだ。

京介を追うか。舞子の許へ行くか。どうやっても二つを両立することはできない。

(悔しいけど、どちらかを選ばなきゃならないのかな)

一度だけ目を瞑り、考えて、かぶりを振る。

初めに質問されたときとは状況が違う。少なくとも、今は京介の向かう先が分かっている。

(京介くんのこと、追いかけたい。地下宮にいる限り、舞子は安全だとも思うけど……)

口から出かかった答えを、一二三は呑み込んだ。狛犬の宝珠に触れたまま、慎重に自分のやるべきことを探る。

「亀さんは青鷺が消えたって言ったけど、京介くんのことも分かるの？」

「迷い路を抜けた。ただ、それだけならば」

「迷い路？」

「道を逸れたお前たちが迷い込んだ、この場所のこと」

と、いうことは――

(無事、なんだ)

一二三はほっと胸を撫で下ろした。

(京介くんは青鷺と戦ったのかもしれない。玉兎だったら、きっと青鷺のことも食べちゃうよ

ね)

もしもここを抜けた京介が響ノ亭に着いているのだとすれば、狛犬たちとも合流しているはずである。当初の予定に近い条件が揃っている以上、このまま京介を追うより舞子を優先すべきだった。

(うん。舞子を助けて〝うつしよ〟で京介くんの帰りを待つ……それがわたしにできること)

胸の内で呟いて、一二三はあらためて蓑亀に向き直った。

「舞子は地下宮に閉じ込められているんでしょ？　そこまではどうやって行くつもりなの？あなたは……大蛇の眷属のようには見えないけど」

「案内は、いる」

「どこに？」

「知りたければ、まず選べ」

「舞子を助けに行く」

蓑亀の目を見つめて、はっきりと答える。すると、

「それが答えか」

相手の声が遠くなった——と同時に視界が開けた。もう目の前を遮るものはない。とん、と背中を押されて一二三は一歩を踏み出した。硬い地面に足が着く。そこは迷い路よりさらに暗い、陽の届かない場所だった。ごつごつした岩肌に、ぽかりと黒い穴が穿《うが》たれている。その両脇に、

「あ、妙泉さん……！　茶々！」

猫又を抱いて、ふて腐れたように佇む鳴き龍と――

「お前が、五十嵐一二三か」

白髪が美しい青年の姿があった。

彼も大蛇の眷属なのだろうか？　それとも独往派の仲間か。訝しみつつも一二三は訊ねる。

「あなた、誰？」

「わたしか。わたしは、昊。御苑の主にして、昊天を見守る者」

九天島の大蛇はにっこりと微笑んだ。

「この馬鹿が迷惑をかけたな。償《つぐな》いはしよう。さあ、因幡舞子。友人の許へ帰るがいい」

「え？」

後半の言葉は一二三に向けられたものではなかった。白銀を纏う青年が、僅かに首を廻らせて背後に視線をやる。彼に隠れて気付かなかったが、そこにはもう一つ人影があった。

「久しぶり、一二三」

懐かしい声。意志の強さを持ってはっきりと響くその声を、何度羨ましいと思ったことか。

「舞子……！」

一二三はすぐさま彼女の名を呼んだ。

昊の後ろからぎこちなく顔を覗かせたのは、二年前から少しも変わることのない親友だった。

「ああ、我が君。我が、愛しの君」

万感の想いをたっぷりと含んだ声で出迎えたのは、艶めかしい少女だった。陶器のように白い顔。頰を興奮の朱に染めて、柔らかな金髪を揺らしながら駆け寄ってくる。京介の動きを牽制するようにぴたりと隣へ寄り添っていた葛の葉がぽつりと呟く。――御前。

(彼女が……)

祖父と約束を交わした少女。傾国《けいこく》の美姫《びき》。白面金毛九尾《はくめんこんもう》の狐。

「頭《ず》が高いぞ。鏡守」

そう警告した葛の葉を、少女は片手で制した。刺繡《ししゅう》の織り込まれた着物から、ほっそりとした腕をこちらへ伸ばしてくる。淡い桜色に色付いた爪が、京介の頰を愛おしげになぞった。たっぷりとした睫毛に縁取られた瞳は、幾千もの星を鏤めたように輝いている。無邪気さと相反する不吉な色香を孕んだ唇が、微かに動いた。

「この不作法者が、とんだ無礼をはたらいたようじゃ。許してたもれ、我が君。いや。許せぬと言うなれば、望むままの罰を与えようぞ。なにせ今このときから響ノ亭を統べるは、我が君、有栖川京一郎に外ならぬからの」

しっとりと媚態《びたい》を作って笑う。そんな彼女を京介はまじまじと見つめた。

国を一つ滅ぼす。

彼女の美貌をそう評する理由が、今ははっきりと分かる。綺羅《きら》の瞳には抗《あらが》うことのできない誘惑が浮かんでいる。柔らかな輪郭も、蕾のような唇も、着物の上からはっきりと分かる少女らしからぬ体の曲線も。すべてが男を惑わすのだ。

世の男はすべて彼女の前に体を投げ出し、愛してくれと請わずにはいられないだろう。少女にはそれだけの魅力がある。魔力がある。そう考えながら、京介は酷く戸惑っていた。

何故か、少女の美しさにまったく感動できないのだ。反応の一つもできないのだ。微笑みに、心臓が跳ねることもない。体の芯《しん》が熱くなるような甘い吐息が鼻腔をくすぐる。その瞬間には遠退《とおの》きかける理性は、けれどすぐ嫌悪によって引き戻された。

頬を撫でていた指先が、つつっと口元へ下りていく。

「おや、緊張しておられるか。我が君」

喉の奥から鈴の音よりも愛らしい笑い声を零して、九尾。唇に触れていた指が顎を、喉をなぞり、そして胸のあたりで止まる。悪戯っぽく指先で胸を叩く――その仕草にも、京介が心を動かされることはない。そんなこちらの反応を、少女も訝ったようではあった。

「それ、葛の葉。大蛇に吉報を伝えよ。白面金毛九尾の狐が人の子と契《ちぎ》りを結ぶとな。我らの祝言《しゅうげん》が〝さかしま〟と〝うつしよ〟の夜明けとなる。長き決別の時に終わりを告げるのじゃ」

明らかに動揺を殺したと分かる声で、葛の葉に命令する。しかし、彼女の侍従は冷静だった。

「お言葉ですが、御前。この者は有栖川京一郎ではありませぬ」

「有栖川京一郎ではない？」

御前がきょとんと瞳を瞬かせる。

「なにを言うか。この痴《し》れ者《もの》が」

なだらかな額に不快の皺を作って侍従を罵倒《ばとう》すると、彼女はこちらに向き直ってきた。言葉とは裏腹に、その瞳は不安を訴えている。侍従の言葉を否定してくれと言っている。けれど一方で、触れていた指先を遠ざけていくのは一つの矛盾に気付いたからなのだろう。

少女が一歩、下がる。京介もまた、彼女の誘惑から逃れるようにじりじりと後退った。同時に葛の葉からも距離を取る。

「……葛の葉や。我らが約束の時から幾歳《いくとせ》経った」

京介をじっと見つめたまま、少女は震える声で訪ねた。心なしか、顔も青ざめて見える。

「葛の葉、答えや！」

僅かな沈黙にさえ耐えかねたらしい。少女がヒステリックに叫ぶ。

「六十五年にございます。御前」

答える葛の葉の声色は変わらない。

「六十五年。なあ、有栖川――」

「京介。俺は、有栖川京介。京一郎は、俺の祖父だ」

侍従の声を遮って、京介は告げた。

その瞬間に、手は反転鏡に刻まれた文字を逆からなぞっている。

――『鏡はありのままを示すもの。用いる者には見えぬところまで、克明に映し出すもの。汝の鏡も、然り。始まりの鏡守は孤独に耐えがたく〝さかしま〟の己に助けを求めた』

〝さかしま〟の己。鏡の兎。青鷺との会話を思い出して、自嘲気味に唇を歪める。

「玉兎、来い」

冷たく低い声でその名を呼びながら、京介は今やはっきりとその事実を認めていた。

音もなくその場に現れた三つ脚の兎。過剰なほどに〃さかしま〃を恐れる心が、その白い体毛を鱗のように硬くした。刃のように鋭い爪と、肉食獣の歯。そしてなにより〃さかしま〃の者を食い千切る凶暴な性質――目の前に佇む兎を見つめながら、京介はまだ動きのぎこちない左手で自分の顔に触れた。頬が、口元が、微かに歪んでいることに気付く。泣きたいような、笑い出してしまいたいような気分だった。

(玉兎は、俺の言うことを聞かなかったんじゃない)

ずっと、胸の内を代弁していた。兎はどこまでも忠実だった。舞子の手掛かりを求めながら、一方で〃さかしま〃の者を頑に拒絶していた自分に。

「なんと……!」

愕然とした呟きが、少女の唇から零れる。驚愕する少女の傍らに、葛の葉狐が一足飛びで跳んで寄り添う。全身の毛を逆立てて、警戒を露にしている。

「前にお前と戦ったときに、お前たちのことを恐れる自分を自覚したはずだった。五十嵐にもそのことは言った。それで茶々や妙泉のことを受け入れて、克服した気になっていた」

今にも飛びかかってきそうな葛の葉に、京介は告げた。

「でも、どうしてだろうな。なにも変わらないんだ。青鷺は俺のことを化け物だと言ったし、〃さかしま〃とはやっていけないとも言った。そして確かに俺は御前に触れられてさえ、なにも感じなかった」

言葉が途切れる。胸の内からは〝さかしま〟に対する恐怖さえ消失していた。そこには、ただ彼女たちを受け入れ難いという思いだけがあった。そんな思いに呼応《こおう》するように玉兎が跳ねる――

「おぞましき者め！」

鋭く叫んだ葛の葉が、兎の動きに応じる。空中で二つの獣が激しくぶつかり合った。乾いた衝撃音が、空を大きく震わせる。弾かれてすぐに空中で半回転した狐が、凶悪な兎の体を蹴りつけた。兎は重力に抗うことなく下へ下へと落ちていく。けれど、一瞬の攻防でなんの傷を負ったわけでもなかったのだろう。地面にぶつかる寸前のところで体勢を立て直した兎は、重たい音を立てて着地すると、またすぐに後ろ脚で地を蹴り上げた。低い角度で砲弾のように飛んでいく兎の体が、同じく地面に降り立とうとしていた狐を襲う。普通の狐よりはゆうに二回りも大きい葛の葉の体が軽く吹き飛んで、響ノ亭の生け垣に突き刺さった。彼女は両足でもがいてそこから抜け出そうとする――それを許すことなく、追撃した兎が暴れる葛の葉の尾を食い千切る。耳をつんざく悲鳴。すぐに、それも聞こえなくなった。

青ざめた顔でその光景を眺めていた御前の肩が揺れる。緋色《ひいろ》の着物が解けて、人の輪郭が崩れる。

「化け物……」

少女が金毛の狐へと姿を変えていくさまを眺めながら、京介ははっきりとその言葉を聞いた。

否定する気にはなれなかった。騒ぎを聞きつけた響ノ亭の侍従たちが、わらわらと館の外へ出てくるのが見える。彼らに気付いた玉兎が咥えていた葛の葉の体をごみのように投げ捨てて、そちらへ向き直った。

「我らも急がねばまずいな」

地下宮から来た道を戻り、見覚えのある翡翠色の小門まで辿り着いたとき——大蛇が神妙な顔でそう呟いた。首を少しだけ後ろへ廻らせて、響ノ亭の方角を見つめる。

「どういうこと？」

計画のことは知らされていないのだろう。怪訝そうに問い返す舞子に、一二三は答えた。

「京介くんが響ノ亭にいるんだよ」

「京介が？　なんで？　だって、あいつ〝さかしま〟には来たくないって。おじいちゃんと御前の話にも興味ないって言ってたのに……。なにをしに響ノ亭に行ったの？」

「なにをしに行ったのだろうな、妙泉」

どこまで計画のことを知っているのか——なにも言わずに門の外へ出ようとしていた妙泉を、大蛇が小突《こづ》いた。恨めしげに振り返った鳴き龍は、しばらく昊と舞子の顔を交互に見ながらそれでも口を固く閉ざしていたが。ややあって、

「……交換条件だったんだ」

ぽつりとそう答えた。

「え？」

「だから、交換条件だったんだよ。御苑の門を開けてやる代わりに、俺を手伝うって」

昊のことを気にしてか、歯切れが悪い。舞子の表情が硬くなった。

「なにを手伝わせたの？」

「…………」

「ねえ！」

詰め寄る舞子の剣幕に負けて、鳴き龍は観念したように両手を挙げた。

「響ノ亭に奇襲を仕掛ける予定だった。その工作を頼んだ」

「工作って……」

「やつら、最近〝うつしよ〟に干渉しすぎていたからな。響ノ亭に火をかけて、やつらを牽制する計画だった。言っておくが、あいつにすべてを押しつけようとしてたわけじゃないぜ。お前とこのお嬢ちゃんを〝うつしよ〟へ帰したら、俺だって響ノ亭へ向かうつもりだった——まあ、こうして予定が狂っちまったわけだが」

すべてがでたらめというわけではない。しかし真実でもない彼の説明に、一二三はなにかを言うべきか迷った。舞子の隣で腕組みをしている昊の顔を、ちらっと覗き見る。

(この人は妙泉さんの嘘に気付いてるのかな？)

自分以外はどうなってもいいと言った妙泉の本音を、彼は知っているのだろうか？

(なんか、これって……わたしたちが間違っているような)

妙泉と鎌鼬が争っている間になにが起こったのかは分からないが、大蛇は快く舞子を送り出そうとしてくれている。そう考えると罪悪感に胸がちりちりと痛んだ。そんなこちらの胸の内を知ってか知らずか——目が合うと、昊天の主は静かに微笑した。

「案ずるな。この後、妙泉とともにわたしも響ノ亭へ向かおう」

「昊さん……」

「小競《こぜ》り合いになっているのなら、むしろ安心だ。鏡守はまだ生きているだろうと言えるからな」

言って、背中を押して門の外側へ促す。

「京介は……鏡守の力は、そんなに強いの？」

妙泉の言葉を聞いてからずっと黙っていた舞子が、おもむろに口を開いた。背中を押す昊の手を振り払うようにして、くるりと彼に向き直る。

「京介は〝さかしま〟のこと、受け入れないよ」

「ちょっと、舞子？」

なんのつもりでそんなことを言ったのか——言葉の中に昊への気遣いと微かな棘を感じて、一二三は親友の腕を摑んだ。舞子はこちらを見ようともしなかった。人の姿をした大蛇をじっと凝視している。

「昊、もしかして全部放り出そうとしてない？」

「なんの話だ」

「京介は〝さかしま〟のことを受け入れられないんだよ、絶対に。あいつ、昔話は嫌いだって……京一郎おじいちゃんが、九天島神社には近付くなって口を酸っぱくして言ってたからなのかもしれない。自分は絶対に〝うつしよ〟の中だけで生きていかないといけないって、そう思ってる。そう、感じる」

「…………」

昊は表情を変えることなく沈黙していた。

「言ってたよね。昊の眷属が問題を起こそうとしているって。一二三と京介のことをそそのかしたって。鳴き龍の計画を知ってたんだよね？　でも結局、鳴き龍の計画が上手くいかなかったせいで昊は見て見ぬふりができなくなった」

「なっ……！」

愕然とした顔で、妙泉が昊を見つめる。舞子の糾弾は続く。

「一二三は、どうやって地下宮の入り口まで来たの？　京介とはどこで別れたの？」

「最初は京介くんと一緒だったんだけど、途中で亀さんと入れ代わってて――青鷺が京介くんを響ノ亭へ案内しているって聞いたから、わたしは予定通り舞子を先に助けようと……」

「蓑亀と青鷺だって？　なんであいつらが、お嬢ちゃんと鏡守の手助けをするんだよ」

口を挟んでくる妙泉の顔にも混乱があった。

説明を求めて、昊を見つめる。大蛇はふう――と溜息を吐き出して、白銀に輝く髪を掻き上げた。

「わたしが、そのように命じたからだ」

それは、鳴き龍の問いかけに対する答えなのだろう。

「おかしいじゃない。どうしてわざわざ二人を分けたの？　京介を響ノ亭へ行かせる必要はなかった。御前たちに気付かれずにわたしたちを〝うつしよ〟へ帰すこともできたはずなのに」

「説明しろ。昊」

舞子と妙泉が口々に責め立てる。

「やれやれ。因幡舞子はともかく〝さかしま〟を捨てようとしたお前からも責められることになるとはな」

昊は鳴き龍の顔を一瞥すると、そう言って苦笑を零した。

「俺が〝さかしま〟を捨てるのと、お前が〝さかしま〟を見捨てるのとじゃァ、随分と意味が違うだろうが！　てめえは昊天の主だ。〝さかしま〟の親の一人だ……」

言葉と裏腹に、妙泉の声には勢いがなかった。まるで親に見捨てられた子のような悲愴感が滲んでいた。白銀の美しい青年はその目に慈父《じふ》の優しさと憐みを浮かべながら、鳴き龍の肩へと触れる。

「我が眷属よ。臆病で賢《さか》しい幼子よ。お前は滅びに触れたがゆえに古い時代への回帰を否定し、そしてこのままなにもせずに朽《く》ちていくことをも拒絶した。鏡守の力を用いて、あらたな道を拓《ひら》こうとした。今の〝さかしま〟を滅ぼした先の希望に賭けた」

「だから、なんだってんだ」

「力を失い、滅びを待つだけの日々に焦っていた。不安を抱いてもいた。〝さかしま〟と〝うつしよ〟は表裏の世界。〝さかしま〟の破綻が〝うつしよ〟にどのような影響をもたらすか――」

昊は笑っていた。重荷を下ろしたような、すっきりとした顔だった。

「要は、お前と同じことを考えていたわけだ。だが、信仰を失ったわたしには〝うつしよ〟に干渉するだけの力がない。ならば、せめて次代《じだい》を担う〝さかしま〟の者――昊天の中でも〝うつしよ〟への干渉力を持ち、今も昔と変わらずに過ごしているお前に、昊天を託そうと思ったのだ。お前の計画が成功すれば、昊天は〝うつしよ〟に従属した世界となるだろう。〝うつしよ〟の一部として生きられる者のみが、存在を許される。〝さかしま〟の者が極端に減少することは、人間にも多少の影響を与えるだろうが」

言葉を聞いた鳴き龍が、動揺に舌をもつれさせながら――お前はどうするつもりなんだ――と訊ねた。酷く気後れした様子の彼に、大蛇はあっさりと答えた。

「申したであろう。わたしは昊天そのもの。〝うつしよ〟の一部としては生きられぬ。同じく懐古派の者どもも、わたしとともに滅びゆく。そのために鏡守を響ノ亭へ招いた」

「そんな方法ってないよ。あんたたちがいいからって他の〝さかしま〟の者にまで、わけの分からないままに滅びろって言うの？　ねえ、昊。そんなの駄目だよ。京介を止めに行かないと」

〝さかしま〟の命運を託された妙泉は気難しげな顔で沈黙し、入れ替わるようにして舞子が大蛇へと縋り付く。彼らから一歩離れた場所で、呆然とそのやり取りを見守っていた一二三は、信じられない心地で親友を見つめた。

「なんで……」

三人には聞こえていないのだろう。

なにが、と訊き返してくる声はなかった。それがまたいっそう腹立たしくて、一二三は叫んだ。

「なんで、そんな話をしてるの!?　京介くんにどれだけのことをさせればいいの?」

「一二三……?」

舞子が驚いたように目を丸くしている。そんな親友に、一二三は初めて食ってかかった。

「舞子も舞子だよ。京介くんは、舞子がいなくなったことでずっと自分を責めてたんだよ!　わたしのことを巻き込みたくないからって、全部一人で抱え込んでたんだよ!　それなのに、なんで〝さかしま〟の心配ばっかり……。まるで、京介くんが悪者みたいな言い方。確かに玉兎は強いけど、京介くんは人間なんだよ。これまでだって、何度も怪我して――」

息が詰まる。

「何度も怪我して、でも、いつも大丈夫だって笑おうとしてた。ここに来る前も、一緒に舞子を助けようって……前みたいに、三人で過ごせたらいいねって言ってたんだよ。そのために〝うつしよ〟を守るって――」

それが、どうしてこんな大仰なことになってしまったのだろう。

無理やり息を吐き出して、一二三は親友の体を押しのけた。

「おい、お嬢ちゃん」

慌てたように引き留めてくる妙泉の手を振り払って、彼らの顔を睨む。

「わたし、行かないと。京介くんに、もういいんだよって言いに行かないと。昊さんと妙泉さんには任せられない」

「一二三、待って……！」

「怒鳴ってごめん。〝さかしま〟を大切にするなとは言わないよ。きっと一人で辛かった舞子のこと、昊さんや応声虫が支えてくれたんだと思う。でも、少しは京介くんのことを考えてあげて欲しかった。舞子が独りだったのと同じくらい、京介くんもずっと独りだったよ。わたしが〝さかしま〟のことを教えてもらったのは、つい最近だから」

一息で言って、一二三は駆け出した。今度は石畳の道から外れることなく、真っ直ぐに響ノ亭へ向かう。乾いた足音が反響して、まるで不安に追いかけられているような気になった。嫌な予感を振り払うように、走る速度を上げる。

玉兎が鋼鉄の前脚でなぎ払えば、響ノ亭の侍従は真《ま》っ二《ぷた》つに裂けて黒霧を撒き散らしながら消滅した。どこからともなく湧いてくる〝さかしま〟の者たちが、次から次へと玉兎に殺到する。

戦いの中で、玉兎はいっそう凶悪な姿に変貌していた。鱗のようだった体毛が、今は針よりも鋭く尖り、襲い来る〝さかしま〟の者を容赦なく刺し貫く。敵を貫いたまま、玉兎は体をぶんっと震わせた。水浴びをした後の獣のような、ただそれだけの動作で〝さかしま〟の者たちがぼろ切れのように飛んでいく。

いつから駆けつけていたのか――狛犬たちだけは牙を剥いてくることなく、玉兎に捌《さば》ききれない敵の相手をしていた。が、流石に数に差がありすぎるのだろう。肩で息をして、大分その動きを鈍らせていた。

「有栖川京介えええええええっ！」

憎悪を含んだ声が、一人佇む京介を呼んだ。振り返る。そこには、九尾の姿がある。バランスが悪いように見えるのは、四本の尾を欠いているためだろう。京介も彼女の名を呼ぶ。

「玉響姫――」

「その名を呼ぶな！　人でもなく〝さかしま〟の者でもない、化け物め！」

叫んで、飛びかかってくる。食らいついてくる彼女の体を、京介は両腕で羽交い締めにした。手から落ちた鏡が九尾の脚に蹴り上げられて、手の届かないところへ飛んでいく。

(鏡なんて、もうどうでもいい。これで、最後なんだ)

真っ赤に染まった頭の中には、ただその想いだけが残っていた。

摑んだ九尾の体を掻きむしりながら、京介は咆哮する。

「ああああああああああ！」

声に合わせて、視界の端で玉兎もまた怒号を上げていた。重々しい見た目を裏切る軽やかな跳躍で、人ではない者どもの群れへと飛び込んでいく。破裂音。悲鳴。罵声。すべては断末魔の声に変わる。こちらの動きを封じようと九尾が顎へ力を込めてくるが、それはまったくの無駄であると言えた。痛みは生まれた瞬間から恐怖と怒りに変わる。〝さかしま〟の者への強い感情は、玉兎の攻撃性を高めるばかりだった。

「お前さえっ、お前さえ――」

京介は目を見開いて、近い位置にある九尾の顔を睨み付ける。

「お前さえ、じいちゃんに時計を渡さなかったら！　じいちゃんさえ、お前に出会わなかったら！」

綺羅の瞳に映るのは、見たこともない修羅《しゅら》だった。顔を怒りに紅潮させて、眦をきつくつり上げている――一方で、歪んだ唇には笑みがあった。狂っている。狂っている。

「は、は……」

口からは笑い声が零れた。

「はは……。化け物か」

その言葉を噛みしめて、京介はたまらずに叫んだ。

「あんな時計、捨ててしまえばよかったんだ。約束を守れなかったくせに、後生大事《ごしょうだいじ》に取っておいて！　そんなに忘れられなかったんなら、じいちゃんが〝うつしよ〟を捨てればよかったんだ！　俺は〝うつしよ〟を捨てたくなんてなかったのに。人間でいたかったのに。普通でいたかったのに。鏡守の力なんていらなかったのに！」

敵のほとんどを葬《ほうむ》った玉兎は、まだ怒りが収まらずに、今度は響ノ亭を破壊し始めたようだった。生け垣が倒され、木造の柱が折られ、戸板が割られる――音が聞こえてくる。さすがにただ事ではないと悟ったのだろう。九尾が肩口から顔を上げ、体を離そうと身を捩ったが……。

「逃げるなっ！」

京介は全身を使って狐の体にしがみついた。

「逃げるな。お前にだって恨み言はあるだろう？　言えよ。じいちゃんの代わりに聞いてやる」

「妾《わらわ》は――」

かすり傷一つ負ってはいないのに、苦しげな顔で九尾が呻く。

「……我が君は、おぬしらに妾のことを話したか」

「ああ」

「約束を忘れたわけではなかったのか」

「覚えていたよ。俺には九天島神社に近付くなと言いながら、お前の話ばかりだった。死んだら時計を捨ててくれって、それがじいちゃんの遺言だった。どうして自分で捨てなかったのか、ずっと不思議だったけど……」

今なら、その言葉の意味が分かる。

恐らく――京一郎は、玉響姫に恋していたのだ。少年の頃に出会った、この美しい〝さかしま〟の者を忘れることができなかったのだ。〝さかしま〟を恐れながら、〝さかしま〟に惹かれていた。死ぬまで、そんな二律背反に苦しんでいたのだ。

「〝うつしよ〟を選んだくせに、果たさなかった約束にずっと縋っていた。お前のことを想いながら、けれどばあちゃんに遠慮してもいた。だからお前との思い出を忘れてしまわないようにと、俺と舞子に話したんだ。それはお前への罪滅ぼしでもあったんだと思う」

祖父への恨みを込めて、吐き捨てる。と、狐は一言。

「そうか」

それだけを返してきた。その目からは急に敵意が消えたように見える。

京介は静寂に視線を上げた。半壊した響ノ亭。独往派のものなのか懐古派のものなのか分からない〝さかしま〟の者が、白日《はくじつ》の下《もと》に千切れた体を晒している。墨色の体液を零しながらも消滅しないということは、まだ息があるのだろう。狛犬兄妹は地面にぺたりと伏せて、疲労に肩で息をしていた。そして元凶の玉兎――京介の兎は、破壊することにも飽きたように瓦礫の傍で木片を貪り食っている。

その光景を見つめていると、不意に近い位置から湿っぽい声が聞こえてきた。

「京一郎は、妾が忘れられぬようにと計らってくれたのか」

「多分」

京介が頷くと、九尾の瞳がいっそう切なげに揺れた。

「妾は……」

沈黙して、胸の内に言葉を探る。それから少しの間を置いて、九尾はまた口を開いた。

「かつて、京一郎にこの胸の不安を打ち明けたことがある。昔はよかった。このような不安を抱かずともよかった。人は妾の存在を信じ、畏れ、敬《うやま》い、そして愛した。妾は自由であった。どこへなりとも行くことができた」

その告白を京介は黙って聞いていた。彼女の声は続いている。

「それが今や〝さかしま〟いや、この御苑から出ることさえできない。恐らくは、この先もずっと。四ノ尾に置き去りにしてきた尾はどうにでもなろうが、残りが眠る那須野の地はあまりに遠い。四つの尾ではどうにもならぬ。人は昔と変わらず伝承の妾を畏れたが、しかし愛してくれる者はいなくなった。人の男から愛されるよう作られた妾にとって、これほど辛いことはなかった。生きながら死んでいるようなものであった。妾は怖れていたのじゃ。今はまだ名が勝り、滅びずにいる。が、男の寵愛を失った妾がいつまで九尾として存在し続けることができるか——と」

「…………」

「京一郎は、そんな妾を哀れんだ。決して忘れぬと言ってくれた。今はまだ〝さかしま〟に留まることはできないが、〝うつしよ〟でも妾を愛すると誓ってくれた。いにしえの男どもと同じように」

九尾の口から、言葉とともに溜息が零れる。

「その約束を、我が君は死ぬまで守り続けたというのか。妾が己の身の不幸ばかりを嘆き、かつてのような力を取り戻すためだけに〝さかしま〟と〝うつしよ〟を繋ごうと画策していた間も、ずっと」

「ああ」

京介が頷くと、九尾は泣き笑いのような表情を作った。

「人は変わらぬな。だから妾は〝うつしよ〟を愛する。一方でいにしえの時代から〝うつしよ〟を憎み続けてもいる。妾は〝さかしま〟の者。人のように命を削ってまで相手を想うことはできない。想われることしかできない。人と情を交わすたび、そのことを痛感させられる。どれほど人に焦がれようとも、妾は決して人のようにはなれぬ。愛した男を滅ぼすようにできておる。その運命を時折、辛いと思うこともある」

京介は荒涼とした風景から狐に視線を落とした。哀れむ瞳が見つめてくる。

「有栖川京介。おぬしは祖父を憎むか。〝さかしま〟を憎むか」

「……分からない。多分、子供の頃からお前たちの存在を感じてはいたんだ。だからこそ、じいちゃんの昔話を過剰に怖れてしまった。〝さかしま〟を否定しようとした」

そんな中、舞子がいなくなった。彼女が〝さかしま〟に消えたことで、その世界の存在を認めざるをえなくなった。罪の意識にも苛《さいな》まれた。なんの責任を負うこともなく死んだ祖父を恨めしく思っていたことも、確かだった。

九尾が弱く微笑む。

「妾の約束が京一郎を縛り、京一郎の葛藤がおぬしを歪めた。幼き日より積み重ねられた〝さかしま〟への嫌悪が少しずつおぬしを蝕み、化け物へと変えたか」

「……知らない。そんなことは」

どう答えればいいのか分からずに、京介は小さく悲鳴を上げた。ますます哀れむように、愛おしむように、九尾が鼻面《はなづら》を押しつけてくる。

「我らが罪の申し子。〝さかしま〟を拒む者。不謹慎ではあるが、初めて母というものの気持ちに触れた気分じゃ。これまで幾度となく人と肌を重ねたが、妾はなにを生み出すこともなかった。ただ男を惑わし、滅ぼすだけであった。そうして、男たちの墓前に彼の者らと添い遂げた名を捧げてきた」

「…………」

「京一郎の墓前には、玉響の名だけでは足りるまい。我が君の想いに報いるため、そして我らが罪の子に償うため、妾は甘んじて滅びを受け入れようぞ」

穏やかな声で、幼子をあやす声で、宥めてくる。

「だが、他の者を巻き添えにすることもあるまい。おぬしの一部があの兎であるように、他の人間どもも〝さかしま〟に己《おの》が感情の一部を託しておる。〝さかしま〟は〝うつしよ〟にとっても、なくてはならぬもの」

京介は答えなかった。なにを言えばいいのか、分からなかった。凝り固まっていた彼女たちへの恐怖と憎しみが揺らぐのを感じて、黙ったまま九尾の言葉に耳を傾けていた。

「妾の滅びですべてを水に流せとは、我ながら虫のいい話だと思う。が、我らを許し、我らを助けてはくれぬものか。〝さかしま〟に留まり、二つの世界を繋ぐ渡《わた》し守《もり》となってはくれぬものか。我らの同胞が、二度と滅びへの不安に苛まれることがないよう。おぬしのような悲しき者が、二度と生まれることがないよう――」

いつの間にか、腕の中で九尾は少女の姿へと戻っていた。

哀れみ。悲しみ。自嘲。複雑な想いを宿した綺羅の瞳が、京介を見つめる。

「それで、お前たちは救われるのか？」

「ああ」

「〝うつしよ〟も？　俺は、五十嵐と舞子が元通りの日常に戻れるなら……」

それでいい？　嘘だ。

（俺だって〝うつしよ〟にいたい）

けれど、そう思ってみたところで仕方のないことでもあった。自分は、友人たちとは違ってしまったのだから。

化け物。という言葉を口の中で繰り返して、目を瞬かせる。九尾の目に映る少年の姿をした化け物は、今にも泣き出してしまいそうに見えた。それでも、言わなければならない。

「俺……俺……」

「駄目だよ。京介くん」

声は、背後から聞こえてきた。

「駄目だよ！」

両手を握りしめて叫んでいるのは、一二三だった。走ってきたのだろう。顔を紅潮させて、肩を上下させながら――それでも、息を整える時間さえ惜しいというふうに、続けてくる。

「絶対に帰ってくるって約束したじゃない！」

「だって、五十嵐、俺……」

少女の体を離して。京介はふらふらと立ち上がった。

今すぐに一二三の前から逃げ出したい思いと、その場に踏み止まらなければという思いがせめぎ合い、結局のところ動くことができずに硬直する。彼女は慎重に――まるで手負いの獣を宥めるように、一歩ずつ。静かに、こちらへ近寄ってくる。逃げる機を逸した京介は、確実に彼女が距離を詰めてくるのを、ただ黙って見ているしかなかった。

「また、怪我してる」

九尾に噛まれた肩の傷を言っているのだろう。目の前まで来た一二三が、ぽつんと指摘した。

「酷い傷。早く帰って病院行かないと」

「でも、俺――化け物って言われて」

「うん」

「カッとなって」

「うん」

「傷付けたんだ。殺したんだ。たくさん。だから……」

帰れない。

口にすれば、今更のようにその一言が現実としてのしかかってきた。鼻の奥がつんとなって、一二三の顔がぐにゃりと歪む。どうにか嗚咽《おえつ》だけは堪えようと、京介は喉を鳴らして唾を呑み込んだ。押し殺した感情が、胃のあたりでぐるぐると渦巻いている。

(落ち着かないと。大丈夫だって、言わないと)

深呼吸をすれば、肺が大きく震えた。

頬に、一二三の手が伸びてくる。

彼女は指先でこちらの頬を拭うと、

「京介くんも、帰りたいんだね」

ほっとしたような声でそう言った。堪えきれずに頷く。彼女は両手で京介の頭を掻き抱くと、その華奢な肩に押し付けた。掌が幼子をあやすように、背中を撫でてくる。その手のあたたかさに、堰《せき》を切ったように涙が溢れ出た。

「帰りたいよ。これで最後だって——おかしくなってる間も、ずっとそのことだけを考えてた」

駆けつけてみれば、すべては終わっていた。

——いや。終わりではなく、ここから始めなければならないのだ。

舞子は胸の内の呟きを自分で打ち消して、眼前の光景を見つめていた。響ノ亭は破壊し尽くされて、原形を思い出せないほどである。もっとも、九尾の館は〝さかしま〟に来たばかりの頃に一度見たきりだったが。

死屍累々《ししるいるい》。その言葉がこれほど相応しい景色もないだろう。

多くの〝さかしま〟の者が、手酷く怪我をした状態で地面に転がされている。滅びた者はどれだけいるのか――考えて、舞子は小さく首を振った。彼らは骸《むくろ》を遺さない。その数を想像して嘆くのは無意味だった。

まったく怪我がなさそうなのは、御前くらいか。

そこまで考えたとき――

「舞子は、京介に声をかけなくていいの？」

足元から聞こえてきた声に、舞子はぎくりと体を強張らせた。視線だけを動かして、下を見る。

「茶々……」

生まれたときから家にいた三毛猫。彼女が猫又だったとは、気付かなかった。再会してから今まで、会話を交わすような余裕もなかった。〝さかしま〟の者には慣れているつもりだが、飼い猫と話すのは、また違った不思議さがある。

「なんて声をかけたらいいのか、分からないよ」

舞子は苦笑しながら答えた。

「一二三が言ったようにさ、おかしいんだよ、わたし。目の前で京介が怪我してるのに、やっぱり〝さかしま〟の心配をしてる。京介と喧嘩別れしたこと、根に持ってるわけじゃないんだよ」

でも——

一度言葉を切って、舞子は友人たちの会話に耳をそばだてた。

「帰りたいよ。これで最後だって——おかしくなってる間も、ずっとそのことだけを考えてた」

幼馴染みの思い詰めた声が聞こえてくる。

その言葉を聞いて、答えがすとんと胸に落ちてきたのを自覚したときにはもう、自然と口が開いていた。

「だったら帰ればいいじゃない」

京介がびくりと顔を上げたのは、こちらの声に驚いたからか。それとも、その言葉を予想していなかったからか。機械仕掛けの人形のように、ゆっくりとぎこちなく、彼が首を廻らせてくる。

「舞子——」

赤く腫《は》れた瞳には、懐かしい幼さが表れてはいたが。

「二年ぶりだね。京介」

たかが二年。されど二年。

彼の顔は月日が過ぎ去った分だけ、相応に大人びていた。以前はもう少し丸みのあった輪郭が、ほんの少しだけ鋭くなったように見える。眉間に刻まれた皺が、一二三の言った彼の懊悩を証明していた。

馬鹿みたいに真面目で、融通《ゆうずう》の利かない幼馴染み——

「帰りなさいよ。あんたには、こっちの世界は向かないわよ」

彼がなにかを言う前に、こちらから告げる。

「迎えに来てもらっておいて悪いけど、わたしは〝さかしま〟に残るからさ」

ねえ、昊？

振り返る。ようやく追い付いてきた大蛇と鳴き龍は、こういうときにアドリブの一つも利かないのか、困惑顔で突っ立っていた。いや、彼らだけではない。京介も、一二三も、茶々でさえ……予期せぬ言葉を聞いたとでもいう顔をしていた。

「なにを言っているんだ、舞子」

そう訊き返してはきたものの、意味を理解していないわけではないのだろう。京介の青ざめた顔からは、更に血の気が引いていた。死人のように白い彼の顔を眺めながら、舞子は続ける。

「気付いたんだ、わたし」

「なにに」

「この二年で、思った以上に〝さかしま〟に馴染んじゃってる。この光景を見て、あんたの怪我よりもまず〝さかしま〟のみんなのことを心配したんだよ、わたし。有り得ないでしょ」

有り得ない。そう、有り得ない。

自答して、幼馴染みの顔を見つめる。その言葉は彼にとっても想定外だったらしい。一二三に支えられたまま、愕然とした顔をこちらへ向けてきた。唇が開きかけては止まる。

「でも、そんな……。俺は、俺たちは、お前を連れ戻すために――」

ようやく言いかけて、けれど京介は自信なげに口を噤んだ。言葉に押しつけがましい雰囲気があったことを気にしたのかもしれない。直情的なようでいて、彼にはそういう神経質なところがある。彼が押し黙ったことによってできた不自然な間を縫うように、舞子は言の葉を紡いだ。

「ここに駆けつけたのだって、そう。わたしは〝さかしま〟があんたの力でどうにかなっちゃうことの方が心配だった。一二三に言われて初めて、あんたが人間だったことを思い出したんだ」

「舞子、やめろよ……」

「やめないよ。あんたは〝うつしよ〟が好きで、それ以外の世界で生きることができない。わたしは〝さかしま〟に惹かれて、この世界のためになにかをしたいと思ってる。これが、お互いの本音」

それに二年前からまったく変わってないしね、わたし。――と、付け加える。

〝うつしよ〟へ戻るに当たって、それは無視することのできない問題だった。悠久にも等しい〝さかしま〟――老いを知らない者たちの世界に適応して、舞子の成長は中学三年生で止まってしまっている。二人と同じ高校生活を送れるとは到底思えなかった。

（伊耶那岐命と伊耶那美命だって、そうだった。オルフェウスとエウリュディケも。影の世界で過ごした人っていうのはさ、迎えに来てもらったって戻れないんだよ）

二年にもわたり〝うつしよ〟にはないものを食べ、〝うつしよ〟にはないものを見続けてきた。〝うつしよ〟には存在しない者たちと生活をともにした舞子の体は、すっかり〝さかしま〟に馴染んでしまっている。

――〝さかしま〟に足を踏み入れることを決めた二年前のあの日には、もうこうなることが決まっていたのかもしれない。

悲痛な顔をする二人から、舞子は顔を背けた。

「それに、昊がさ。わたしがいないと寂しいって言うから」

わざと明るい声で告げる。昊も、今度は合わせてくれた。

「そうだな。お前がいなければ寂しいのかもしれないな、わたしは」

その言葉だけで、十分だ。ぱんっと両手を叩いて、湿っぽくなった空気を追い払う。

「よし！　この話はこれで終わり。〝うつしよ〟の平穏は二人に任せた！　〝さかしま〟にはわたしがついてるし、これで世界の平和は守られるっ！　高校生ヒーローなんて恰好いいじゃん。わたしは永遠の中学生だけど」

「なんだよ。その変なノリ」

「可愛い幼馴染みに向かって変とは失礼な」

「可愛かったことなんてないだろ、お前は」

そんな言葉の応酬も懐かしい。舞子はからからと笑った。

「やっと化けの皮剝がれてきたね。やっぱさ、そっちの方が京介らしいよ」

「化けの皮ってなんだよ」

「ま、泣き顔も面白かったけどね。一二三に縋りついて、帰りたいよーって。ねえ、一二三。あんた、そのネタで一生京介のこと脅せるんじゃない？」

「おい——」

京介の抗議をさらりと無視して、どう？　と一二三に振る。

「うん。じゃあ、脅しちゃおうかな」

彼女が笑いながら頷き返してきたことに、舞子はほんの少しだけ驚いた。その手の冗談を、いつもは困ったような顔で受け流していたはずだが——

「もう大事なことを勝手に決めようとしないでねって。どう？」

一体なにがあったというのか。気弱だった親友は、二年の間に随分と強くなったらしい。

（この分だと、わたしがいなくても平気かな）

胸の内で独りごちる。思いの外そのことを寂しがっている自分に気付いて、舞子は苦く笑った。

（勝手にこっちへ来て、散々二人のことを振り回したくせにね。我ながら情けないっていうか……）

小さく首を振って、二人の方へ踏み出す。彼らと笑って別れるためには、もう一つだけ言わなければならないことがあった。二年前に掛け違えてしまったボタンは、まだそのままになっている。

一度、深く息を吸って――

「……ごめんね。京介」

言葉とともに吐き出す。

二年前と違って、今度は素直に告げることができた。

「辛かったよね。わたしが勝手にこっちへ来たせいで」

「違う。俺が、もっと言い方を考えないといけなかったんだ。じいちゃんが死んだばかりでお前が傷付いていることを知ってたのに、あんな言い方をしてしまった」

項垂れる彼もまた、二年前より素直だった。

もしも、あの日――互いに道を違《たが》えてしまったあの日に、こうして意見を譲り合うことができたなら。今日のこの日も変わっていたのだろうか？

不意に思い浮かべた疑問を、舞子は自答で打ち消した。

「京介と喧嘩しなくても、わたしは〝さかしま〟に来てたと思うよ。きっと」

「……なんで」

幼馴染みの顔は、不満げに見える。そんな彼の様子を少しだけ嬉しく思いながら、舞子は答えた。

「分からない。でも、そう思う。想像できないから。〝さかしま〟を諦める自分の姿が」

「そっか」

彼もまた、想像したのだろう。そして同じことを思ったに違いなかった。

「そうだな。舞子は、諦めなかっただろうな」

「うん」

頷いて、二人に手を差し出す。

「前は喧嘩別れしちゃったから、今度は仲直りして別れよう」

握り返してくる彼らの手はあたたかかった。それは〝うつしよ〟の者である証なのかもしれない。なんとなくパッと手を離して——舞子は後退ると、昊の隣に並んだ。いつまでもこちらを見つめたまま、その場を動こうとしない二人に告げる。

「せっかくいい感じだったんだからさ。そんな暗い顔しないでよ。今生《こんじょう》の別れになるわけじゃないんだし。〝うつしよ〟と〝さかしま〟が共存できる世界になったら、また会えるよ」

それから、一つだけ付け加える。

もう随分と長いこと——二年以上も話をしていないような気さえする兄の顔を思い浮かべながら。

「お兄ちゃんにも、よろしく。そのうち連絡するって、伝えておいて」

どうやって？　と不思議そうな顔をする二人に、舞子は笑った。

気付けば、京介は鳥居の外側に立っていた。

一二三と二人——いや、少し離れた場所には三毛猫もいる。自分たちは随分と長い時間を〝さかしま〟で過ごしていたらしい。夜の帳《とばり》は上がり、東の空が白んでいた。薄い空には夜の名残を留める消え入りそうな月。

——夢を見ていたみたいだ。

呆然と呟く。言葉は朝の空気に溶ける。

「終わった、のか……」

拾い上げた覚えはなかったが、手にはしっかりと反転鏡が握られていた。

「なんか、結局なにも変わらなかったんじゃないかって……そんな感じがするよな」

狐につままれた心地で、思わず呟く。すると——

「変わってないことなんか、ないよ」

一二三が傍から否定してきた。

「舞子と仲直りできたじゃない。また再会するために〝さかしま〟との関係だって、変えていかなきゃならないんだから。こっちでやらないといけないこと、たくさんあるよ」

そう続けて、掌を重ねてくる。鏡を握る手の上から、控えめな彼女らしくもない強い力で、離すまいとしてくる。視線を向ければ、緊張を含んだ顔がぎこちなく微笑んだ。

「そうだな」

その手のあたたかさに安堵しながら、京介は頷く。〝さかしま〟に残ると言った舞子とは対照的だった。どちらともなく、距離を縮める。〝うつしよ〟に戻ってきたことの証を、もう少しだけ確かにしたかったのかもしれない。

「あーあ。最後だって思ったのにな。結局、これからも〝さかしま〟とは付き合っていくことになるのか」

体を寄り添わせたまま、京介は大仰に嘆息した。

「でも、前よりは嫌いじゃないでしょ？　〝さかしま〟のこと」

「どうだろうな？　こう見えて、恨んでいるのかもしれないぞ？　舞子を奪った世界だって」

「あはは。冗談にできるなら大丈夫そうだね」

顔を綻ばせる。そんな彼女を見ていると、自然と自分の顔も綻ぶようだった。空いた方の手で口元に触れる。口の端は想像通り、僅かにつり上がっていた。

(仲直りできたからいいってわけでもないけど。でも、少しくらいはいいよな。安心したって)

ふっと息を吐いて、顔に触れていた手を離す。その手で、鏡の上で重なっていた一二三の手を摑む。〝さかしま〟から連れ戻してくれた、手。なんの気なしに、恋人同士がそうするように指を絡める。一二三は首を傾げて、

「京介くん？」

心なしか声を上擦らせた。照れているのだろう。冷たさを含んだ陽射しの下で、彼女の顔ははっきりと分かるほどに紅潮している。そんな見慣れたはずの反応さえ嬉しく思いながら、京

介は告げた。

「五十嵐、ただいま。俺のこと引き留めてくれて、ありがとう」

「……！　うんっ！　おかえり、京介くん」

手を繋いだまま、町を眺める。夜明けの太陽に照らされて、見慣れたはずの町はまるで生まれたてのように真新しく、きらきらと輝いているようにも見えた。

エピローグ

「帰ろうぜ、五十嵐」

呼べば、女生徒の一人が呆れたように一二三の背を押した。

「お迎えだよ、一二三。相変わらず見せつけるよね。ていうか、わたし最近彼氏と別れたばっかりなんですけど。気遣いのできない男は嫌われるよ、有栖川」

「なんだよ、それ。俺の迎えとお前が振られたことって、関係ないだろ。お前も五十嵐と一緒に帰りたいって言うんだったら、気が利かなくて悪いって思うけど」

相変わらずというか、なんというか。彼女たちの会話には脈絡がない。

よく分からないが、とりあえず謝っておけばいいだろう。と――申し訳なさそうな顔で返すと、女生徒たちは顔を見合わせて苦笑したようだった。

「鈍い。有栖川、鈍すぎる」

「鈍くないし」

「女心が分からない彼氏で苦労するねえ、五十嵐ちゃん」

「いや、お前らと話してる方が苦労すると思うぞ。ていうか好きだよな、そういう下世話な話。他に話題ねえのかよ」

溜息。なんとなく揶揄されているらしいことだけは理解できたが――

「あまり五十嵐を困らせるなよ」

彼女たちに付き合っていると日が暮れてしまう。京介は肩を竦めて、一二三の手を摑んだ。困ったように口をぱくぱくとさせている彼女を引きずるようにして、歩き出す。

九天島神社から帰ってきて、三週間。

外泊はともかく――肩の怪我は誤魔化しようがなかったため、一騒動を起こした。なんの獣に噛み付かれたのか問い詰められて、苦し紛れに野犬と答えたのが悪かった。自覚していたより傷が酷かったせいか、保健所を巻き込んでの野犬駆除にまで発展してしまったのだった。とはいえ、そんな事件も時間の経過とともに過去のものとなり、今はもう話題に上るようなこともないのだが。

毎日のように新しい話題が生まれ、人々の興味はそちらへと移っていく。

「事件といえば――」

ふと思い出して、京介はポケットから携帯電話を取り出した。

「渉さんから、メールが来てたんだ」

舞子の決断を告げた日のことを思い出す。顔にこそ出さなかったものの、ショックだったのだろう。ずっと音信不通になっていた彼から連絡が来たのは、つい一昨日のことだった。

「一応、納得してくれたみたいだ。また俺たちのこと、手伝ってくれるって」

そんな心境の変化も、時間の経過によるものなのか。或いは――連絡をする、と、そんな妙なことを言っていた幼馴染みの顔を思い浮かべる。彼女がなにかをしたのかもしれない。

理由はどうあれ、彼もようやく二年前から一歩を踏み出したということなのだろう。決して仲が良好だったわけではないが、最初から一緒に〝さかしま〟の事件を追ってきただけに、感慨深いものがある。

「そうなんだ。よかった」

「それで、早速はたらかせてやるってさ。なんでも、水神原で変な事件が起こってるらしい」

「水神原？　ああ、そういえば妙泉さん——」

水神原の鳴き龍は、事件の首謀者《しゅぼうしゃ》として処罰を受けた。惨劇の舞台となった響ノ亭の主、玉響姫も一応は彼を庇ったようだが、響ノ亭に仕えていた者を含め、御苑の半分も〝さかしま〟の者が滅んだとあっては、不問に付せるはずもない。そう教えてくれたのは、狛犬兄妹だった。

一方、舞子は昊の傍らで御苑の復旧を手伝っているらしい。彼女は一先ず大蛇の巫女《みこ》として、彼と〝さかしま〟の者たちを現代に溶け込ませるための方法を模索しているようだ。彼らのはたらきかけが上手くいけば、ゆくゆくは妙泉のように〝うつしよ〟の人と比べても、ほとんど違和感のない〝さかしま〟の者が増えていくのだろう。

〝うつしよ〟と〝さかしま〟共存のため、二人は昊天に規律を設けた。〝うつしよ〟への干渉を制限しない。代わりに、昊天に住む〝さかしま〟の者は、無闇に人を襲ってはならない。

これに従わなかった者を捕らえて〝さかしま〟へ送り返す——それが鏡守の新たな役割となった。

「五十嵐も来るだろ？」

問いかける。

「うん、行くよ」

一二三は二つ返事で頷いて、

「あ、あのさ。京介くん」

不意に、なにかを言いたげな顔でこちらを見つめてきた。

「うん？」

「五十嵐って呼び方——」

「あ、あれ！」

彼女の声を遮ってしまったのは意図したわけではなく、見覚えのある人影を見つけたからだった。白メッシュの入った黒髪を鬣のように靡かせた男が、校門のところに立っている。派手なスーツにサングラスといった相変わらずのセンスは、通報されないのが不自然なほど、高校という場所では不釣《ふつ》り合《あ》いだった。

「妙泉じゃないか」

驚きながら、彼の名を呼ぶ。名前を呼ばれても応えることのできない鳴き龍は、やはりこちらの声に反応することなく、傍らを通る女生徒たちに愛嬌を振りまいていた。爬虫類じみてはいるが整った顔で、好奇と羨望の眼差しを集めている。そんな彼に気を取られていると、隣の一二三が無言で両手を合わせた。

彼女の立てた乾いた音に、鳴き龍の背筋がぴんと伸びる。

「おお、久しぶりだな。鏡守にお嬢ちゃん」

名前を覚える気がないのか。それとも自分が応えられないために、名前というものの価値を認めていないのか。素っ気ない呼び方も相変わらずだった。

「罰を受けたって聞いたけど。大丈夫なのか？」

「大丈夫じゃねえよ」

鳴き龍がうんざりと首を振る。例の芝居じみた大仰な動作を交じえながら、

「三日三晩の説教の上に、謹慎三週間だぞ、三週間。あの大蛇、自分は可愛い巫女さん迎えたくせに俺にはこの仕打ちだ！　横暴すぎるだろう。責任全部、俺におっかぶせやがって。おまけに、謹慎が解けたら早々に鏡守を手伝いに行けだと」

不満をぶつける相手もいなかったのか、鬱憤《うっぷん》を晴らすようにひたすら悪態を吐く。

「そういうわけで、当分はてめえらと自警団ごっこをすることになりそうだ。色気のねえ話だが」

「それは丁度よかった。今から水神原に行こうと思っていたんだ」

「あぁ？　なんで」

「お前がいない間に他の〝さかしま〟の者が事件を起こしてるって、渉さん――舞子の兄さんから、連絡があったから」

そういう言い方をすれば、彼がやる気になるだろうとは分かっていた。案の定、自分の縄張りを侵された鳴き龍は分かりやすく眦をつり上げて、

「そういうことは、さっさと言え！　行くぞ。ぶっ殺してやる」

勢いよく、先を歩いて行く。

彼の背中を苦笑交じりに眺めながら。京介はふと思い出して、隣に視線を向けた。

「そういえば、五十嵐。さっきなんか言いかけてたけど」

「あ、ううん。なんでもない」

と言うわりに、その顔は悩ましげに見えたが——

「そっか。まあ、気が向いたらいつでも言ってくれよ。俺でよければ相談に乗るからさ」

またその気になったときにでも、あらためて話してくれればいい。

そんなことを思いながら、スクールバッグの中から銅鏡を取りだす。磨き上げられた鏡の表面に〝うつしよ〟の青空が反射して光っている。けれど、鏡の中に幼馴染みの住む月の世界が広がっているのを見た気がして、京介は少しだけ頬を緩めた。

日常は続いていく。過去から未来まで一繋がりになっている。当たり前のものとして続いてきた日々が、ほんの少しだけ変化しても気付く人はいない。

そのうち変化も、代わり映えのしない日常として受け入れられるようになり、また日々に連なっていく。それが、世界の在り様なのだろう。

「俺も頑張るよ。せっかく仲直りできたんだ。お前が大切にする世界、なくしたくないからさ」

独り言のつもりで、幼馴染みに向かって呟く。

「うん。そうだね」

囁くような相槌を打ってきたのは、一二三だった。視線を上げる。目が合う。誰よりも近い場所にいる彼女は、いつもと同じ——ほんの少しだけ眉尻を下げた気弱な顔で微笑んだ。

そうして、なにを思ったのか。手を差し出してくる。躊躇いつつもその手を取れば、彼女は当たり前のように指を絡めてきた。あの〝さかしま〟から帰ってきた朝のように。

「……なんか、普段やるには恥ずかしいよな。これ」

「そうかな？」

曖昧にはぐらかす。彼女の耳は、ほんのりと赤く色付いていた。

京介は忍び笑いを漏らしながら——けれど、それを指摘することはせずに歩き出す。


神経質なまでに片付いた、無人の部屋。パソコンデスクから、ファンの音が聞こえてくる。

不意にモニターの電源が入って、液晶画面になんの前触れもなく新しいウィンドウが開かれた。

そこには、とあるサイトのトップページが広がっている。

——ＡＮＹＷＨＥＲＥ　ＯＵＴ　ＯＦ　ＴＨＥ　ＷＯＲＬＤ.

サーバー移転と休止のお知らせ。

毎度、当ウェブサイトをご利用頂きありがとうございます。この度、管理者変更に伴い下記期間内においてサービスを停止させて頂きます。皆様にはご不便をお掛け致しますが、あらかじめご了承ください。なお、期間中のお問い合わせは　info@mai-kouten.net まで。

本書は書き下ろしです。

〈著者紹介〉
鈴木麻純　1985年静岡県生まれ。2008年「蛟堂報復録」でアルファポリスミステリー小説大賞を受賞し、翌年デビュー。8巻まで続く同シリーズの他に『六道の使者　閻魔王宮第三冥官・小野篁』、「ラスト・メメント」シリーズなどの著書がある。

GENTOSHA

僕とカミサマの境界線
2013年8月25日　第1刷発行

著　者　鈴木麻純
発行者　見城 徹

発行所　株式会社 幻冬舎
〒151-0051 東京都渋谷区千駄ヶ谷4-9-7

電話:03(5411)6211(編集)
03(5411)6222(営業)
振替:00120-8-767643
印刷・製本所:株式会社 光邦

検印廃止

ISBN978-4-344-02441-0 C0093
幻冬舎ホームページアドレス　http://www.gentosha.co.jp/

この本に関するご意見・ご感想をメールでお寄せいただく場合は、
comment@gentosha.co.jpまで。